KB086280

# 제국이야기 티어문

단두대에서 시작하는 황녀님의 전쟁 역전 스토리

Tearmoon
Empire Story
Written by
Nozomu Mochitsuki

모치츠키 노조무 지음
Giise 일러스트

XI

**선크랜드 왕국**
Sunkland Kingdom

왕도

**기마 왕국**
Kingdom of
Cavalry

세인트 노엘
학원

노엘리쥬 호수

공도

**성 베이르가 공국**
Principality of
Saint Veirga

왕도 ←

**렘노 왕국**
Remno Kingdom

변경지

N

미개척지

## 루돌폰 변경백가

### 세로

티오나의 남동생. 우수하다.
추위에 강한 밀을 개발했다.

··· 혁명 ···
···· 원수 ····

### 티오나

변경백의 장녀.
미아를 학우로서 좋아한다.
이전 시간축에서는 혁명군을 주도했다.

서클 ···· 원수 ····

# 선크랜드 왕국

### 키스우드

시온 왕자의 종자.
시니컬한 성격이지만
실력이 좋다.

### 시온

제1왕자. 문무겸비의 천재.
이전 시간축에선 티오나를 도와
훗날 단죄왕으로 이름을 떨친
미아의 원수.
이번 삶에선 미아를
'제국의 예지'로 인정하고 있다.

[바람 까마귀]  선크랜드 왕국의
첩보대.

[백아(白鴉)]  어떤 계획을 위해 바람 까마귀 내부에
만들어진 팀.

지원

# 성 베이르가 공국

지원

### 라피나

공작 영애. 세인트 노엘 학원의
학생회장이자 실질적인 지배자.
이전 시간축에서는 시온과
티오나를 후방에서 지원했다.
필요하다면 웃는 얼굴로 살인할 수 있다.

[ 세인트 노엘 학원 ]
인근국의 왕후·귀족 자제가 모이는
엘리트 중의 엘리트 학교.

# 렘노 왕국

### 아벨

왕국의 제2왕자.
이전 시간 축에서는
희대의 플레이보이로 유명했다.
이번 삶에선 미아를 만나 진지하게
검 실력을 단련하기 시작했다.

[ 포크로드 상회 ]
### 클로에

여러 나라에서 활동하는
포크로드 상회의 외동딸.
미아의 학우이자 독서 친구.

### 혼돈의 뱀

성 베이르가 공국과 중앙정교회를 적으로 보며
세계를 혼돈에 빠뜨리려고 하는 파괴자 집단.
역사의 그늘 속에서 암약하지만, 상세는 불명.

## 티어문 제국

### 미아

주인공.
제국의 유일한 황녀이자
제멋대로 굴던 황녀.
하지만 사실은 그냥 소심할 뿐.
혁명이 일어나 처형당했지만
12세로 회귀했다.
단두대 회피에 성공했지만,
벨이 나타나서는……?!

← 손녀와 할머니 →

### 미아벨

미래에서 시간을 거슬러온
미아의 손녀딸. 통칭 '벨'.

### 사대 공작가

### 루비

레드문
공작가의 영애.
남장 미인.

### 슈트리나

옐로문 공작가의
외동딸.
벨이 사귄
첫 친구.

### 에메랄다

그린문
공작가의 영애.
자칭 미아의
절친.

### 사피아스

블루문 공작가의
장남.
미아 덕분에
학생회에 들어간다.

### 루드비히

젊은 문관. 독설가.
지방으로 좌천될 뻔했으나
미아가 막아준다.
자신이 숭상하는 미아를
황제로 만들 생각이다.

### 안느

미아의 전속 메이드.
가족은 가난한 상가.
회귀 전엔 미아를 도와주었다.
이번 삶에서는
미아에게 충성한다.

### 디온

백인대의 대장으로,
제국 최강의 기사.
이전 시간축에서
미아를 처형한 인물.

원수

※ ────── 미래 시간축에서의 관계    ※ ·········· 이전 시간 축에서의 관계

## 티어문 제국

### 니나
에메랄다의 전속 메이드.

### 발타자르
루드비히와 같은 스승 밑에서 배웠다.

### 질베르
루드비히와 같은 스승 밑에서 배웠다.

### 무스타
티어문 제국의 궁정 주방장.

### 에리스
안느의 동생으로, 리트슈타인가의 차녀, 미아의 전속 소설가.

### 리오라
티오나의 메이드. 삼림의 소수민족 룰루 족 출신, 활의 명수.

### 바노스
디온의 부관으로 티어문 제국군 백인대의 부대장. 체격이 좋다.

### 마티아스
미아의 아버지, 티어문 제국의 황제, 딸을 극진히 사랑한다.

### 아델라이드
미아의 어머니. 고인.

### 갈브
루드비히의 스승. 노현자.

### 루돌폰 변경백
티오나와 세로의 아버지.

## 기마 왕국

### 마롱
미아의 선배. 승마부 부장.

### 후이마
불꽃 부족의 후예. 미아의 친구.

### 황람
월토마, 미아의 애마.

## 선크랜드 왕국

### 모니카
백아의 일원, 아벨의 종자로서 렘노 왕국에 잠입해 있었다.

### 그레이엄
백아의 일원. 모니카의 상사에 해당하는 남자.

## 상인

### 마르코
클로에의 아버지, 포크로드 상회의 수장.

### 샬로크
대륙의 각국에 다양한 상품을 판매하는 대상인.

## 렘노 왕국

### 린샤
렘노 왕국의 몰락 귀족의 딸.

### 란베일
린샤의 오빠.

## 페르쟝 농업국

### 라냐
페르쟝 농업국의 제3왕녀, 미아의 학우.

### 아샤
라냐의 언니로, 페르쟝 농업국의 제2왕녀.

---

### STORY

붕괴한 티어문 제국에서 이기적인 황녀로 경멸받았던 미아는 처형당한 뒤
눈을 뜨자 12세로 돌아가 있었다. 두 번째 인생에선 단두대를 회피하기 위해
제국을 바로잡고자 동분서주. 과거의 기억과 주위의 착각 덕분에 혁명 회피에 성공한다.
그러나 미래에서 나타난 손녀 벨을 통해 생각지 못한 핏줄의 파멸과 자신이 암살당한다는 사실을 알게 된다.
회피하기 위해서는 제국 최초의 여성 황제가 될 필요가 있는 모양인데……?

# 제4부
# 그 달이 인도하는 내일로 V
### The Tomorrow The Moon Leads

# 프롤로그 벨의 작심삼…… 일기!

기마왕국의 남방 수도는 렘노 왕국과 관계가 깊은 장소였다.

지리적으로 아주 가깝기에 교류가 왕성하고 도시의 여기저기에서 그 영향을 볼 수 있었다.

그리고 건축물은 그 영향을 가장 크게 받았다.

다른 부족이 대략 이동식 천막을 치고 생활하는 반면, 남방 수도의 건물은 돌 같은 자재를 써서 세운 것이 대부분이다.

미아 일행이 투숙하는 용도로 배정받은 건물도 세인트노엘 학원의 기숙사나 제국의 백월궁전과 비교해도 그리 위화감이 없는 구조였다.

하지만 당연하게도 차이도 있다. 방 안에는 테이블과 의자가 없었다.

바닥에 푹신한 양탄자가 깔려있을 뿐, 가구도 이동하기 쉬운 작은 것들이 많다. 이건 유목민으로 지내던 시대의 문화가 영향을 준 건지도 몰랐다.

그 양탄자 위에 한 명의 소녀가 뒹굴고 있었다.

배를 깔고 엎드려서 경망스럽게도 다리를 까딱거리고 있다. 대국의 황녀라는 것이 믿어지지 않는 태도였다!

"으음……. 선크랜드 왕국에 간 뒤 우리는 기마왕국에 왔습니다. 중간에 도적이 덮치기도 하고 늑대를 부리는 언니를 만나기도 하고…… 그리고, 으으음. 기마 왕국의 열두 부족과 잃어버린 불꽃 부족을 화해시키기 위해 미아 언니는 족장 회의에 나갔습니다. 그리고…….”

오른손에 든 펜으로 입술을 누르며 소녀, 벨은 '으으으음!' 하고 신음했다.

“조금 더 잘 쓸 수 있을 것 같은데……. 초고니까 괜찮겠지…….”

“벨, 뭘 쓰는 거야?”

그런 벨을 의아해하며 바라보는 소녀는 슈트리나였다.

이쪽은 대귀족가의 영애답게 빈틈없고 기품있는 자세로 양탄자 위에 앉아 있다.

개구쟁이란 분위기인 벨과는 천지 차이다.

“에헤헤, 실은 일기를 쓰려고요.”

“일기……?”

어리둥절해서 고개를 갸웃거리는 슈트리나를 향해 벨은 생긋 웃었다.

“미아 언니는 일기를 쓰신다고 들어서, 모처럼이니까 저도 써 보려고요.”

그렇게 말하며 벨이 종이 다발을 내밀었다.

“제도 루나티어에 돌아가면 제대로 된 걸 사주신다고 하니까 지금은 메모만 해두고 있지만요……. 루드비히 선생님도 제대로 일기를 쓰는 건 좋은 공부가 된다고 말씀하셨으니까, 열심히 해 볼 생각이에요.”

그러더니 벨은 미간을 찡그렸다.

“그나저나 미아 언니도 참 너무하세요. 저는 사흘도 못 쓸 테니까 굳이 일기장을 사는 건 아깝다고 하셨다고요. 정말 너무하다니까요. 아무리 제가 금방 질린다고 해도 사흘만에 질리진 않는다구요. 열흘은 쓸 수 있어요!"

당당히 가슴을 펴고 말하는 벨이었지만…… 그건 당당하게 말할 부분이 아니다.

뭐, 그건 그렇다 치고…….

"그래서 미아 언니에게 증명하기 위해서도 일기 초고를 만들어두는 중이에요. 이렇게 사흘 이상은 쓸 수 있다는 걸 증명해주는 거죠."

"흐응……. 그렇구나."

슈트리나는 살그머니 벨이 든 종이 다발에 시선을 보내려고 했으나…….

"앗, 안 돼요. 리나. 일기는 남에게 보여주는 게 아니니까요."

벨은 종이 다발은 품에 꼭 껴안고 손가락을 까딱거리며 우쭐한 표정을 지었다.

"일기는 어디까지나 그날의 자신을 돌아보기 위한 거예요. 그 증거로 전에 보여주신 미아 언니의 일기는 그날 먹은 요리까지 상세하게 적혀있었거든요."

거들먹거리며, 어딘가 자랑스럽다는 듯이 벨은 웃었다. 그러고는 문득 어딘가 먼 곳으로 시선을 던지고는…….

"나도 일기를 계속 쓰면 미아 언니처럼 될 수 있을까……."

그건 슈트리나를 향한 말이 아닌, 누군가를 향한 질문.

하지만 그 질문에 대답이 돌아오는 일은 없었다.

왜냐하면 충동적으로 쓰기 시작한 벨의 일기는 미아의 예측대로 사흘밖에 이어지지 않았기 때문이다.

하지만 그건 질렸기 때문이 아니었다.

인내심이 없어서도 아니고, 귀찮아서도 아니다. 그건…….

# 제1화 마음을 하나로…… 모을 수 없다!

족장 회의를 마친 미아는 흡족해했다.

──우후후, 이번에 저는 조금 대단했어요. 이건 그 망할 안경이라고 해도 총명하다고 말해주지 않을까요?

그렇게 자만하면서 건물 밖에서 루드비히 일행과 합류. 그대로 수풀 부족이 머무르는 건물로 돌아왔다.

그곳에서 루드비히를 비롯해 주요 멤버에게 족장 회의의 결과를 이야기했다.

"말 판결 의식이라……. 거기에 미아 님께서 참가하신다는 거죠……?"

이야기를 들은 루드비히가 미간을 찌푸렸다.

"네. 듣자 하니 이틀에 걸친 장거리 경주라고 하더군요."

말 판결은 남방 수도를 출발지점, 별풀 바위라고 불리는 장소를 결승점으로 삼는 말 경주라고 한다.

"그렇군요……. 산 부족의 기수에게 이길 수 있을지는 불투명하니, 그렇다면 가장 좋은 조건에서 지는 것을 선택하는 게 합리적이죠……. 아니, 하지만……."

미아가 계획을 설명하기도 전에 완벽하게 그 생각을 읽어낸 루드비히였으나, 어째서일까…… 뒤에 가서는 묘하게 부정형으로 끝났다.

그것이 어쩐지 신경 쓰이는 미아였으나…… 물어보기 전에 루드비히가 한숨을 쉬었다.

"하지만 어쨌거나 호위가 필요하군요. 바로 황녀전속 근위대를 준비시키겠습니다."

그렇게 말한 루드비히는 옆에 있던 근위대원에게 시선을 던졌지만……

"그렇게까지 엄중한 건 필요하지 않을 것 같아요. 기마왕국 쪽에서 호위를 붙여준다고 하니까요. 호위인지 심판이지는 알 수 없지만요……."

미아는 조금 전에 있었던 일을 떠올렸다.

족장 회의가 끝난 직후 몸집이 큰 족장이 조용히 다가와 말을 걸었다.

"미아 황녀 전하. 전하의 제안과 용기, 기마왕국에 보여주신 후의에 감사를. 말 판결 때는 우리 일족의 자가 단단히 호위하겠다. 산 부족 녀석들이 만약 무슨 짓을 저지른다고 해도 반드시 지켜드리지."

"어머? 그래야 하나요?"

미아가 고개를 갸웃거리자 그 족장이 친절하게 가르쳐주었다.

말 판결 의식이란 기마왕국 사람들에게 지극히 신성하고 엄격한 것이라고 한다.

따라서 부정이 일어나지 않도록 한 부족만이 아니라 세 개의 부족에서 두 명씩 감시원을 보내 상시 따라다니게 한다.

이번에는 당사자인 수풀 부족과 산 부족은 제외. 남은 열 개의 부족 중에서 아홉 부족을 세 팀으로 나눠 감시한다.

또 남은 한 부족, 즉 기마왕국의 또 다른 도시인 북방 수도를 수호하는 물 부족은 예로부터 의식을 집정하는 신관 일족이었다고 한다. 그들만은 심판으로서 항상 따라다니며 공정함을 확보한다.

또한 물 부족은 아무래도 베이르가와 깊은 관계인 모양인지 라피나도 물 부족의 족장과는 친근하게 대화하고 있었다.

"항상 감시 겸 호위로 8명이 따라온다는 거군요."

그것도 평범한 8명이 아니다. 말 판결의 감시관이 되는 건 기마왕국의 명예. 따라서 각 부족은 엄선된 기수와 말을 보낸다.

부정이 개입할 여지는 어디에도 없으나…… 동시에 미아의 승산도 거의 사라졌다고 할 수 있다.

아무튼 제대로 겨뤄봤자 미아가 이길 가능성은 희박했으니, 반칙을 쓰지 않고 승부하면 당연히 진다.

──뭐, 애초에 질 예정이었으니까 문제없죠. 오히려 암살자를 만날 위험이 줄어들어서 잘 됐다고 생각해야겠어요.

무슨 일이든 타협이 중요하다.

"그럼 호위한다고 해도 상당히 떨어진 곳에서 하게 되는 겁니까?"

"네. 그렇게 되겠네요. 밤에는 야영해야만 하니 그때는 호위나 보급도 인정해주는 모양이고요. 하지만 너무 가까이 오면 부정행위를 의심할 것 같으니 공연한 짓은 하지 않는 게 좋을지도 모르겠어요. 게다가 갑옷을 입은 병사를 태운 말은 저희를 따라잡지 못할지도 모르고요."

농담하듯이 말하자 옆에서 듣고 있던 황녀전속 근위대의 병사는 진지한 얼굴로 고개를 끄덕였다.

"흠, 그도 그렇군요. 미아 님의 승리에 트집거리를 만들 수는 없습니다."

"…………응?"

그 말에도 묘한 위화감을 느끼는 미아였으나…….

"그건…… 피할 수 없는 일입니까?"

불현듯 들린 목소리가 그 위화감을 지워버렸다. 그쪽을 보자 안느가 무시무시한 얼굴로 바라보고 있었다.

"네? 아, 네. 그렇죠. 이제 와서 사퇴하는 건 조금 어려울 것 같은데요…… ."

그 박력에 미아는 주눅 들면서도 어떻게든 대답했다.

"알겠습니다. 그럼…… 완벽하게 준비하겠습니다."

안느는 딱딱한 표정으로 말한 뒤 그 자리를 떠났다.

완벽한 준비란 대체 무엇인지 고개를 갸웃거리는 미아를 뒤로 루드비히 및 다른 사람들도 검토를 개시했다.

"미아 님께 무슨 일이 일어나면 큰일이다. 호위 인원도 부족할 테니까 마요 님과도 상담해서 병사를 배치해야겠어……. 디온 씨."

이리하여 미아 일행은 움직이기 시작했다.

그러나 미아는 눈치채지 못했다.

'가장 좋은 패배를 위해……!' 하고 미아와 마음을 하나로 모은 사람은 그 중엔 아무도 없다는 사실을.


루드비히와 회의를 마친 미아는 밖으로 나와 후우 한숨을 쉬었다.

"연이은 회의에 조금 피곤해졌어요…… 흐음."

가볍게 배를 문질렀다. 어느새 점심을 먹을 시간이 다가와 있었다.

"뭐, 말을 타고 운동할 거니까 오늘은 미리 조금 호화롭게……."

"미아 황녀!"

그때 미아에게 말을 거는 사람이 있었다.

"어머, 후이마 양, 무슨 일인가요? 그렇게 안색이 바뀌어선……."

"무슨 일이냐니. 왜 그런 무모한 짓을 했지? 말이라면 내가……."

거칠게 말하는 후이마에게 미아는 다정하게 미소 지었다.

"초조해할 필요는 없답니다. 후이마 양."

후이마의 위팔을 툭 두드리고…… 탄탄하게 붙어있는 탄력적인 근육에 무심코 눈을 부릅떴다!

"응? 미아 황녀, 왜 그러지?"

의아해하며 바라보는 후이마에게 미아는 다급히 고개를 저었다.

"초, 초조해할 필요는 없어요. 아직 며칠이나 남아있으니까요……. 괜찮아요, 그럼요."

저도 모르게 스스로를 타이르는 미아였다.

그건 그렇다 치고……. 정말로 초조해할 필요는 없다. 이건 모 아니면 도인 도박이 아니다. 불꽃 부족의 화해는 더 찬찬히 진행하면 된다. 늑대도 시간만 들인다면 제대로 이해해줄 것이다.

지금은 식량 지원만 받아낼 수 있다면 충분하다. 그게 확보된 이상…….

"이미 승부는 난 셈이니까 아무런 걱정도 필요하지 않아요."

그렇다. 이미 승리 조건은 클리어했다. 남은 건 부상을 조심하며 말 판결 의식을 넘기면 그만이다.

"이길 계획이 있다는 건가……. 하지만 말 판결은 코스에 따라서는 설령 이틀이라고 해도 몸무게가 빠져버릴 정도로 가혹하다고 들었다. 그러한 의식에 나가게 할 수는……."

"호오…… 그렇군요. 그럼 더욱 제가 나가야겠어요!"

미아는 결연한 표정으로 고개를 저었다. 그러고는 만족스럽다는 듯 팔짱을 꼈다.

──굉장하군요……. 말 판결. 이틀 만에 날씬해질 수 있다니……. 제대로 운동도 되고. 이것이야말로 일석이조.

다시금 미아는 자신의 판결이 옳았다고 만족했다.

아벨의 누나와의 대결을 앞두고 미아를 고뇌하게 만들었던 문제가 한꺼번에 해결되는 것 같았다. 말 그대로 광명!

게다가 가혹하다고 해도 미아는 혁명기의 지옥을 알고 있다.

말 판결이든 뭐든 와라! 하며 의욕이 차올랐다.

뭐, 상식적으로…… 이틀 만에 살이 빠질 만큼 가혹한 코스를 타국의 황녀가 달리게 할 리 없으니…… 더 쉬운, 어린아이도 갈 수 있는 코스를 고를 게 뻔했지만……. 그건 그거고…….

이로써 뱀의 무녀에게도 지지 않는다. 미아는 생긋 웃었다.

"우후후, 제 승리가 확실해요……."

그렇게 중얼거리고 있었더니…….

"그건 흘려들을 수 없는 발언…… 이와요."

불쑥 들린 목소리에 돌아보자 그곳에는 험악한 눈빛의 샤오리가 서 있었다.

"어머? 샤오리 양. 이번 말 판결에서는 잘 부탁드려요."

미소 짓는 미아를 무시한 샤오리는 곧장 후이마 앞으로 가서 머리를 깊이 숙였다.

"후이마 님. 저희 아버지가 실례했습니다, 와요."

그 사과를 받은 후이마는 딱딱한 표정으로 고개를 저었다.

"아니, 그건 기마왕국의 가치관이다. 우리는 양을 팔아서 돈을 손에 넣었지. 거기에 문제는 없었다. 그러니 사과할 필요도 없다."

생각해 보면 당연한 일이다. 열두 부족은 각 부족끼리 계속 서로 도우며 살았다. 돕는 걸 당연하다고 인식하고 있을 것이다.

반면 불꽃 부족은 그 상부상조 커뮤니티 안에 들어가 있지 않았다.

그들은 자기 일족만으로 외부와 대등한 관계를 구축하려고 했다.

그런 그들에게 산 부족과 있었던 일은 어디까지나 정식 거래였다. 산 부족 측에서 무언가 꿍꿍이가 있고, 그 탓에 자신들이 궁지에 빠졌다고 해도 그걸 간파하지 못했던 건 자신들의 실책이다.

그렇기에 사과받을 이유가 없다.

일방적인 온정을 받는 게 당연하다는 생각은 전혀 없고, 그걸 인정하는 건 제 일족의 자부심에 상처를 내는 것이나 마찬가지……

쌍방 사이에 놓인 깊은 단절을 느끼고 역시 억지로 화해하게 만들어도 균열이 생기기만 할 뿐인지도 모른다……. 그렇게 미아가 자신의 선택이 옳았다고 만족하고 있었더니…….

"하지만 미아 황녀님……"

어느새 샤오리가 이쪽을 노려보고 있었다.

"으음? 무슨 일이죠? 샤오리 양……."

"각오하세와요. 저에게 한 모욕…… 승부를 시작하기도 전에 이겼다고 하는, 저와 낙로를 모욕하는 행위는 절대 용서할 수 없습니다와요."

"네? 아……. 아뇨, 그건 그런 의미가……."

"본때를 보여드릴 것이와요."

해명하려는 미아를 무시한 샤오리는 발걸음을 돌리더니 돌아보지도 않고 떠나갔다.

# 제2화 제국의 말덕, 설파하다!

──으음, 이거 조금 곤란해진 건지도 모르겠네요.

완전히 샤오리를 화나게 만들어버린 미아는 약간 불안을 느꼈다.

──그렇게 화냈던 걸 보면 분풀이 대신 동풍을 달라고 할지도 모르겠어요. 으으. 실수했네요. 처음부터 이겼다는 괜한 말을 하지 않았다면…….

후회해봤자 이미 늦었다.

지금은 만의 하나를 생각해두어야 한다. 미아는 황녀전속 근위대에서 말 관리를 일임하고 있는 남자, 고르카에게 향했다.

수풀 부족이 머무르는 건물 바로 옆 마구간에 있던 고르카에게 미아가 조심조심 말을 걸었다.

"고르카 씨, 조금 시간 괜찮을까요?"

"오오, 미아 황녀 전하……. 무슨 일이십니까?"

웃으면서 맞아준 고르카였으나, 그는 미아의 모습을 보고는 살짝 고개를 기울였다.

말을 꺼내기 정말정말 힘들다고 생각하면서도 미아는 굳게 결의하고 입을 열었다.

"실은 기마왕국의 기수와 승마 시합을 하게 되었답니다."

그러고는 족장 회의에서 일어난 일을 신중하게 설명했다.

그 후 이건 어쩔 수 없는 일이라고, 귀중한 희생이라고 주먹을 꽉 움켜쥐고 힘을 담아 호소한 뒤…….

"다만 제 실수로 동풍을 빼앗겨버릴지도 모르는…… 그런 위험을 감수하게 만든 것은 면목이 없습니다. 당신이 정성껏 돌보고 있는 말인데……."

침울하게 고개를 숙인 뒤 슬쩍 눈만 위로 굴려서 고르카를 살폈다. 그러자 예상했던 대로 고르카는 딱딱한 표정을 짓고 있었다.

──아아, 역시 화났군요……. 당연해요.

미아는 생각했다.

상대방은 자신이 의지하는 황녀전속 근위대의 일원. 심지어 말 관리를 일임하고 있는 중요 인물이다. 여차할 때 심기가 뒤틀리면 귀찮아질지도 모른다.

지금은 거듭 사과하는 게 나을지도 모른다고 생각한…… 바로 그때였다.

"미아 황녀 전하의 결정입니다. 그 점에 관해서 저는 전혀 불만이 없습니다."

고르카는 부루퉁한 얼굴로 대답했다. 분노를 숨기지 못하는 모습이었지만 미아는 어쩔 수 없다고 생각했다. 생각했으나…….

"게다가 이 녀석은 군마입니다. 언제 어떤 때 목이 날아가도 이상하지 않은 처지의 말이죠. 미아 황녀 전하를 위해 헌신하는 것도 당연합니다. 그 점은 이해할 수 있습니다. 하지만…… 처음부터 이 녀석이 기마왕국의 말에게 진다고 단정하신 것만은 받아들일 수 없습니다."

이쯤에서…… 대화가 묘하게 이상해졌다.

──네……? 고르카 씨는 어떤 부분에 화가 난 거죠?

고개를 갸웃거리는 미아 앞에서 고르카는 주먹을 불끈 쥐고 말했다.

"그야 물론 기마왕국의 월토마는 좋은 말입니다. 저도 압니다. 그건 정말로 훌륭한 준마고 보기에도 좋죠. 명마라고 했을 때 가장 먼저 연상하는 건 월토마입니다. 하지만 저희 동풍도…… 제국의 말도 지지 않습니다."

그렇게 말하며 고르카는 눈앞에서 느긋하게 풀을 뜯고 있는 동풍의 허벅지를 찰싹 때렸다.

"우리 제국의 '테르토르튀 종'이 기마왕국의 말을 이기지 못한다고 믿고 계시는 것이라면, 웬일로 황녀 전하께서 식견이 부족하셨다고 말씀드릴 수밖에 없군요."

그렇게 제국의 숨겨진 말덕, 고르카는 뜨거운 어조로 설파했다! 제국의 말 사정을!

애초에 미아가 잊어버린 사실이 있었다.

동풍이란 무엇인가? 왜 있는가?

그렇다. 동풍은 '군마'다. 그냥 멍하니 있는 말이 아니다. 제국의 기병이 타기 위한, 어엿한 전투마다.

렘노 왕국에 군사 교리가 있는 것처럼 티어문 제국에도 흐릿하긴 하지만 군사 교리가 존재한다.

제국의 군사 교리는 너무나도 기본적이라서 그리 언급되지 않는 수준이긴 하지만.

제국의 군사 교리, 그것은 '적보다 두 배는 많은 병사를 키워라, 물자를 갖춰라, 대군으로 짓눌러라'이다. 군사의 기본 원칙이자 정통파인 이치야말로 제국군이 기초로 삼은 사상이다.

그리고 제국군의 모든 것은 그 군사 지침에 따라 선정된다.

그럼…… 그 제국군이 군마에게 요구하는 것은 무엇일까?

상대보다 많은 병사를 육성하는 걸 모토로 삼은 제국군이 말에게 요구하는 것……. 그것은 한 마리의 말이 두 마리 몫을 하는 것…… 이 아니었다.

제국군은 명마를 원하지 않는다. 기병 한 명에게 두 명 몫을 요구하지 않는다. 왜냐하면 적보다 많은 숫자를 갖추는 것이 제국군의 방침이기 때문이다.

따라서 그들이 말에게 요구하는 건 '하나를 제대로 할 것'이었다.

어떠한 환경에서도, 어떠한 전황에서도 기대받은 일을 담담히 수행하는 것. 기대한 것 이상의 효율을 요구하지 않는 대신 일정한 퀄리티는 제대로 지킬 것. 그것이야말로 제국이 원하는 바이다.

그리고 그 요구에 따라 선정된 말이 바로 테르토르튀 종이라고 불리는 품종이다.

압도적인 터프함과 어떠한 환경에서도 안정적으로 움직일 수 있는 헌신적 면모……. 더불어 어떤 상황에서도 냉정함을 잃지 않는 뻔뻔함이 특징인, 제국군이 자랑하는 탈것이다.

그리고 동풍은 아주 표준적이고 전형적인 테르토르튀 종이었다. 테르토르튀 종의 평균이라고 해도 과언이 아닐 것이다.

어떤 때라도 절대 동요하지 않고 그저 묵묵하게 시키는 대로 따르는, 다소 과하게 뻔뻔한 것이 흠인 착실한 군마이다.

이런 열렬한 이야기를 시시콜콜 듣게 된 미아는…… 불길한 예감을 받았다.

──그러고 보면 조금 전에도…….

조금 전 루드비히와 회의할 때 옆에 있던 근위병의 말.

미아가 승리를 조금도 의심하지 않는다는 말투.

루드비히가 말끝에 붙였던 '아니, 하지만……'이라는 부정문.

그렇다. 그들은 자신들이 자랑하는 군마가, 그리고 무엇보다 자신들의 자랑인 제국의 예지가 진다는 생각은 눈곱만큼도 하고 있지 않았다!

아니, 그것만이 아니다.

미아는 문득 시야 밖에서 자신을 호위하는 근위병에게 시선을 주었다. 두 명의 병사는 어딘가 흥분한 듯 대화하고 있었다. 살짝 들리는 목소리에 의하면 아무래도 말 이야기를 하고 있는 것 같다!

──이, 이건……. 이 열기는…….

이제 와 미아는 자신의 실책을 깨달았다.

보아하니 근위병들은 다들 말 경주를 아주 좋아하는 모양이다. 그들의 피를 끓게 만드는 무언가가 분명 있는 것이다.

그런데도. 황녀전속 근위대, 충성심 두터운 그들 앞에서 자신이 처참하게 패배하는 것이 무엇을 의미하는가……?

그건 그들의 사기를 꺾고, 만에 하나 늑대술사라는 자와 전투하게 되었을 때 압도적인 위기를 불러오게 될 수도 있었다…….

──으, 으윽……. 이, 이건 계산하지 못했어요! 전혀 예상치 못했다고요.

끙끙 생각하기 시작한 미아 옆에는 여전히 말덕 고르카의 말 이야기가 이어지고 있었다.

그 광경을 동풍이 멍하니 쳐다보았다.

……참으로 평화로운 광경이었다.

# 제3화 작은 배신, 안느의 마음

말 판결은 닷새 뒤에 시작할 예정이었다.

결정이 난 후 족장들은 서둘러 자신들의 부족에 파발을 보내 부족 최고의 기수와 말을 코스에 배치했다고 한다.

그동안 미아도 아침부터 밤까지 준비에 여념이 없었다.

말을 타는 기간은 이틀뿐이라고 하나 일단은 장거리 여행이다. 제대로 준비해야 한다.

같이 가는 기마병은 있으나 그들의 힘을 빌릴 수는 없다. 기본적으로는 말을 타고 있는 동안은 자기 일은 스스로 한다. 문제라도 일어나지 않는 한 도움을 받을 수 없다.

그건 미아도 바라던 바였다. 오히려…….

──무슨 일이 일어날 때를 대비한 예행연습이 될지도 모르죠. 다들 말려대는 통에 말을 타고 장거리를 달린 적은 없었으니 마침 잘 됐어요.

만약 무언가 자칫 실수해서 혁명이 일어나 버린다면 혼자서도 말을 타고 도망칠 수 있도록 제대로 사전에 훈련해두고 싶었다.

"남방 수도에서 별풀 바위까지 가는 코스인데, 이 물 보급처를 중계지로 들렀다 가게 됩니다."

수풀 부족의 마요가 지도를 펼치며 말했다. 과거에 동반 기수를 맡은 적도 있다는 마요는 말 판결에 해박한 모양이었다.

지도에 따르면 말 판결 코스는 남방 수도를 출발해서 서쪽으로. 중계지점인 물 보급처를 경유하여 이번에는 동쪽으로. 그 후 출발지점인 남방 수도에서 북쪽으로 조금 올라가면 나오는 장소가 결승점이다.

"이번 코스는 물 보급처도 몇 군데 있으니 그 정도로 가혹하지는 않을 겁니다."

"그렇군요. 그럼 이 몇 군데 있는 물 보급처 중 하나를 야영지로 삼는 게 좋겠어요."

"네. 확인되지 않은 개울이 있을지도 모르지만……."

"이미 물이 있는 장소를 알고 있다면 굳이 찾을 의미는 없겠죠……. 흐음."

고개를 끄덕이면서도 미아는 생각했다.

──그래요. 말도 저희와 마찬가지로 살아있는 생물이니까요. 먹을 것도 마실 것도 당연히 필요해요. 그렇다면 말을 타고 도망칠 때는 어디서 물과 먹을 것을 보급할 수 있는지 알아놓을 필요가 있겠군요. 뭐, 초원이라면 풀은 마음껏 먹을 수 있을지도 모르지만……. 반대로 말이 먹을 것을 어느 정도 갖고 있으면 무게상 말의 다리가 느려질 것 같은데, 대신 가혹한 땅에도 갈 수 있게 된다는 거겠네요. 그게 추격하기 어려울 가능성도 있죠……. 도주 루트에도 몇 가지 변화를 넣을 수 있겠어요.

그렇게 미아의 도망계획은 한층 더 풍성해졌다. 그것을 쓰는 날이 실제로 올지 아닐지는 미지수이지만……

"하지만 역시 실제로 해보지 않으면 알 수 없는 노릇이긴 하군요. 이것만으로도 좋은 경험이에요."

그런 식으로 자신을 독려해보았으나…… 불안은 지울 수 없었다.

──역시 무언가 승리할 방법이 필요해요. 하지만, 으으음…….

머릿속으로 계속 그런 생각을 곱씹는 미아였다.

그런 와중에 한 가지 문제가 생겼다. 그건 말을 타기 위한 승마복을 시착할 때의 일이었다.

"안느, 아무리 그래도 이건…… 좀."

미아는 자신의 옷을 내려다보며 작게 고개를 기울이고 뒤에 선 안느에게 물었다.

"잘 어울리십니다, 미아 님."

생긋 미소 짓는 안느. 제 충신의 말을 의심한 적이 없는 미아였지만, 지금 한 말은 아무리 미아라고 해도 의심하지 않을 수가 없었다.

왜냐하면 지금의 미아는…… 그 뭐냐, 그러니까………… 두꺼웠다.

딱히 과식한 건 아니다! 그건 크나큰 오해다.

그게 아니라, 입고 있는 옷이 두껍고 북슬북슬했다.

그건 기마왕국에서 입는 옷이었다. 표면에 양털을 풍성하게 사용한 그 옷은 털의 유분으로 물을 튕겨내는 방수복이자 방한복이라는 탁월한 기능을 지녔으나…….

"확실히 아침과 저녁에는 쌀쌀하지만 이건 조금 덥지 않을까요? 게다가 너무 무거우면 동풍도 힘들……."

"아뇨, 고르카 씨에게 들었습니다. 군마이므로 평소 태우는 무거운 갑옷과 비교한다면 아무렇지도 않을 것이라고 하셨습니다."

안느는 재빠르게 대답했다.

확실히 동풍은 군마다. 평소에는 미아보다 무거운(아마도) 근위병을 태우고 있다. 미아가 입고 움직일 수 있을 정도의 무게이니 이 정도에는 눈 하나 꿈쩍하지 않으리라는 건 알고 있지만…….

"그래도……."

승리를 노린다면 역시 최대한 가벼운 게 유리하지 않을까?

의문을 품는 미아에게 안느는 고뇌하는 표정을 지으며 말했다.

"게다가…… 그……. 땀을 흘리며 운동하면 살이 빠진다는 이야기를 들은 적이 있어서요……."

"어머! 그게 사실인가요?"

미아는 순식간에 달려들었다! 반면 안느는 살짝 불편한 듯 시선을 돌렸다.

"그러한 이야기를 들은 적이 있는 것 같습니다. 소문이긴 하지만요……."

"그렇군요. 소문이라……."

미아는 조용히 팔짱을 꼈다. 신빙성은 확실하지 않지만…… 그래도 검토해볼 여지는 있어 보이는 소문이었다.

"흐음……. 확실히 말려서 수분을 제거한 버섯이 더 날씬한 느낌도 들고요……."

더불어 애초에 말 판결은 골인한 뒤에 날씬해진다는 소문도 있다. 여기에 두꺼운 옷을 입고 땀을 흘리면 살이 빠진다는 소문을 중첩한다면……?

아벨의 누나, 발렌티나를 만날 준비를 한층 더 완벽하게 갖출 수 있지 않을까?

　──그래요. 확실히 말 판결에서 이기면 더 좋긴 하지만 목적을 놓쳐버리면 안 되죠. 버섯과 토끼를 다 쫓으려다 결국 둘 다 손에 넣지 못하고 빈 냄비를 끓이게 된다고 하니까요…….

　해야 할 일을 하나로 좁혀야 하지 않을까?

　우선순위를 확실하게 해두어야 하지 않을까?

　즉 안느가 하고 싶은 말은 그런 것이리라. 이 북슬북슬한 옷은 그것을 위한 코디네이트인 것이다.

　"안느……."

　미아는 충신의 간언에 귀를 기울이는 도량을 지닌 사람이다. 따라서 자신의 눈을 뜨게 해준 충신에게 다정한 미소를 지었다.

　"알겠습니다. 안느, 당신의 마음을 잘 받아들이겠어요."

　안느 덕분에 달성해야 하는 목표의 우선순위가 정해졌다. 승리 조건을 확정할 수 있었다.

　그래서 미아는 확신을 갖고 말했다.

　"이제 이길 수 있어요."

　"미아 님……."

　대답하는 안느의 목소리는 희미하게 떨렸다.


　안느는 두려웠다. 그것은 기마왕국에 오는 도중에 있었던 일.

　불꽃 일족과 접촉했을 때의 일이다.

　라피나와 함께 말을 탔던 미아가 낙마했다는 이야기를 들었을 때, 만약 미아가 없어지면 어떻게 되는지를 생각했을 때…… 안느의 마음이 떨렸다.

그런 안느였기에 이번 말 판결도 사실은 반대였다.

미아가 위험을 겪는 일은 최대한 피하고 싶다. 하지만 미아가 필요하다고 판단한 이상 그걸 반대할 수는 없다. 그렇다면 자신이 할 수 있는 일은 무엇인가.

생각한 끝에 나온 대답이 이 북슬북슬 의상이었다.

비도 막아주고 방한복이기도 한 이 옷에는 한가지 더 유용한 기능이 있었다.

그건 말에서 떨어졌을 때 충격을 완화하여 부상을 줄여준다는 것. 기마왕국의 어린아이가 말을 타기 시작했을 때 흔히 입는 옷이다.

미아에게 만에 하나의 일이 일어나도 괜찮도록 마롱과 상담한 결과 입수한 옷이었다.

물론 안느는 눈치채고 있었다. 그 두꺼운 옷은 결코 승부에 유리하게 작용하지 않는다는 것을. 가벼울수록 더 빠르게 달릴 수 있다. 당연한 사실이다.

그런데도 안느는 자신의 고집을 밀어붙였다. 그건 미아의 몸을 염려해서 한 행동이긴 했으나…… 그래도 승리를 노리는 미아를 배신하는 행위였다.

벌을 받아도 어쩔 수 없는 일. 거부해도 당연한 진언.

……하지만 미아는 그걸 웃으며 받아들여 주었다.

그것만이 아니었다.

"이제 이길 수 있어요."

안느의 이기적인 마음을 전부 받아들이고, 더불어 안느의 불안을 털어주듯이 승리를 선언해주었다.

"미아 님……."

입술을 깨무는 안느에게 미아는 자신감 넘치는 미소를 지었다.

# 제4화 중장기병 미아, 출진!

말 판결 의식 당일…….

남방 수도에는 기마왕국의 백성이 많이 모여 있었다.

물론 열두 부족의 모든 인간이 모인 정도는 아니었지만, 이웃 부족에서 상당히 많은 인원이 집결했다.

말 판결이라는 이벤트에 다들 피가 끓어올랐다.

그런 사람들 앞에 먼저 나타난 건 산 부족의 기수 샤오리였다.

그리고 젊은 아가씨가 타는 그 말은 산 부족의 족장, 푸마가 보유한 말 중에서도 최고의 말. 의붓딸이라고까지 부르는 말…… 낙로였다.

처음 눈에 들어오는 건 훌륭하게 다듬어진 갈기였다. 이야기로 들어본 맹수, 사자처럼 당당한 갈기는 윤기가 자르르 흘렀다.

똑바로 앞을 보는 눈동자에는 어딘가 왕과도 같은 기품이 느껴져 이 말의 건강상태가 전해졌다. 날렵하게 뻗은 주둥이와 탄탄한 목덜미에서 앞다리로 이어지는 낭창한 라인은 기마왕국 사람들이 아는 이상적인 준마의 것이었고 힘차게 땅을 디딘 뒷다리에서는 그들의 지식 속 이상조차 능가하는 강인함이 느껴졌다.

위풍당당한 왕의 말…… 낙로.

아침 이슬(露)이 떨어지는(落) 순간 해돋이를 받아 빛나는, 그 덧없으면서도 선명한 빛을 이름으로 지닌 말.

종일 쳐다봐도 절대 질리지 않을 이 아름다운 말에 사람들은 감탄의 한숨을 흘렸다.

"저것이 산 부족의 낙로……."

"역시 월토마 중의 월토마라고 불리는 말다워."

"그래, 푸마 님이 자랑스러워하는 것도 이해가 가. 정말로 훌륭해."

칭송하는 목소리는 말뿐만이 아니라 그 말을 타는 기수에게도 향했다.

곧게 뻗은 등, 마치 말을 제 수족처럼 부리며 사람들 앞을 걸어가는 샤오리.

그녀가 입은 건 얇은 승마복이었다. 렘노 왕국에서 수입한 고급 옷감을 사용해서 만든 승마복은 기마왕국 사람들에게는 익숙하지 않은 멋스러움을 발휘했다.

"자세가 아주 좋아. 말도 그렇고 기수도 그렇고 참으로 근사하군."

그렇게 감탄하던 사람들은…… 직후 경악해서 굳어버렸다. 한발 늦게 나타난 미아와 말에게…… 다른 의미로 시선을 빼앗겼기 때문이다.

"……저건, 그러니까……."

무심코 말문이 막혔다.

왜냐하면 미아는 기마왕국의 어린아이들이 입는 초보자용의 북슬북슬한 옷을 입고 있었기 때문이다!

두툼한 의상으로 몸을 감싼 미아는 무표정한 얼굴로 말을 타고 있었다. 마치 영혼이 어딘가 먼 세상으로 날아가 버린 것처럼 그 눈동자는 그저 전방에 있는 초원만을 비추고 있다.

그리고 살짝 중장비인 황녀를 태운 말 또한 조금 못나 보였다.

확실히 털의 윤기는 나쁘지 않다.

월모(月毛)라고 불리는, 달빛 같은 색상의 털은 낙로만큼은 못하지만 건강하게 반질반질했다. 이 말을 소중히 키웠다는 건 의심할 여지가 없다. 맑은 눈도, 땅딸막하지만 탄탄한 몸도 제대로 손질된 것이 보였다.

하지만 그래도 다들 상대가 안 좋았다고 생각했다.

하물며 그 말을 타는 사람이 저래서야…….

"참으로 오랜만에 보는 옷이와요. 미아 황녀님, 오늘은 이따 눈이나 비라도 내리는 것인 가와요?"

천천히 다가온 샤오리는 미아의 복장을 봤다가 하늘을 올려다보았다.

그녀는 구름 하나 없이 맑은 하늘을 보며 어깨를 으쓱했다.

"아니면 그걸 입지 않으면 무서워서 말에 타지도 못하는 것이와요?"

그러고는 도발하듯, 무시하듯 입꼬리를 씩 웃으며 조소를 머금었다.

반면 미아는…… 침묵. 침묵이다!

그 얼굴에는 분노도 수치도 허세 섞인 미소도 없이……. 그 눈동자는 그저 하염없이 정면만을 바라볼 뿐.

그렇다. 이미 미아에게는 주변의 소리가 들리지 않았다.

지금 미아는 열심히 정신 통일 중이었다.

제국의 말덕 고르카와의 대화, 자신의 충신들이 보내는 거대한 기대, 걱정, 온갖 것들로 인해 안절부절못하게 된 미아는 안느 덕분에 원점으로 돌아갈 수 있었다.

그것은 무엇인가……? 그래, 그건…….

──즐겁게 말을 타고 날씬해지는 것. 그것이 가장 중요해요!

이것이다! 이것이야말로 미아가 말 판결에 출전하는 원점이다. ……아니, 그랬던가?

의문의 여지가 없는 건 아니었으나, 아무튼 미아가 실현해야 하는 목적은 그것이었다.

"즐겁게…… 말을 타고……."

작게 중얼중얼하며 스스로에게 목적을 들려준다.

──역시 안느예요. 정말 든든하다니까요.

목적을 명확하게 만들어준 데다 솔깃한 정보도 물어왔다.

최대한 땀을 흘리는 것……. 조금 덥지만, 이 정도로 노력한다면…….

"이 정도라면 가벼운 것……."

계속해서 중얼거리는 미아였다.

그리고 추가로…… 대충 무리하지 않는 범위에서…… 승리를 쟁취하는 것도 나쁘지 않다고는 생각한다.

아무튼 동풍은 황녀전속 근위대의 고르카가 자신 있게 추천한 제국군의 말이다.

그렇다면 미아가 무슨 생각을 하든 이길 수 있을지도 모른다.

──제가 제국군의 말을 믿지 않으면 누가 믿겠어요?

근위대는 여차할 때 자신을 지켜주는 충성스러운 기사. 그렇기에 자신은 그 명예를 전력으로 옹호한다.

마찬가지로…… 근위대의 말 또한 신뢰하려고 마음먹은 미아였다.

"당신이라면 이길 수 있어요. 동풍."

그렇게 말하며 목덜미를 쓰다듬은 미아가 문득 고개를 들자…….

"후후후, 말도 고생이 많사와요. 뭐, 아무쪼록 힘내시와요."

어째서인지 아주아주 기합이 들어간 얼굴인 샤오리가 보였다.

"어머, 샤오리 양. 오늘은 잘 부탁드립니다. 서로 최선을 다하도록 해요."

그렇게 미소 짓는 미아를 샤오리는 못마땅한 듯 노려본 뒤 떠나갔다.

그리고 동풍은 평소처럼 담백한 얼굴로 그 모습을 쳐다보았다.

출발지점에 선 남자가 커다란 깃발을 들었다. 높이 들어 올린 짙은 붉은색의 깃발. 그것이 한 번 빙글 돌더니…….

"그 다리로 신의 뜻을 대리하라! 말 판결 의식, 시작!"

마치 별똥별처럼 붉은 깃발이 내려가며…….

말 판결 의식이 시작되었다.

# 제5화 못난 말과 현명한 황녀↔현명한 말과 못난 황녀

개시 신호와 동시에 낙로가 뛰쳐나갔다.

용맹한 울음소리를 지르면서 대지를 박차고 달려간다.

한 걸음, 그 몸이 움직이고 두 걸음, 그 몸은 바람이 된다.

틀림없는 준마의 달리기.

월토마 중의 월토마라는 평가가 부끄럽지 않은 압도적인 스타트 대시였다.

사람들의 입에서 나오는 환호성을 들으며 기분이 좋아진 샤오리는 대전상대인 미아 쪽을 보려고 했다가…… 경악했다!

"미아 황녀가 없…… 사와요?"

잘 보자 미아는 한참 뒤쪽인 출발지점에서 그리 떨어지지 않은 위치를 느긋하게 달리고 있었다. 마치 피크닉이라도 가는 것처럼 경쾌한 스텝으로 느긋하게…….

그것을 본 샤오리는── 작게 혀를 찼다!

"큭, 제법이야……. 방심할 수 없겠사와요."

그녀는 분하다는 듯 시음하며 시선을 전방으로 옮겼다.

샤오리가 말 위에서 혀를 차고 있을 때, 그 아버지인 푸마 또한 분하다는 듯 얼굴을 찌푸렸다.

참으로 느긋하게 출발한 미아와 그 말을 쳐다보았다.

"쯧······. 이쪽의 도발에 넘어오지 않다니······ 참으로 건방진 것······."

황녀 미아의 당당한 달리기는 푸마와 샤오리의 작전이 실패했음을 말해주고 있었다.

그렇다······. 승부는 달리기 전부터 이미 시작되었다. 샤오리는 일부러 미아를 도발하고 부추긴 것이다!

역대 말 판결에 출전한 적이 있는 사람은 알고 있다. 말 판결에서는 처음에 속도를 너무 올리지 않는 게 중요하다.

이틀에 걸친 장거리 경주에서 출발 시점에 벌어진 차이는 거의 신경 쓸 필요가 없다. 말을 내내 전속력으로 달리게 할 수 없으므로 어딘가에서는 속도를 떨어트릴 수밖에 없는 이상 개시 직후에 뛰쳐나오는 건 단순한 허세라고 해도 과언이 아니다.

더불어 말 판결은 마지막에 가서 최대의 난관이 기다리고 있다.

그것은 결승점인 별풀 바위까지 하염없이 이어지는 오르막이었다.

기본적으로 평탄한 초원 지대에서 유일하다고 할 수 있을 만한 높은 언덕. 그 꼭대기가 말 판결의 결승점이다.

즉 말 판결은 마지막까지 말의 체력을 남겨놓는 게 핵심이다. 처음에는 오히려 자제하면서 달리는 게 좋다.

그런데도 불구하고 샤오리는 뛰쳐나갔다.

그건 승마에 익숙하지 않을 미아를 자멸로 유도하기 위한 작전이었다. 샤오리의 뒤를 쫓아오게 하여 초반에 말의 체력을 전부 깎아놓으려는 의도였다. 또 처음부터 압도적인 차이를 보여줘서 상대방의 의욕을 꺾어놓는다는 꿍꿍이도 있었으나…….

"설마 흔들리지 않을 줄은…….."

보통은 대전상태가 앞서가면 쫓아가고 싶어지는 법. 개시 직후의 속도 승부를 받아들이고 싶어지는 법이다. 그만큼 도발해놨다면 더욱더.

그런데도 미아는 그걸 무시했다.

상대가 점점 앞서가고 있는데도 신경 쓰지 않고, 오히려 일부러 느긋한 페이스로 달렸다.

"그래. 입만 산 게 아니라는 건가. 저 침착한 자세는 훌륭하군……. 제국의 예지라고 불리는 모양이던데, 확실히 현명한 황녀인 건 틀림없는 것 같아. 하지만 아무리 기수가 뛰어나다고 한들 저런 못난 말이어서야…….."

말 판결은 당연히 말의 능력에 좌우된다.

"낙로에 필적하는 말을 데려왔다면……. 예를 들어 그 불꽃 일족의 말을 데려왔다면 결과는 또 달랐을지도 모른다만…… 흥, 말에 귀천은 없다는 이상론과 함께 짓밟아주마."

토해내듯이 말한 푸마는 떠나가는 미아의 모습을 노려보았다.


자 그럼……. 그렇게 이상적으로 출발한 현명한 황녀, 미아 루나 티어문 말이지만……. 일부러 지적할 필요도 없이 그렇게까지 깊은 생각은 없었다. 당연하게도…….

미아는 여느 때처럼 말에 몸을 맡길 뿐. 그렇기에 오히려 이 느긋한 출발은 못난 말이라고 불린 동풍의 의지였다.

그렇다. 군마인 동풍은 알고 있다.

이 앞에 무슨 일이 있을지 알 수 없는 이상 쓸데없이 체력을 사용하는 건 피해야 한다. 착실하게 체력을 보존하는 노선으로 잡은 건 다름없는 동풍 자신이다.

그런고로 실상은 현명한 말에 탄 못난 황녀 상태인 마이였으나, 물론 그걸 알아차리는 사람은 없었다.

──흐음, 예상대로 느긋한 달리기예요. 황람이었다면 이렇지 않았겠죠. 뭐, 저는 편해서 좋지만요…….

덜컹덜컹 흔들리던 미아가 문득 생각했다.

──하지만 너무 편하게 달렸다간 운동 효과가 영 애매할지도 모르겠어요. 여기선 일부러 조금 하드한 운동을 할 필요가 있는 것 아닐까요?

마음을 먹으면 즉시 행동으로.

미아는 동풍의 등을 찰싹찰싹 두드렸다.

"동풍, 조금 속도를 올리죠."

동풍은 귀를 꿈틀 움직이더니 짧은 침묵 후 달리는 속도를 올렸다.

"오, 슬슬 쫓아가는 건가. 역시 감이 좋으시군."

갑작스러운 목소리. 그쪽을 보자 미아 옆을 나란히 달리듯 한 마리의 말이 다가왔다. 그 말을 탄 사람은 족장 회의에서 미아에게 말을 걸었던 몸집이 큰 족장이었다.

"당신은……."

"하하하. 처음 뵙는 건 아니지만, 다시금 이름을 대도록 하지.

내 이름은 무 강마(木剛馬). 나무(木) 부족의 족장을 맡고 있다."

"어머나, 친절하시군요. 미아 루나 티어문입니다. 족장께서 직접 동반해주시다니 든든하네요."

미소 짓는 미아에게 강마는 감탄했다는 듯 고개를 끄덕였다.

"그나저나 샤오리의 도발에 넘어가지 않다니. 말 판결의 철칙을 아주 잘 이해하고 계시는 듯하군. 아주 훌륭해."

흡족해하며 웃는 강마를 보고 미아는 조용히 고개를 저었다.

"아뇨. 저는 그저 이 말의 뜻대로 몸을 맡기고 있는 것뿐이랍니다."

자신이라면 당연하다는 듯이 우쭐거리지는 않는 미아였다.

아무튼 상대는 기마왕국의 족장. 말하자면 전문가다. 괜한 소릴 했다간 쉽게 간파당할 것이다.

심지어 자신에게 적잖이 호의적인 반응을 보여주는 사람이다. 여기서 자칫 실력자인 척했다가 들통났다간 모처럼 아군이 되어줄지도 모르는 사람의 심기를 거스르게 될 것이다.

여기서는 겸손하게, 솔직하게⋯⋯.

──그래요. 저는 이 동풍처럼 살고 싶어요.

그런 생각을 하는 미아였다.

# 제6화 미아 황녀, 마음을 흔들다!

"말에게 몸을 맡긴다……."

이국의 황녀에게서 나온 말, 그 문장은 강마의 마음에 기묘한 향수를 불러일으켰다.

과연 그 말을 듣고 마음이 흔들리지 않는 기마왕국 사람이 있을까.

……아니, 없다!

그건 어린 시절, 말을 막 타기 시작한 아이가 가장 먼저 듣게 되는 말이기 때문이다.

강마도 주변에서 함께 달리는 자들도 예외가 아니다.

그런 기본 중의 기본을, 미아는 진심으로 믿는다는 듯 당당히 말했다.

"적어도 달리기에 관해서는 저보다 이 동풍이 더 잘 알고 있을 테니까요. 어떻게 해야 이길 수 있는지도 분명 이 아이가 더 잘 알고 있을 게 틀림없어요."

무척 현명해 보이는 얼굴로 그런 말까지 하는 미아였다.

"그렇군. 족장 회의에서 이 말 판결이라는 상황을 만들어낸 황녀 전하라면 그 발언에도 무게가 실려. 그래, 미아 황녀 전하는 자기 자신 못지않게 말을 신뢰하고 계시군."

그 어린아이와도 같은 순수함은 그녀가 입은 초보자용 옷과도 무관하지 않다는 느낌이 들었다.

아마 저 옷은 말을 막 타기 시작했을 때 누군가에게 받은 옷이리라. 미아는 그때의 마음을 잊지 않도록 이 중요한 승부에서 입고 나온 것이다. 그렇게 수긍할 뻔한 순간…… 불현듯 위화감을 느꼈다.

그것은 아주 작은 의문이었다.

말에게 모든 것을 맡긴다고 한다면…… 왜 지금 속도를 올리라는 지시를 내렸는가?

그건 틀림없는 미아 본인의 의사다. 그리고 동시에 그것은 타이밍적으로도 지극히 정확했다. 지금부터 가속하면 머지않아 샤오리가 시야에 보이게 될 것이다. 아무리 낙로가 좋은 말이라고 해도 그대로 계속 달리는 건 불가능하니까.

──그래. 생각해 보면 바로 알 수 있는 일이야. 미아 황녀가 산 부족의 기수가 앞서가는 걸 허락한 것은 말의 의사도 물론 있지만 미아 황녀 본인의 뜻이기도 하지……. 그럼 그 진의는……?

강마는 저도 모르게 신음했다.

아마도 미아는 말 판결 코스를 지도로 확인했을 것이다. 아니, 확실하게 확인했을 터. 하지만 실제로 달려보는 건 처음이다. 그렇다면 일부러 상대방을 먼저 보내고 상황을 본다는 판단을 내렸다고 해도 이상하지 않았다…….

──아니, 오히려 이 똑똑한 황녀라면 분명 그렇게 할 거다. 그러니 먼저 보내기는 했지만 최대한 보이는 범위 안에서 가고 싶은 거지. 놓쳐버린다면 상황을 볼 수도 없으니까.

강마는 그렇게 결론을 내렸다.

즉 미아는 초반에 상대의 도발을 흘려넘기면서 자신의 계획대로 굴러가게 만든 것이다.

──그래. 족장 회의를 이끌었던 미아 황녀이니 그 정도는 생각했어도 이상하지 않은가…….

하지만 그렇게 된다면 아무래도 마음에 걸리는 게 있었다. 그리고 그걸 물어보지 않을 강마가 아니었다.

"그런데 미아 황녀 전하, 그 복장은 무언가 있는 건가?"

그렇다. 미아가 껴입은 초보자옷이 자꾸 마음에 걸렸다. 그건 과연 초심을 잊지 않겠다는 정신적인 이유만인 걸까.

"아, 이건……. 후후, 제 소중한 충신이 입고 가라고 마련해준 것이랍니다."

미아는 미소 지으며 대답했다.

"말 판결에 출전할 때는 꼭 이 옷을 입고 나가라고요. 뭐, 동풍은 군마니까 이 정도의 무게라면 문제없을 거예요."

"그렇군……. 흐음……."

강마는 진지한 얼굴로 생각에 잠겼다.

이 황녀의 말을 고스란히 믿어도 되는 것인지…….

조금 전의 법칙대로라면 이것도 충신이 마련해준 것이 맞긴 하지만 동시에 미아 본인의 의도이기도 할 터……. 그럼 그건 대체 어떤 것인가?

시선을 주자 미아는 아무런 꿍꿍이도 느껴지지 않는 얼굴로 고개를 갸웃거리고 있었다.

아무 생각도 없어 보이는 듯한 그 얼굴 뒤에서 과연 어떠한 계획을 짜고 있는 것인지……

바닥이 보이지 않는 미아의 늪에 깊이 빠져버린 강마였다.

한편 미아는 심심풀이로 잡담을 하면서도 해야 할 일은 제대로 하고 있었다.

그건 속도가 올라가 상하운동이 커진 동풍의 움직임에 맞추는 것……. 무릎을 유연하게 움직여 동풍의 리듬에 맞추는 것이다.

황람과는 다르게 무척이나 규칙적인 움직임이었다. 거기에 맞추는 것쯤은 춤의 달인인 미아에게는 쉬운 일. 그저 동풍이 연주하는 깔끔한 4박자에 그 몸을 맡긴다.

동풍이 기분 좋게 달릴 수 있도록 적절히 균형을 잡는다. 이러한 배려는 댄스 파트너를 배려하는 것과도 같은 맥락이었으나…… 이국의 황녀가 보여주는 뜻밖의 승마 기술에 동반 기수들은 다들 놀랐다.

잠시 운동하고 나니 몸이 서서히 달아올랐다. 그렇기에 초원에 불어오는 산뜻한 바람이 기분 좋았다.

올해 여름은 그리 덥지 않았으니까 바람은 조금 선선하다. 온화한 바람에서 풍부한 녹음의 냄새가 느껴지자 참으로 상쾌한 기분이었다.

"아아……. 역시 말은 참 좋아요. 우후후."

이렇게 기분 좋게 운동할 수 있다면 더 적극적으로 탈 걸 그랬다는 생각이 자꾸 들었다.

"자, 가요! 동풍!"

그렇게 기합이 들어간 외침을 터트린 순간── 보였다!

짙은 녹색 양탄자 너머 불숙 솟아있는 몇 개의 그림자.

눈에 힘을 주자 그게 앞서간 샤오리 일행이라는 걸 알 수 있었다.

"후후후, 따라잡았네요, 샤오리 양. 놓치지 않을 거예요."

그렇게 미아는 눈을 떴다! 앞서간 사람들을 따라잡는 쾌감을.

"뒤에서 쫓기는 건 조마조마해지지만, 이렇게 제가 쫓아가는 건 제법 즐거운 것 같아요."

그런 혼잣말을 중얼중얼 흘리면서 미아는 샤오리 일행을 쫓아갔다.

# 제7화 미아의 제안, 샤오리의 예리한 통찰력!

샤오리 일행의 뒷모습이 보인 순간 '지금이다!' 하고 직감하고 단숨에 가속, 거리를 좁히는 건…… 동풍이었다.

상대방의 바로 뒤를 따라가는 게 유리하다고 생각한 모양이었다.

한편 미아는 순수하게 따라잡은 것을 기뻐하며 샤오리에게 말을 걸었다.

"드디어 따라잡았네요. 샤오리 양."

생글생글 기쁨의 미소를 짓는 미아에게 샤오리는 부루퉁한 얼굴로 대답했다.

"미아 황녀님, 아주 즐거워 보이십니다, 와요. 그러고 보면 출발하기 전에도 그런 말씀을 했었사와요. 즐겁게 말을 탄다는 둥……."

"……즐거워 보인다고요?"

즐거워 보인다…… 즐거워 보인다…………!

그 말에 '지금이다!' 하고 직감하고 단숨에 생각을 가속, 샤오리와의 거리를 좁히기 위해 움직인 건…… 미아였다.

상대방의 말을 교묘하게 이용하여 상황을 유리하게 만들기 위해 미아는 입을 열었다.

"바로 그 말씀대로예요. 샤오리 양. 저는 즐거운 말 판결이 되길 바라고 있답니다."

미아는 혼신의 힘으로 어필했다.

결코 적대하는 게 아니에요! 사이좋게, 화기애애하게 갑시다!

……미아가 호소하고 싶은 건 그런 내용이었다.

그렇게 승패가 갈리면 시합 종료. 원한 없이 서로 잘 싸웠다며 칭찬하자고 하고 싶었다!

그러한 공통인식이 있으면 진다고 해도 안심할 수 있다.

"둘이서 사이 좋게 중간까지 갔다가 마지막 순간에 승부를 가르면 되는 거죠. 그렇게 생각하지 않으세요?"

미아는 제안했다.

딱히 이틀 동안 힘들게 승부할 필요는 없지 않나?

마지막에만 살짝 진심을 발휘해서 승부가 갈리게 하면 되지 않나?

중간까지는 하하호호 즐거운 피크닉 기분이어도 괜찮잖아!

생글생글 우호적인 미소를 지으며 열심히 호소했다.

말을 빨리 달리게 하면 이래저래 힘들고 피곤하니까 느긋하게 가자고 주장하는 것이다.

참고로 지금 미아에게 말을 빨리 달리게 해서 하드하게 운동하겠다는 마음은 이미 없었다.

그렇다! 미아는 이미 최초의 목적이었던 '적절한 운동'을 이미 달성했다고 생각하고 있었다!

──오늘 밤은 친목을 다지기 위해 같이 맛있는 걸 배불리 먹는 건 어떨까요?

이런 생각까지 하고 있는 형국이었다.

──역시 같이 식사하는 것이야말로 서로를 이해하기 위한 첫

걸음이니까요…….

같은 빵을 나눠 먹으면 서로를 이해할 수 있다. 그건 미아가 소중히 간직하는 신념 중 하나이다.

"어떤가요? 샤오리 양."

살짝 애교를 부리는 듯한 미소로 미아가 말했다.


"마지막 순간에 승부를……?"

샤오리는 미아의 입에서 나온 말을 음미했다.

그것은 중간 승부처에서 진행될 수 싸움을 일절 부정하는 제안이었다.

승마에 익숙하지 않을 미아의 제안으로서는 무척 타당했다.

이번 말 판결 코스는 가장 간단한 코스로 정해졌다. 하지만 그렇다고 해도 난관이 없지는 않다. 도착점 앞의 언덕은 물론이고 그 앞에도 승부할 곳이 몇 군데 있다.

그리고 그 장소는 승마 기술이 필요한 장소. 그곳에서 샤오리가 승부를 걸면 불리해진다고 판단한 것이리라.

그러니 그러한 장소에서도 사이좋게 같이 가자고 제안하는 것이다.

하지만 동시에 그건 샤오리에게도 검토할 필요가 있는 제안이었다. 왜냐하면 낙로는 준마다. 속도 승부라면, 그것도 도착점을 앞에 둔 단거리라면 지지 않는다. 반드시.

보아하니 미아의 말은 굳이 따지라면 체력 승부에 적합한 말일 터. 본래 미아는 마지막 언덕 앞에서 승부를 걸어야만 할 터였다.

그런데도 미아는 종반의 속도 승부에 도전했다. 그것을 어떻게 생각해야 하는가…….

──속도에 어지간히 자신이 있다……?! 설마…… 그래서 출발할 때 저를 먼저 보냈다는 것이와요?

자기 말의 속도를 숨기기 위해 일부러 느긋하게 출발했다는 걸까? 마지막 순간에 속도 대결로 끌고 가기 위해서…….

──대단한 자신감이와요. 진심으로 이 낙로에게 이길 수 있다고 생각하는 것, 이와요?

샤오리는 미아의 얼굴을 보았다. 미아는…… 어리둥절하다는 듯 고개를 갸웃거리고 있었다.

불안해하는 기색은 조금도 느껴지지 않았다.

──저를 얕보는 것이와요. 아주아주 무시하는 것이와요.

배속에서부터 부글부글 분노가 끓어올랐다. 하지만…… 동시에 냉정한 부분이 경고했다.

상대방은 제국의 예지……, 방심은 금물이라고.

듣기로는 렘노 왕국에서 일어난 예의 혁명 미수 사건을 해결한 건 이 미아 황녀라고 한다. 그렇다면 아무런 근거도 없이 마지막 승부에 도전하지는 않을 것이다.

아마도 이길 수 있다는 확증이 있는 것이다.

바꿔 말하자면 그건 중간에서 승부하는 걸 피하고 싶다는 뜻이기도 하다.

──그러고 보면 이 위치…….

샤오리는 퍼뜩 깨달았다.

미아의 위치. 샤오리보다 살짝 뒤쪽에서 달리는 이것은……?

──저를 앞서 보내서 상황을 살피려는 의도인 것이와요?

그 순간 샤오리의 등을 타고 차가운 전율이 흘렀다.

마지막 순간에 승부하는 것. 중간 승부를 회피하는 것. 그것은 지리적인 장점을 포기한다는 것이다.

만약 미아의 제안을 받아들였다면 이 초원을 잘 아는 사람으로서 보유한 장점을 놓아버리게 된다!

자칫 함정에 빠질 뻔했던 것에 경악하면서도 샤오리는 주변을 둘러보고…… 어떠한 것을 발견했다.

그건 승부처 중 하나이기도 한 장소…….

"따라오고 싶다면 따라오, 와요. 물론 따라올 수 있다면 말이지만…… 이와요!"

말을 마치자마자 샤오리는 낙로의 방향을 틀었다.

# 제8화 미아, 까르륵 우후후 물놀이를 즐기다

낙로의 갑작스러운 방향 전환 및 급가속에 동풍이 즉시 반응했다.

속도를 올리고 낙로의 뒤꽁무니를 따라갔다.

한편 미아는 그 움직임에 '흐억!' 하는 꼴사나운 비명을 질렀다.

참고로…… 미아의 영혼은 갑작스러운 사태에 매우 당황했으나, 육체 쪽은 무의식중에 균형을 맞추고 있었기에 주변에서 보면 당황하는 연기로 보였지만……. 뭐, 그건 그렇다 치고.

낙로가 향한 곳은 살짝 내리막길이었다. 그곳을 매서운 바람처럼 달려 내려갔다. 차이가 쭉쭉 벌어지며 낙로의 모습이 멀어졌다.

"큭, 뭐 그렇게 되겠죠. 역시 중간까지는 사이좋게 느긋하게 가려는 건 너무 제게만 유리했어요."

미아는 그렇게 중얼거리면서도 어떻게든 샤오리를 따라갔다. 그러자 곧바로 강변이 보였다.

아주 얕고 폭은 넓은 강. 완만하게 흐르는 물줄기로 들어간 낙로는 물보라를 일으키며 그 속을 달려갔다.

그 뒤를 따라 동풍도 강에 발을 들여놓았다.

"오호라. 낙로의 속도는 대단해요. 역시 월토마…… 푸억!"

직후 낙로가 튀긴 물보라가 미아의 얼굴에 촤아악 직격했다.

전방에서 샤오리가 몸을 돌려 조금 승리했다는 표정을 지었다. 하지만…… 그건 다소 성급한 반응이었다.

왜냐하면 미아는…… 그 정도로는 꿈쩍도 하지 않기 때문이다!

그도 그럴 것이 미아는 그 무인도에서 이미 수영을 마스터했다. 초승달 해파리라는 이명을 지닌 미아는 수륙양용 프린세스. 이 정도의 물을 맞는다고 해도 아무렇지도 않다.

아니…… 오히려…….

"우후후. 조금 더웠는데 마침 잘됐네요."

머리카락을 흩날리며 기분 좋다는 듯이 웃었다!

그렇다. 북슬북슬 의상으로 다소 체온이 올라가 있던 참이었기에 물이 아주 기분 좋았다.

그게 끝이 아니었다. 찬물에 맑아진 미아의 두뇌가 번뜩였다!

──흐음, 이거 쓸 수 있을지도 모르겠어요!

한순간의 번뜩임. 미아는 지금 강변에서 벌어지는 결투를 물놀이로 만들기로 했다.

치열한 경주를 '즐거운 물놀이'로 연출해버린다는 계획이다. 처음 제안했던, 중간까지는 사이좋게 말을 달리자는 계획을 미아는 아직 포기하지 않았다.

그렇다면 당하기만 하는 건 즐거운 물놀이라고 할 수 없으니까…….

"동풍, 샤오리 씨 앞으로 가요. 모처럼이니까 보답하자고요."

물놀이에서 일방적으로 상대방에게 물을 퍼붓기만 하는 건 심심하다. 물을 뿌리기도 하고 맞기도 해야 즐거운 놀이가 된다!

미아의 지시를 받은 동풍이 가속했다. 단숨에 낙로 앞으로 튀어나온 동풍은 그대로 뒷발을 움직여 있는 힘껏 물을 튀겼다.

"꺄악!"

샤오리의 귀여운 비명을 들으며 미아는 흡족하게 웃었다.

"후후후, 보답이에요! 샤오리 양."

콧노래를 섞어 외치면서도 미아는 문득 생각했다.

──하지만…… 이 '앞으로 튀어 나가 물을 뿌리는 방식'은 황람을 떠올리게 하네요. 혹시 혈연관계가 있다거나……? 아니면 월토마 중엔 그렇게 태도가 나쁜 녀석이 많다거나…….'

그런 생각을 하고 있었더니 동풍이 살짝 코스를 바꾸었다.

보니까 다시 낙로가 전방으로 나가 물을 뿌리려 하고 있었다.

"어머? 혹시 제가 물을 맞는 걸 신경 써주는 건가요?"

물어봐도 동풍은 귀를 뒤로 꿈틀 움직였을 뿐 대답하지 않았다.

"우후후. 역시 근위대의 말이로군요. 말괄량이 공주님을 어떻게 대해야 하는지 잘 알고 있어요."

미아의 웃음소리에 어딘가 자랑스럽다는 듯 푸르르 투레질을 하는 동풍이었다.


"크윽, 당했사와요……."

앞머리에서 물을 뚝뚝 흘리며 샤오리가 분하다는 듯 이를 악물었다.

머리에 물을 끼얹으면 상대방의 냉정한 이성을 빼앗을 수 있다고 생각했는데, 결과는 어떤가.

미아는 조금도 동요하지 않았다. 오히려…….

"보답이에요! 샤오리 양."

그렇게 즐겁다는 듯, 승리했다는 듯 웃으며 반격을 가했다.

설마 반격을 받을 줄은 예상하지 못했던 샤오리였기에 동요하고 말았다. 저도 모르게 꼴사나운 비명을 지르고 말았다.

──무시했던 건 제 쪽이었사와요…….

이제 와서 샤오리는 드디어 깨달았다.

제국의 황녀, 미아 루나 티어문은 평범한 귀족 영애가 아니라는 것을!

렘노 왕국과 교류하면서 샤오리는 타국의 귀족 영애와도 면식이 있었다.

그런 그녀가 아는 영애들은 얼굴에 물을 맞는 걸 무서워하거나 싫어하는 사람이 많았다. 그래서 갑자기 얼굴에 물을 맞으면 동요하거나 화내거나, 적어도 침착함을 잃어버릴 터였는데…….

──전혀 동요하지 않고 반격하다니 조금도 예상하지 못한 일이와요.

완전한 계산 착오. 하지만 그 이상으로 샤오리는 미아가 쉽게 자신을 제치고 앞으로 나섰다는 것에 놀랐다.

낙로와 동풍의 힘 차이는 역력하다. 그런데도 싱겁게 제쳐졌다. 그 충격은 유난히 컸다.

다리 힘에 차이가 있는데도 불구하고 제쳐졌다는 건 자신의 승마 기술이 미아보다 부족하다는 증명이다.

발밑이 불편한 강을 선택해서 승부를 걸어놓고 패배했다. 이 굴욕은 아주 커서…….

"큭, 아직이야. 승부는 이제 막 시작했, 사와요. 다음에야말로 본때를 보여주겠사와요."

분해서 신음하듯 중얼거리는 샤오리였다.


나중에 샤오리는 생각했다.

이 시점에서 이미 자신은 제국의 예지가 쳐 놓은 함정에 빠져 버렸다고. 완전히 냉정함을 잃어버렸다고…….

차가운 초조함은 눈치채지 못하는 사이에 샤오리의 몸에 달라 붙어 서서히 그 몸을 좀먹어가고 있었다…….

# 제9화 미아의 흑○빵

하늘도 붉게 물들어가는 저녁. 밤의 발소리가 들리기 시작하는 시간대가 되자 드디어 미아는 예정했던 야영지에 도착했다.

그곳은 코스의 딱 중간 정도 되는 위치에 있는 물 보급처였다.

내일은 이 물 보급처를 경유해서 한 바퀴 돌고 남방 수도의 북쪽에 있는 결승점을 향하게 된다.

"흐음, 예정대로 순조롭게 왔군요."

먼저 출발했던 황녀전속 근위대 사람들과도 무사히 합류. ······한 건 좋았지만, 말 판결 도중에는 조언 등 도움을 받지 못하도록 최소한의 접촉밖에 못 한다는 규칙이 있다고 하여······.

임시 천막을 세우고 요리해주는 걸 묵묵히 볼 수밖에 없는 미아였다.

본래대로라면 요리해주는 안느와 즐겁게 대화할 타이밍인데 그것도 최소한으로 줄일 수밖에 없었다.

"미아 님, 열심히 하세요. 맛있는 음식을 만들어드리겠습니다."

이 정도가 고작이다.

참고로 안느가 해준 요리는 그린문 가의 메이드, 니나에게서 받은 향신료가 들어간 특별 냄비 요리였다. 제도에 돌아갈 때마다 주방장에게도 가르침을 받은 안느는 이미 과거의 안느가 아니다.

재료를 잘라 푹 끓여내는 냄비 요리라면 문제없이 만들 수 있게 되었다. 성장했다!

뭐, 요리가 맛있어지는 건 좋은 일이지만 역시 이렇게 혼자 입을 다물고 있는 건 미아로서는 조금 쓸쓸했는데…….

하지만…… 이번만큼은 그것도 나쁘기만 하진 않았다.

왜냐하면 미아의 야영지점 바로 옆에 마찬가지로 야영을 준비하는 샤오리가 있었기 때문이다.

"이건 기회예요. 샤오리 씨도 지금은 혼자 있을 테니까…… 같이 식사하고 서로 건투를 빌면 자연스럽게 사이도 좋아질 거예요."

주변에 아군이 많이 있는 상태라면 당연히 즐거운 대화를 바라라 수 없다. 하지만 다행인지 불행인지 지금은 서로 혼자다. 주변과 대화가 금지된 상태.

같이 식사하는 걸 막을 자는 없다!

"좋은 관계를 만들어놔야 겼을 때 더 낫다는 건 지금도 변하지 않았어요. 그렇다면 여기선 함께 냄비 앞에 앉아 친목을 다져야 해요!"

고개를 주억거린 뒤 미아는 위풍당당하게 샤오리 옆으로 향했다.

한편 샤오리는—— 조금 타격을 받은 상태였다.

그녀의 예정대로라면 하나 더 앞에 있는 물 보급처에서 야영했어야 하기 때문이다.

그게 미아의 책략에 넘어가 쓸데없는 승부를 거는 바람에 계획대로 가지 못했다.

따라오는 미아는 무시하고 그대로 갔더라면 더 앞서가서 이미 승부가 확정될 만큼 차이를 벌렸을지도 모르는데…….

"낙로, 면목이 없사와요. 제가 더 잘했더라면."

풀이 죽어 어깨를 떨군 샤오리는 낙로의 목을 부드럽게 쓰다듬었다.

"내일은 반드시 압도적인 차이를 내서 이길 것이와요."

그렇게 기합을 넣는 샤오리에게…… 말을 거는 자가 있었다! 그건 그녀가 탔던 명마, 낙로…… 가 아니고…….

"샤오리 양, 잠시 괜찮을까요?"

대전상대인 미아였다. 심지어 그…… 뭐라고 해야 할까, 짜증이 혹 치밀 만큼 태평한 얼굴로 말을 걸었다!

"뭔데요……, 와요?"

퉁명스러운 얼굴로 돌아보자…….

"으음…… 전부터 생각했던 건데, 샤오리 양. 어미로 '와요'를 붙이면 귀족 영애 말투가 된다고 오해하고 계시지 않나요?"

"윽……."

샤오리는 얼굴을 찌푸렸다.

그건 아는 귀족 영애에게 배운 말투였기 때문이다.

그 영애는 샤오리의 말투를 시골뜨기 같다며 실컷 지적한 뒤, 아무튼 어미에 '와요'를 붙이면 된다고 웃으며 알려주었다.

내심 놀리는 게 아닌지 의심하지 않았던 건 아니지만, 그래도 일단은 믿고서 그런 말투를 쓰려고 노력하고 있었다. 그랬는데…….

침묵하는 샤오리를 보고 미아는 '으음……' 하고 신음한 뒤…….

"알고 싶으신 것이라면 제가 가르쳐드릴 수 있지만, 그래도…… 샤오리 양은 그냥 평범한 말투를 써도 괜찮지 않을까요?"

"어……?"

"들어보세요. 음식도 그렇잖아요? 그 땅에는 그 땅에 적절한 음식과 요리법이 있는 거죠. 예를 들어 제국에는 멋진 버섯이 있지만, 저는 기마왕국의 버섯도 전부 그 버섯이 되길 바라지는 않는답니다. 게다가 기마왕국에서 자라는 버섯을 제국의 요리법으로 조리하려고 생각하지도 않죠. 그러면 재미없잖아요."

이해하기 쉽도록 하려는 걸까. 미아는 일부러 비유를 들어가며 말했다.

"말투도 아마 그와 마찬가지인 거예요. 샤오리 양이 귀족 영애다운 말투를 동경하는 건 자유지만, 저는 기마왕국의 말투도 멋지다고 생각한답니다. 특히 역사가(歷史歌)에선 기마왕국의 말투가 더 근사하게 들린다고 보는데요……."

그 뜻밖의 발언에 샤오리는 순간 어안이 벙벙해진 표정을 지었으나…… 바로 고개를 돌렸다.

"그, 그런 것보다, 무슨 일로 오셨, 사와요?"

"아, 맞아요. 같이 식사하지 않겠냐고 제안하려고……."

"흥. 대전상대와 같이 식사라니……."

"어머? 아쉽네요. 모처럼 제 특별한 음식을 보여드리려고 했는데요."

미아는 장난꾸러기 같은 미소를 지으며 말했다.

"특별한……?"

어리둥절해서 고개를 갸웃거리는 샤오리 앞에 미아는 천천히 어떠한 것을 꺼냈다.

그건…… 간단히 말하자면 휴대용 흑빵이었다. 아주 단단하기 때문에 수프를 찍어서 부드럽게 만들며 먹는 음식이다.

뭐 그건 상관없고……. 문제는 그 모양에 있었다.

"그, 그건……?"

"후후후, 이건 제가 고안한 말 모양 흑빵. 흑마빵이랍니다!"

"…………오!"

샤오리, 낚였다!

미아가 든 흑빵을 찬찬히 뜯어보고는 그 빵의 모양을 확인한 순간 '오오!' 하는 환호성이 입에서 흘러나왔다.

"이건…… 확실히 말 모양……. 아니, 하지만 이건……."

참으로…… 참으로……! 천재다!

샤오리는 제국의 예지가 지닌 무시무시한 센스에 경악했다.

설마 빵을 말 모양으로 만들다니……. 그런 멋진 아이디어를 지금까지 떠올리지 못했었다니……!

분한 마음에 그만 순순히 패배를 인정하지 못했고…….

"이, 이건 제법 괜찮은 빵…… 이와요. 하지만 약하다와요. 미아 황녀님."

샤오리가 눈을 부릅뜨고 말했다.

"어머? 약하다니……?"

고개를 갸웃거리는 미아에게 샤오리는 말빵에 손가락질했다.

"확실히 빵을 말 모양으로 만든다는 것은 좋은 아이디어와요.

아주 우수하고 기발하고 제국의 예지라는 이름에 부끄럽지 않은
센스라고 해도 과언이 아닌, 천재적인 발상이와요. 하지만⋯⋯
말이라면 이 귀 부분이⋯⋯."

슥슥 손가락으로 모양을 만드는 샤오리.

"흠⋯⋯!"

열심히 고개를 끄덕이며 설명을 듣는 미아.


이렇게 두 사람은 말의 조형을 놓고 열렬한 논의를 벌였다.

⋯⋯어쩐지 아주 조금, 우정이 깊어진 것 같았다!

# 제10화 미아 황녀, 농락 실패…… 실패?

말빵에 훌륭히 낚인 샤오리를 놓치지 않고자 미아는 같이 식사할 것을 제안.

바로 샤오리의 손을 잡고 안느가 마련한 제국 냄비 앞으로 데려갔다.

휴대용 말 모양 흑빵은 아주 딱딱하다. 따라서 수프나 국물 등에 적셔서 먹어야 한다.

제국 냄비 안에서 국물에 잠겨 흔들흔들 흔들리는 말빵을 본 샤오리는 '와아……!' 하고 사랑스러운 환호성을 터트렸다. 하지만 바로 표정을 가다듬었다.

"흐, 흥……. 제법 그럴싸하와요. 하지만 냄비의 건더기가 조금 부족하와요."

그러더니 샤오리는 자신의 임시 천막으로 돌아가 바로 무언가를 가지로 돌아왔다.

"어머, 이건……."

"치즈, 와요. 냄비에 넣으면 사르르 녹아서 최고로 맛있사와요."

"오오……."

"게다가 말린 고기도 있답니다와요. 이걸 찢어서 넣으면 치즈와 함께 참으로 진한 감칠맛이 나, 와요."

"오오!"

샤오리는 익숙한 동작으로 치즈 표면을 깎아 냄비에 투입. 말린 고기도 넣고 제국 냄비에 절묘한 색채를 더해주었다.

곧바로 부드러우면서도 참으로 식욕을 자극하는 치즈의 냄새가 물씬 풍겨왔다. 그리고 그 흐물흐물 녹은 치즈를 표면에 두른 맛있어 보이는 고기가 국물 위로 둥실둥실 고개를 내밀었다.

"오오…… 정말 훌륭해요! 역시 기마왕국의 식재로군요. 그럼 바로 한 입……."

부글부글 끓는 냄비에서 샤오리가 제공해준 고기를 자신의 앞 접시로 가져온 미아는 바로 입에 집어넣었다.

"하아아!"

입에서 뜨끈뜨끈한 증기가 새어나갔다.

잔뜩 녹은 치즈는 아주 뜨거워서 화상을 입지 않도록 입 안에 넣은 채로 숨을 거듭 삼켰다.

그게 딱 좋았던 건지 입 안에 진한 치즈 맛이 확 퍼져나갔다. 부드러운 풍미, 상큼한 산미, 여기에 말린 고기의 짭짤한 맛이 어우러지는 삼중주.

딱딱한 말린 고기를 오도독 씹자 흠뻑 머금었던 국물이 입 안에 흥건히 퍼졌다.

"오, 오오……. 황홀한 맛이에요……."

그 후엔…… 말은 필요 없었다.

미아와 샤오리는 정신없이 식사했다.

배가 고팠기 때문일까……. 그 맛은 아주…… 아주아주! 맛있고, 참을 수 없이 맛있어서……!

어느새 냄비가 텅 비어버렸다!

시간이 날아간 듯한 착각마저 느끼는 미아였다. 참으로 무시무시했다.

"아아…… 어쩐지 정신없이 먹었네요. 우후후, 배도 완전히 든든해졌어요. 참 즐거웠습니다, 샤오리 양."

흡족해하며 말하자 샤오리는 팩 고개를 돌렸다.

"치, 친해질 마음은 없사와요. 미아 황녀님은 적이와요."

날카롭게 노려보는 샤오리. 반면 미아는 웃으면서 그 시선을 받아들였다.

그렇게 웃어서 얼버무리며 반론을 준비했다!

"그건 아니지 않을까요?"

"뭐가 아니라는 것이와요? 사이좋게 말을 타고 나란히 달리는 게 말 판결이다? 그건 말 판결을 모욕하는 것이와요."

"아뇨. 그런 게 아닙니다."

천천히 고개를 저으면서도 미아는 지금이 기회라는 양 자신의 지론을 전개해나갔다.

"확실히 말 판결은 서로의 주장을 맞부딪치는 의식. 그렇기에 진심으로 경쟁한다는 건 압니다. 하지만……."

먼저 상대방의 의견을 자신이 제대로 이해하고 있다고 어필했다.

"하지만 진지하게 승부하는 건 어디까지나 말 판결에서죠."

이어서 싸움이 언제 끝나는지 명확하게 제시한다. '말 판결이 끝났을 때', 그것이 종료 지점. 즉 싸움은 거기까지만 하자고 선을 그은 것이다.

그리고 승부가 끝나면 싸움도 끝. 사이좋게 지내자는 어필이다.

"승부 자체도 상대방에게 제대로 경의를 표하며 경쟁해야 해요."

말 판결 동안에도 너무 난폭한 짓은 하지 말고 페어 플레이하자고 덧붙였다. 이로써 불필요한 화근을 남기지 않는다는 배려도 빼놓지 않는다.

미아의 마음 씀씀이가 빛나는 순간이었다!

"의견을 내세워서 싸우는 건 말 판결 동안에만……. 그 후엔 결과에 승복하고 협력하라……."

"네……?"

갑작스러운 샤오리의 말에 미아는 눈을 깜빡였다.

"우리 기마왕국의 선조, 구앙롱의 가르침이와요. 미아 황녀님은 이 말을 하고 싶은 것이와요?"

"네. 바로 그거예요!"

미아는 내 말이 그 말이라는 양 고개를 끄덕였다. 하지만 당연히 그렇게까지 깊은 생각이 있었던 건 아니다. 당연하다.

하지만 흐름이 만들어진 것을 놓칠 미아가 아니다. 여기선 편승한다! 일절 망설임 없이!

"말 판결은 상대를 죽이기 위한 전쟁이 아니죠. 어디까지나 협력하기 위해서 기준을 정하는 방법이에요. 그러니 저희는 적이 아니죠. 미움이나 사적인 감정에 사로잡히지 말고, 끝난 뒤에는 서로 잘 싸웠다고 건투를 칭송해야 하지 않겠어요?"

미아는 주먹을 불끈 쥐고 역설했다.

"미아 황녀님……."

샤오리는 아주 잠깐 감명을 받은 듯한 표정을 지었으나…… 바로 고개를 팩 돌렸다.

"그런 건 이상론이와요. 믿을 수 없사와요."

"그런가요. 그건 아쉽네요."

미아는 작게 한숨을 쉬었다.

──이거 제법 강적인데요. 흐음, 여기서는…….

직후 작전 변경을 꾀했다. 그것은 미아의 특기인…….

"그렇지만 저는 당신과 낙로를 칭찬하겠어요."

아부다.

미아는 과거 몇 번이나 이 아부로 위기를 극복해온 실적이 있었다. (……적어도 미아는 그렇다고 알고 있다!)

이번에도 거기서 활로를 찾아내기 위해 나불나불 입을 놀렸다. 샤오리 덕분에 저녁이 아주 맛있어진 것도 있었기에 그 혓바닥은 참으로 매끄럽게 움직였다.

"오늘 낙로가 달리는 걸 보니 '월토마 중의 월토마'라는 이름에 부끄럽지 않을 만큼 훌륭하더군요. 참으로 대단했습니다. 저도 제국의 황녀로서 좋은 말을 봐 왔다고 생각했지만 그 어떤 녀석에게도 뒤지지 않는 멋진 말이었어요. 게다가 당신도……. 당신이 훌륭히 싸웠다는 건 다른 누가 보지 않았더라도 제가 똑똑히 봤답니다."

자신만큼은 당신을 좋게 평가하고 있다며 미아는 강력히 어필했다.

이런 소릴 들으면 네 말을 내놓으라고 하긴 어려워질 것이라는 분위기를 열심히 연출하는 것이다. 참으로 가증스럽다!

"그, 그런 속이 뻔한 빈말은 듣고 싶지 않습, 사와요."

샤오리는 그렇게 말하며 일어났다.

"이, 이 이상 친해질 마음은 정말로 없사와요. 내일은 각오하는 게 좋을 것이와요!"

그렇게 말하고 미아 앞에서 떠나는 샤오리. 그 등을 지켜보며 미아는 작게 한숨을 쉬었다.

"후우, 이거 실패한 건가요……?"

미아는 자리에서 일어나 살며시 하늘을 올려다보았다.

"자 그럼…… 내일은 어떻게 해야 할까요…….'"

미아의 불안을 반영하듯이 구름이 달을 살그머니 가려가고 있었다.

# 제11화 행복한 꿈이 끝나는 것처럼……

말 판결 첫째 날 밤. 남방 수도에서는 한 사건이 남몰래 일어나고 있었다.

"응……, 으응?"

그것은 심야.

슈트리나는 복도에서 들린 소리에 눈을 떴다.

자박, 자박……. 그것은 조심스럽게 바닥을 밟는 발소리였다.

순간적로 뱀의 암살자를 의심한 슈트리나였으나, 발소리는 자신의 방 앞을 그냥 지나갔다.

방향으로 보아 아무래도 건물 밖으로 향한 모양이다.

건물 방 배치를 떠올리고…… 그 후 사전에 확인해두었던 호위 배치를 머릿속으로 그리며 슈트리나는 고개를 갸웃거렸다.

——잘 생각해 보면 호위의 눈을 속일 수 있을 법한 암살자가 리나에게 발소리를 들킬 리 없겠지.

그 후 그녀는 옆 침대에서 자고 있던 벨을 보았다. 이불을 침대 아래로 떨어트려 조금 칠칠찮은 모습인 벨을 보고 쓴웃음을 지은 뒤 살며시 이불을 도로 덮어주었다.

그러고는 소리 없이 문을 열고 복도로 얼굴을 내밀었다. 그러자 복도를 걷는 소녀의 뒷모습이 시야에 들어왔다.

"저건……."

긴 검은 머리카락을 살랑거리며 걷는 소녀, 곧게 뻗은 등이 다

부진 그녀의 정체는―― 훠 후이마였다.

――후이마 양, 이런 시간에 어디로……?

주위를 두리번두리번 살피며 건물 밖으로 향하는 후이마. 가슴이 술렁거리는 것을 느낀 슈트리나는 잠옷 위로 가운을 걸친 뒤 살그머니 방에서 빠져나왔다.

야생의 감인 걸까. 후이마가 향하는 곳에 호위의 모습은 없다. 중진인 미아가 말 판결에 나가 있기 때문에 전력을 분산시켜야만 했고, 애초에 외부의 침입을 경계하기 위한 배치이기 때문일까.

밖으로 나가는 건 의외로 쉽게 가능했다.

――루드비히 씨도 미아 님의 호위 배치로 빠듯했던 거겠지……. 디온 알라이아가 있다면 눈치채고 막았겠지만 미아 님을 따라갔으니까.

그런 생각을 하며 슈트리나는 조용히 후이마 뒤를 쫓아갔다. 어렵지 않게 건물에서 나온 후이마는 아무래도 마구간 쪽으로 향한 모양이었다.

"……혹시 후이마 양 혼자서 나가려는 건가? 응?"

그때였다. 후이마 앞으로 몇 명의 인영이 다가왔다.

"어머? 후이마 양. 이런 시간에 무슨 일이야?"

달빛 아래 청량한 머리카락을 나부끼며 나타난 사람은 라피나 오르카 베이르가였다.

"성녀 라피나……. 이런 곳에서 뭘 하는 거지?"

의아해하는 후이마의 목소리에 라피나는 온화한 미소를 지었다.

"미아 님의 승리를 기도했어."

그녀의 뒤에는 호위로서 따라갔던 건지 린 마롱의 모습도 있었다.

"……라피나 님, 이런 한밤중에 마롱 선배와 같이 있으면 오해를 받을 것 같은데……. 아니, 베이르가의 종자도 같이 있으니까 괜찮은가?"

작게 고개를 갸웃거리면서도 슈트리나는 상황을 지켜보기로 했다.

"그러는 당신은 뭘 하고 있었어? 후이마 양."

"그건…… 그, 그래. 말을 타고 바람을 쐬러……."

"이런 시간에 혼자서……?"

라피나가 의심스러운 눈빛으로 바라보았다.

"아니, 밤에 말을 타고 나가는 건 제법 좋아. 그건 라피나 아가씨도 지난번에……."

"마롱 씨……."

오싹……. 어째서일까, 슈트니라의 등에 소름이 돋았다.

산뜻한 미소를 지은 채 마롱 쪽을 돌아보는 라피나. 그 등에서 슈트리나는 뭐라 말할 수 없는 압박감을 느꼈다.

아무래도 그건 마롱도 마찬가지……,

"아, 그래. 비밀이었지. 하하하."

가 아니었다!

──비밀이라고 말하면 안 되는 거 아닐까…….

슈트리나는 마음속으로 태클을 걸었고 라피나는 비명을 질렀다.

"마롱 씨!"

조금 전의 압박감은 어디로 간 건지, 어딘가 부끄러움으로 점철된 소녀 같은 목소리였다.

아무래도 무언가 있었던 것 같지만…… 그건 넘기고.

라피나는 작게 헛기침을 했다.

"후이마 양, 당신 혹시 혼자 나가려고 했던 거 아니야?"

그 조용한 질문에 후이마는 주먹을 꽉 움켜쥐었다.

"미아 황녀가 우리를 위해 몸을 날려 노력하고 있다는 건 안다. 그렇기에 내가 아무것도 하지 않을 수는 없지 않나."

후이마가 천천히 고개를 들고 말을 이었다.

"……족장 회의를 보고…… 아니, 그 전부터 계속 생각했던 거다. 나와 오라버니가 없었다면…… 기마왕국은 불꽃 부족을 순순히 받아들였을지도 모른다고……. 문제는 늑대를 부리는 힘이야. 하지만 그건 아무나 사용할 수 있는 게 아니다. 족장인 오라버니와 나만 사용할 수 있지. 그렇다면……."

"후이마 양이 늑대를 데리고 불꽃 일족에서 떠난다면 전부 해결된다?"

라피나의 질문은 감정이 거의 담기지 않은 평탄한 목소리였다. 그걸 알아차린 건지 아닌 건지 후이마는 계속 말을 이어갔다.

"불꽃 일족은 다들 착하다. 그러니 나를 쫓아내려고 하지 않고 지키려 하지. 하지만 거기에 안주할 수는 없다. 내가 나가는 것이 가장 확실한 방법이다."

"잠깐, 그건……."

끼어들려는 마롱을 한 손을 들어 제지한 라피나가 작게 고개를 저었다.

"그래. 유감이네. 후이마 양. 당신은 미아 님의 좋은 친구라고 생각했는데."

라피나는 한숨을 쉬고는…… 날카로운 눈빛으로 후이마를 올려다보았다.

"진정한 친구라면…… 미아 님의 승리를 의심하지 않을 거야. 적어도 나는 믿어. 미아 님의 진정한 친구로서."

라피나 안에서 미아의 존재가 상당히 굉장한 대우를 받고 있었지만…… 그걸 지적하는 사람은 여기엔 없었다.

"승패의 문제가 아니다. 미아 황녀의 어깨에 우리의 운명이 걸려있다는 것, 괜한 짐을 짊어지게 만든 것 자체가……."

"친구에게 폐를 끼치고 싶지 않다, 는 뜻입니까?"

후이마의 말을 가로막으며 라피나가 말했다. 입술을 깨무는 후이마를 향해 라피나는 엄격한 어조로 말을 이었다.

"하지만 그건 당신이 편해지고 싶은 것뿐이지. 그건 그냥 도망치는 겁니다. 미아 님에게도, 당신을 지키려고 하는 불꽃 일족 사람들에게도 실례죠."

"……하지만."

"괜찮습니다. 미아 님은 절대로 지지 않아요. 당신이 미아 님을 친구라고 부른다면 당신은 믿어야 합니다. 그리고 폐를 끼쳤다고 생각한다면 다음에는 당신이 미아 님을 도와드리면 돼요. 서로 돕는 것이야말로 친구잖아요?"

조금도 흔들리지 않는 단단한 목소리로 라피나는 그렇게 말했다.

"다행이다. 라피나 님이 잘 수습해주시겠네……."

슈트리나는 그들의 대화를 보고 안도의 한숨을 내쉬었다. 솔직히 라피나가 나서지 않았다면 분명 자신은 설득하지 못했을 테니까.

슈트리나는 후이마의 판단이 옳다고 생각했다.

후이마와 늑대가 없어지면 불꽃 일족은 문제없이 기마왕국에 귀환할 수 있으니까.

미아가 이 이상 무리할 필요도 없어진다.

그러니 오히려 슈트리나는 후이마의 결정을 지지해줄 필요가 있고…….

그것이 합리적인 생각이라고 보지만…… 그래도.

"그래. 리나는 후이마 양을 붙잡아도 되는 거야……."

왜냐하면 미아가 있으니까.

미아가 하려는 일을 위해서는 그것이야말로 올바른 선택…….
그러니 슈트리나는 다정한 판단을 내려도 괜찮다.

그런 다정하고 따뜻한 세계에 있다는 것이 너무나 기뻐서……
그래서일까?


……등 뒤에서 다가오는 존재를 눈치채는 게 치명적으로 늦어
졌다.


별안간 뒤에서 와락 끌어안기듯이 몸을 구속당했다.

"――으읍?!"

동시에 천이 입과 코를 틀어막았다.

달착지근하고 위험한 냄새를 인식한 것과 동시에 슈트리나는 그 정체를 깨달았다.

──아, 이거 위험한 건데…….

당황해서 팔다리를 버둥거렸지만 바로 몸이 마비되어 힘이 들어가지 않게 되었다.

"읍…… 으읍…….."

저항도 허무하게 무릎이 푹 꺾였다. 마치 술에 취한 것 같은 감각. 의식이 몽롱하고 애매모호하게 흔들리며…….

──벨.

그 목소리는 입 밖으로 나오지 못하고…….

"이야, 설마 이런 곳에서 배신자를 발견할 줄이야. 이것 참, 나는 어린애는 대하기 어려워하는데…….."

흐릿해진 머릿속으로 그 목소리가 숨어들어왔다. 마치 교활한 독뱀처럼.

"뭐, 무녀님은 남을 아주 잘 써먹는 분이시니까 분명 배신자도 머리카락 하나 낭비하지 않고 잘 써먹으시겠지. 손상 없이 고이 운반하기로 할까."

멀어지는 의식 속에서 그런 말을 들으며 슈트리나는 암흑 속으로 가라앉았다.

# 제12화 미아의 예지가 번뜩인 고도의 계산에 기반하여

페가수스── 그것은 하늘을 나는 날개를 지닌 말이다.

넓은 하늘을 자유로이 날아다니는 그 말은 하늘의 지배자라고 해도 과언이 아닌 전설 속 생물이다.

그런데…… 그 페가수스는 사실 제국과 기마왕국 간에 의미가 조금 달랐다.

'한마(寒馬)의 방문일'이라는 표현이 있다. 그건 기마왕국에서 겨울이 시작하는 날을 말한다.

기마왕국에서 겨울은 말의 모습으로 찾아온다. 겨울만이 아니다. 봄도, 여름도, 가을도 마찬가지다. 계절은 말의 모습으로 나타나 초원 지대를 달려간다.

그럼 페가수스, '천마'란 무엇일까?

이것도 마찬가지다. 기마왕국에선 하늘의 사상(事象) 또한 말의 모습으로 인식한다.

하늘의 지배자란 즉 '하늘의 사상을 지배하는 자'이다.

천둥은 천마의 울음소리, 바람은 천마의 날갯짓, 비는 천마가 흘리는 눈물이다.

말 판결 둘째 날은 천마의 기분이 상한 듯한 날씨였다.

하늘을 덮는 새카만 구름 벌판. 그곳을 달리는 천마의 울음소리가 멀리서 울려 퍼지며 매서운 날갯짓이 만들어낸 바람이 하계의 초원에 불어닥쳤다.

"좀 싫은 날씨네요. 당장에라도 비가 쏟아질 것 같아요."

바람에 나부끼는 머리카락을 누르며 미아는 하늘을 올려다보았다.

그리고 미아의 나쁜 예감은 바로 적중했다.

야영지를 출발하자마자 먹구름에서 투둑투둑 비가 떨어지기 시작했다. 다행히 천마의 기분도 아직 그렇게까지 나쁘진 않은 건지 빗방울은 굵지 않았다. 기껏해야 가랑비 정도.

어디까지나 지금은 그렇다는 소리지만…….

"아아, 역시 쏟아지기 시작했군요. 어휴……."

미아는 투덜거리면서도 북슬북슬 의상의 후드를 썼다.

방수기능이 달린 북슬북슬 의상 덕분에 비에도 강한 미아였다. 이 정도의 비는 아무렇지도 않다.

"흐음, 조금 쌀쌀한 정도예요. 이거 안느에게 고마운데요……."

비에 젖은 상태로 바람을 맞으면 차갑다. 순식간에 가을을 건너뛰고 겨울이 되어버린 것 같다는 느낌마저 들었다.

"그러고 보면…… 이번 해는 추운 해였죠……. 완전히 잊고 있었어요."

그런 말을 중얼거리면서도 미아는 전방으로 시선을 주었다.

비가 내려 흐릿해진 풍경. 방심했다간 놓쳐버릴 것 같았으니까…….

"동풍, 조금 서두르죠. 조금 더 낙로와의 거리를 좁혀야겠어요."

미아의 목소리에 투르르르 투레질을 한 동풍이 속도를 올렸다. 물에 젖은 초원을 달리면서 미아는 작게 신음했다.

"그나저나 샤오리 양, 감기에 안 걸리면 좋겠는데요……."

미아의 말에 대답하듯 쌔애앵 불어오는 차가운 바람, 그에 이어 에취! 하고 샤오리의 귀여운 재채기 소리가 들렸다.

"샤오리 양, 괜찮으신가요?"

가까워진 등에 말을 건넸다. 그러자 샤오리가 날카로운 표정으로 돌아보고는…….

"친해질 마음은 없사와요. 지금은 말 판결 중이와요."

그렇게 말한 것까지는 좋았으나…… 직후 추운 건지 코를 훌쩍거렸다. 여러 번 문질렀기 때문인지 코끝이 빨개져 있었다.

"하지만…… 아주 추워 보여요."

"이, 이, 이 정도는 초원에서 사는 기마왕국 사람이라면 아, 아무렇지도, 않사와요."

말은 그렇게 해도 그 입술은 조금 파래져 있었다.

"그런 거군요. 하지만……."

미아는 주변에서 같이 달리는 기수들에게 시선을 주었다.

어제 강마 일행과 바톤 터치한 기마왕국 사람들은 다들 미아의 시선에 고개를 저었다.

"저희가 도와드릴 수는 없습니다. 미아 황녀님은 말 판결이 시작할 때 이미 그 옷을 가져오셨으니 여기서 비를 막을만한 것을 주면 불공평해집니다."

"그렇군요……. 아, 그런 거라면 어딘가에서 비를 잠시 피하며 모닥불이라도 피울까요? 그러다가 비가 그치면……."

"후, 후후, 그, 그런 수법에는 안 넘어갑니와요. 미아 황녀님은 자기 말을 쉽게 해주고 싶어서, 그런 말씀을 하는 것이와요. 그렇게 무거운 옷을 계속 입고 있었으니, 말이 지쳤을 테, 와요!"

샤오리는 미아 쪽을 본 뒤 기세등등한 미소를 지었다.

"이 이상 제 자존심을 긁지 말아주시와요. 미아 황녀님, 이건 말 판결. 이건 모든 것을 건 승부. 전력을 다해 겨뤄야 하는 것, 이와요."

이를 악물면서 말하는 샤오리.

이렇게까지 말하니 미아도 아무런 말도 할 수 없었다. 할 수 없지만…….

──이거 점점 더 심각한 승부라는 느낌이 진해지는데요. 조금 부드럽게 풀어줄 필요가 있는 것 아닐까요…….

미아는 팽팽하게 대립하는 분위기는 좋아하지 않는다. 졌을 때 적으로서가 아니라 함께 말 판결을 헤쳐나온 사람으로서 일종의 동료로서 대해주기를 바라니까.

그게 더 좋은 대우를 기대할 수 있고.

──흐음, 그러면…….

잠시 생각한 미아는…… 이윽고 한 가지 결론에 도달했다.

──여기선 달콤한 것이 좋겠어요!

……딱히 자기가 먹고 싶어서는 아니다. 어젯밤에 먹은 냄비 요리는 아주 맛있었지만, 디저트가 부족하다고 느꼈기 때문인 건 절대 아니다. 아무튼 아니다!

그런 게 아니라, 달콤한 것을 같이 먹으면 결투라는 분위기가 날아갈 것이라는 치밀한 계산을 거쳐 나온 결론이었다.

미아의 위…… 예지가 도출한 식요…… 고도의 계산에 기반한 결론이다.

그렇게 미아는 같이 달리는 물 부족의 여성 기수에게 말을 걸었다.

"잠시 괜찮을까요? 저 무언가 단것이 먹고 싶어요."

"…………네?"

갑작스러운 미아의 발언에 기수는 어리둥절해서 고개를 갸웃거렸다.

"아뇨. 미아 황녀님, 그러니까 조금 전에 말씀드렸듯이 말 판결 도중에 저희가 그런 식으로 미아 황녀님만 도와드리는 건 불공평……."

"그럼 샤오리 양에게도 똑같이 주면 아무 문제도 없는 거죠?"

천연덕스럽게 말한 미아는 장난기 어린 미소를 지었다.

"당신은 모르셨을지도 모르지만, 저는 자기 마음대로 구는 철부지 황녀로 유명하답니다. 이 정도는 떼쓰는 축에도 안 들어가니까 각오해주세요."

미아의 말을 들은 기마왕국 여성은 순간 생각했다.

왜 미아가 이런 말을 꺼냈는지……. 대화 흐름으로 보아 아마도 미아는 샤오리를 동정하고 있었다. 그럼 미아가 요구하는 '단것'이란…….

그녀는 바로 떠올렸다.

기마왕국에는 유박주(乳粕酒)라는 음료가 있다.

그건 마유주(馬乳酒)를 만드는 과정에서 나오는 부산물을 사용해서 만드는 달콤한 핫밀크 같은 음료다.

──그래. 미아 황녀는 추워하는 대전상대의 몸을 데워주려고 하는 건가……. 그것도 자신이 억지를 부린다는 형식을 내세워서…….

이해한 순간 그녀는 감명을 받았다. 싸우는 상대도 배려하는, 제국의 예지가 보여주는 자애에.

"그렇군요. 이국의 황녀님께서 말씀하시는 걸 무시할 수는 없으니까요."

그녀가 지시를 내리자 곧바로 전령이 달려가 중계지점에 뜨거운 유박주를 마련하도록 했다.

이 일은 훗날 기마왕국의 속담인 '적에게 뜨거운 유박주를 보내다'의 유래가 되었지만…….

뭐, 그건 넘기고. 말 판결은 드디어 클라이맥스로 돌입했다.

# 제13화 샤오리의 자존심

어둑한 평원을 달리는 미아 일행. 그런 그들의 눈앞에 어렴풋하게 모닥불의 불빛이 보이기 시작했다.

"저건……."

처음에는 의아해하던 샤오리였으나 무언가를 깨달은 건지 미아 쪽을 돌아보았다. 하지만 미아는 천연덕스러운 얼굴로 말을 달려 모닥불 쪽으로 향했다.

모닥불을 무시하고 가려던 샤오리도 주변 기수들의 재촉으로 어쩔 수 없이 미아의 뒤를 따라갔다.

말에서 내리자 바로 수증기가 피어오르는 그릇을 받았다. 안에는 하얀색 액체가 들어있었고 그 안에서는 참으로 달콤한 냄새가…….

──아아, 근사하군요……. 이상적인 음료예요.

미아는 두 손으로 그릇을 들고는 후후 숨을 불렀다.

뜨거운 수증기가 뺨을 어루만질 때마다 얼음이 녹는 것처럼 뻣뻣하던 피부가 풀어지는 듯한 느낌이 들었다.

그렇게 후우후우 불고 난 뒤 한 모금…….

뜨겁고 매끄러운 액체가 혀 위로 퍼져나갔다. 달걀을 깨 넣은 수프와도 비슷한 식감. 하지만 혀에서 느껴지는 건 벌꿀처럼 진한 단맛이었다.

목을 지나 배로 내려가는 열기는 몸을 서서히 데워주었고…….

미아는 '후우우!' 하는 한숨을 내쉬었다.

——그렇군요. 단순히 단것을 마련해준 것만이 아니라 몸이 따뜻해지는 걸 마련해준 거였어요. 훌륭한 마음 씀씀이에요. 역시 기마왕국 사람들이네요.

"미아 황녀님……."

목소리가 들린 쪽을 보자 샤오리가 수증기가 오르는 그릇을 두 손에 든 채 미아에게 불만 어린 시선을 보내고 있었다.

"오해하면 곤란하니 말씀드리는 거지만, 이건 어디까지나 제가 마시고 싶어서 부탁한 것뿐입니다. 당신도 마시지 않으면 저도 마실 수 없으니까 샤오리 씨에게도 똑같은 게 제공된 거예요."

미아는 시치미를 떼며 천연덕스럽게 선언했다.

그런 미아의 얼굴을 뚫어지게 노려본 뒤…… 결국 샤오리는 웃음을 터트렸다.

"미아 황녀님, 당신은 정말—— 정말로! 너무 사람이 좋사와요."

"어머. 그러니까 그건……."

"알고 있사와요. 당신의 그 행동은 전부 자신의 말에 무게를 싣기 위해서. 말 판결은 서로에게 칼을 들이밀고 싸우는 전쟁이 아니다. 방침이 정해진 뒤에는 서로 협력하기 위한 것. 그러니 후회하지 않도록, 찜찜함이 없도록."

샤오리는 자신의 손을 바라보며 주먹을 쥐었다 펴기를 반복했다.

"이대로 몸이 차가운 채 말을 계속 탔다간 위험하니까. 손이 굳어버리면 고삐를 쥐는 것도 어려워지니 낙마할지도 모르니까. 다쳤다간 말 판결로 개운하게 결론을 낼 수 없으니까."

샤오리는 확신에 차서 뽐내는 듯한 얼굴로 외쳤다.

"그런 의도인가요?"

"……네, 뭐, 그렇죠."

물론 그런 의도는 없었지만…… 그대로 두는 게 분위기가 좋아질 것 같았기에 그런 걸로 쳤다. 임기응변의 해파리 미아는 물의 흐름을 거스르는 게 얼마나 어리석은지 알고 있다.

샤오리는 유박주를 한 모금 마셨다.

"후후, 달콤하고 아주 맛있사와요."

작게 한숨을 쉰 뒤 무언가 후련해진 듯한 얼굴로 미아를 보고는,

"미아 황녀님, 말 판결은 중요한 의식이와요. 그러니 봐 드리지 않을 것이와요."

확 일변해서 엄숙한 얼굴로 말했다.

"저는 전력을 다해 말 판결에 임하기 위해 여기서 잠시 불을 쬐며 몸을 데우고 갈 생각이와요. 이대로 계속 말을 타는 건 역시 위험하와요."

"어머, 그런 거라면 저도……."

"미아 황녀님은 먼저 가시와요."

"네……? 아뇨, 하지만……."

"저는 이기기 위해 이것이 최선이라고 생각하니까 그렇게 하는 것이와요. 미아 황녀님도 이기기 위해 최선의 선택을 하시와요."

그러고는 자신감 있는 미소를 지었다.

"걱정하지 않아도 낙로는 명마 중의 명마. 바로 따라잡을 것이와요. 반드시 마지막 언덕길 앞까지 따라잡을 테니까 각오하시와요."

그 말투에 미아는 깨달았다.

──그렇군요. 빚은 만들지 않겠다는 거예요…….

그렇다. 이건 분명 샤오리 나름대로 찜찜함을 남기지 않는 방식이다.

샤오리의 자존심을 인정한 미아는 고개를 끄덕였다.

"알겠습니다. 그럼 그 순간을 기대하고 있을게요. 먼저 실례합니다."

그렇게 꿍차! 하고 동풍에 올라탄 뒤 그대로 달려갔다.

──흠, 뭐 어쨌든 샤오리 양과도 친해졌으니까요. 이제 져도 문제없겠죠. 이로서 마음 편히 질 수 있어요…….

동풍의 기분 좋은 리듬에 맞춰 생글거리는 얼굴로 나아가기를 잠시…….

──응? 진다고요?

문득 미아는 깨달았다. 불현듯…… 깨닫고 말았다.

뒤를 보았다.

샤오리는 따라오지 않는다. 차이가 쭉쭉 벌어진다.

──어라……? 이거 혹시 기회 아닌가요?

이제 와 미아는 떠올렸다. 자신이 승리한다는 그 눈부신 가능성을.

머릿속에 떠오르는 가신들의 얼굴. 자신의 승리를 의심하지 않고 철석같이 믿는다는 얼굴로 응원해준 그들의 얼굴이다.

승산이 보이는 이 상황에서 만약 꼴사나운 짓을 저지른다면 훗날의 화근이 될지도 모른다…….

"이, 이건…… 갈 수밖에 없겠어요. 동풍!"

자신을 향해 불어오는 커다란 흐름을 느낀 미아의 목소리에도 기합이 차올랐다.

고삐를 단단히 쥐고 동풍의 목덜미를 쓰다듬었다. 그러자 동풍이 대답하듯 이히히힝 울고는……!

그러고는!


──평소와 다름없는 속도로 달렸다!


어디까지나 자신의 페이스를 유지하는 동풍이었다.

# 제14화 모 족장이 프로듀스한 황당무계 가설이 침투하다

샤오리와 헤어진 뒤로 미아는 하염없이 결승점을 향해 달렸다. 한 번도 돌아보지 않고 그저 늠름하게 앞만을 바라보며……

비는 여전히 내리고 있었다. 아니, 그건 이미 비가 아니라 반쯤 얼어 진눈깨비처럼 변했다. 하지만 미아가 입은 방한복은 그 정도의 추위엔 꿈쩍도 하지 않았다.

휴식 지점에 도착해 교대한 동반 기수들도 마찬가지로 방한복을 입고 있었다. 그 안에는 어제 호위를 담당했던 무 강마의 모습도 있었다.

"설마 이걸 위해 그 옷을 입었을 줄이야……."

깊은 감회를 느낀 듯 중얼거리면서 강마는 자신이 느낀 의문을 떠올렸다.

왜 무거운 방한복을 입었는가. 그 답이 이것이었다.

저것을 입으면 차가운 빗속에서도 어느 정도 문제없이 달릴 수 있다.

하지만 문제는 어제 시점에서 이런 날씨가 된다는 걸 아무도 예상하지 못했다는 점이다.

이 시기에 갑자기 날씨가 악화하여 이렇게나 추워진다는 걸 대체 누가 예상할 수 있었을까?

"그렇군. 미아 황녀 전하는 천마의 심기를 잘 살피는 모양이야."

옆을 달리는 다른 부족 사람이 실없는 농담을 흘렸지만 강마는 조용히 고개를 저었다.

확실히 지금 상황은 미아가 날씨 변화를 완전히 읽어내고 이용한 것처럼 보인다. 하지만 정말로 그런 걸까?

승산이 없는 말 판결 도중에 우연히 날씨가 안 좋아지고, 우연히 그걸 읽고 이용한다? 과연 그런 우연이 거듭된다는 게 말이 되는가? 오히려 이건……

"마치 천마를 시켜 날씨를 조종한 것 같군."

하늘의 만상을 관장하는 말에 명령을 내린다. 그런 말도 안 되는 소리가 하필 나무 부족의 족장 입에서 나온 게 문제였다.

그 황당무계한 가설은 바로 주변에 있는 기마왕국의 기사들 사이에 퍼지고…… 침투했다!

그들 안에서 그 추측이 이렇게…… 찰떡같이 들어맞은 것이다.

"천마를 거느리는 황녀……"

조금 뭣한 소릴 중얼거리며 그들은 멍하니 미아에게 시선을 던졌다.


그렇게 일종의 경외를 담은 시선을 받는 미아는…… 전혀 눈치채지 못했다.

따그닥, 따그닥, 동풍의 움직임에 맞추는 것에만 집중했다.

"흠, 뭐, 나쁜 페이스는 아니네요. 음……"

스스로를 타이르며 미아는 하염없이 마음을 비우고 앞을 바라보았다.

"있잖아요, 동풍? 만약 이기면 맛있는 채소 케이크를 마련해드릴 수 있는데 어떤가요……?"

사실 중간까지는 이런 식으로 동풍을 회유하려고 들었던 미아였으나, 그건 이미 포기했다. (참고로 말에게 말을 거는 모습을 본 기마왕국 사람들은 말 판결에서 가장 힘든 시점에 말을 격려하다니 역시 대단하다며 크게 감탄했었지만, 그건 아무래도 상관없고……)

그렇다. 미아는 알고 있다. 무리인 건 무리다.

그건 지금까지도 실컷, 뼈저리게 느꼈다. 아무리 강하게 명령한다고 해도 안 되는 건 안 된다.

제국 황녀의 권위를 써서 강하게 명령해봤자, 떼를 부려봤자 무리인 건 무리다. 식량도 돈도 없는 건 없다.

그리고 달리는 속도도 마찬가지다. 빠르게 달리라고 해봤자 안 되는 건 안 된다.

"애초에 저는 말 경주는 초보니까요. 그렇다면 제가 할 수 있는 건 동풍을 믿는 것뿐이죠."

그렇게 미아는 동풍에게 몸을 맡겼다. 자신이 할 수 있는 건 그저 해파리처럼 잔잔한 마음으로 동풍의 등 위에 올라가 있는 것뿐이다.

"게다가 갑자기 익숙하지 않은 일을 해도 실패할 뿐이에요. 조급해해야 할 일이 아니죠."

혁명이 일어났을 때 서둘러 도망치고 싶으니 느닷없이 말을 타라고 해봤자 무리다.

그렇기에 사전에 말을 탈 수 있도록 연습했고, 이렇게 오랫동안 달리는 훈련도 했다. 갑작스러운 사태가 일어났을 때는 거듭 연습해서 몸에 익힌 것들만을 사용할 수 있다.

　"그것과 마찬가지예요……. 승산이 보였다고 해서 초조해하는 건 금물이죠. 지금까지와 마찬가지로 동풍에게 맡기겠어요."

　그렇게 몇 개의 물 보급처에서 휴식해가며 나아가고 또 나아갔다. 심심했기에 동풍의 걸음수를 세기도 하면서 나아가고 나아가고 또 나아갔다.

　얼마나 시간이 지났을까. 문득 하늘에서 햇빛을 느낀 미아는 위를 올려다보았다.

　어느새 비가 그치고 먹구름이 흩어져 군데군데 보이기 시작한 파란 하늘에서 따뜻한 햇빛이 내려오고 있었다.

　그리고 그 빛을 받으며 우뚝 서 있는 언덕이 보였다.

　"저 언덕은…… 혹시."

　"맞습니다. 저 언덕 꼭대기에 있는 바위가 결승점입니다."

　옆에 있던 기수가 설명해주었다.

　"아아, 드디어 도착했군요. 길었어요."

　"미아 황녀님!"

　그때였다!

　멀리 등 뒤에서 울린 날카로운 목소리가 미아의 귀에 닿았다.

　"왔군요……. 샤오리 양."

　미아는 뒤를 돌아보았다. 그러자 이쪽을 향해 매섭게 다가오는 샤오리와 낙로의 모습이 있었다.

튀어 오른 진흙으로 얼굴을 더럽히면서도 승부욕을 드러내며 씩 웃는 샤오리. 어딘가 개운해진 듯한 샤오리를 보고 미아도 투쟁심에 조금 불이 붙었다.

"저도 지지 않을 거예요!"

그렇게 선언한 뒤 살짝 물을 빨아들여 무거워진 윗옷을 펄럭 벗어 던졌다.

"가요! 동풍."

몸이 가벼워진 미아가 참으로 멋지게 동풍에게 말을 걸었다.

⋯⋯하지만 뭐, 솔직히 별로 기대하진 않았다.

동풍은 여전히 마이페이스를 유지하고 있다. 낙로가 진심으로 달린다면 도저히 따돌리지 못할 거라고, 생각했었는데⋯⋯.

직후 동풍이 이히히히힝 울더니── 그 몸이 가속한다!

"⋯⋯어?"

확 무게가 실리며 순간 뒤로 날려갈 뻔한 미아는 다급히 다리에 힘을 줘 자세를 유지하려고 했다.

"네? 잠깐, 가, 갑자기요?"

당황해서 그런 말을 하면서도 상반신을 굽혔다.

마지막 싸움, 오르막 공방이 시작되었다!

# 제15화 황녀가 내지른 우렁찬 포효에 관중은 열광하고

따그닥, 따그닥, 대지를 박차고…….

바람의 벽을 쌩쌩 가르며…….

'와아아!' 하는 관중의 열광 속을 하염없이 달린다. 달린다.

불어닥치는 강한 풍압에 눈을 가늘게 뜨며 미아는 필사적으로 전방을 응시했다.

결승점인 별풀 바위로 이어지는 오르막길은 구불구불 휘어있는 까다로운 코스.

말 판결 최종장에 닥친 오르막을 향해 동풍은 주저없이 달려갔다.

몸에 실리는 가속에 고삐를 놓아버린 손을 하늘을 붙잡듯이 높이 들어 올렸다.

"흐야아아아아아압!"

미아가 내지른 우렁찬 포효에 오르막 좌우에 모여 있던 관중이 '우오오오오!' 하고 우레와 같은 환호성을 보냈다.

……포효가 아니라 사실은 낙마할 뻔해서 비명을 질렀던 것뿐이지만…….

아무튼 용맹하게 말을 타고 언덕을 달려 올라가는 미아를 보며 사람들의 흥분은 상승 일변도였다.

왜냐하면 이것은 틀림없는 반전이니까.

누가 생각해도 낙로가 먼저 오지 않으면 이상한 상황이었다. 그런데 뚜껑을 열어보니 이국의 황녀가 먼저 왔다. 심지어 악천후 속에서 엉망이 된 길을 주파하여 예상치 못한 속도로 결승점까지 다가왔다.

그런 황녀가 마지막 질주에 맞춰서 포효를 질렀다.

당연히 흥분한다!

심지어.

그 뒤에서 상대 선수인 말이 매섭게 따라오고 있었다.

당연히! 흥분한다!

그런 뜨거운 성원 속에서 동풍은 한결같이 달렸다.

결승점이 보이고 등에서 느껴지던 무게가 조금 가벼워진 것을 계기로 마치 사슬에서 풀린 듯 쭉쭉 가속했다.

대지를 박차는 소리가 점점 빨라졌다. 미아는 열심히 그 움직임에 맞췄다.

"큭, 도, 동풍, 갑자기 의욕을 냈네요."

준마, 황람을 아는 미아에게도 그 가속은 경이적이었다.

특히 지금은 오르막이다. 그런데도 속도가 거의 줄어들지 않았다.

힘차게 위아래로 움직이는 다리, 근육이 꿈틀거리는 유연한 목덜미를 보며 든든함마저 느끼는 미아였다.

"뭐, 좋아요. 당신의 속도에도 익숙해졌으니 이대로 가자고요! 동풍."

그 목소리에 동풍이 재차 우짖었다.

하지만 그런 미아의 뒤에서 따그닥 따그닥 발소리가 다가왔다.

비가 갠 후의 질퍽한 땅을 박차며 낙로가 접근했다.

오르막의 입구. 그 차이는 대략 말 다섯 마리 정도다.

"드디어 따라잡았습니와요."

코가 진흙으로 더러워진 샤오리가 미아를 향해 웃었다.

출발 전에는 넋을 놓고 쳐다볼 정도로 아름다웠던 승마복도, 살짝 아가씨처럼 새침한 얼굴도 지금은 어딘가로 숨어버렸다. 그곳에 있는 건 말을 좋아하는 한 명의 어린아이뿐이다.

그저 말을 타고, 빨리 달리고, 승부하고……. 그게 즐거워서 견딜 수 없는 순수한 말덕의 모습이 그곳에 있었다.

"자, 승부이와요!"

뺨에 묻은 진흙을 쓱 훔치며 샤오리가 말했다.

그 순수하고 즐거워 보이는 미소에 미아는 승리를 확신했다.

승리── 즉 최고의 조건에서 지는 것. 그것이야말로 미아가 처음 잡은 계획이었다.

그리고 그게 달성된 지금 미아의 마음이 편해졌다.

이로써 편한 마음으로── 승부에 임할 수 있다.

"지지 않을 거예요! 샤오리 양."

미아도 딱히 지는 걸 좋아하는 건 아니다.

가끔은 순수하게 승부에 열을 올리는 것도 나쁘지 않다며 기합이 들어갔다.

"승리해서, 맛있는 버섯 냄비 요리를 배불리 먹고 달콤한 유박주로 축배를 드는 거예요!"

참고로 중요한 또 하나의 목표였던, 운동해서 날씬해지기 쪽은 기억 저편으로 휙 집어던진 미아였다.

토실함의 주박에서는 쉽게 벗어날 수 없다.

뭐, 그건 그렇고…….

낙로의 접근을 알아차린 건지 동풍의 귀가 꿈틀 움직였다.

하지만 그 눈은 그저 한결같이 앞만을 응시했다.

비에 젖은 오르막이다. 한눈을 팔 수는 없다. 견실하게, 착실하게 결승점을 향할 뿐. 그것이 동풍의 달리기이다.

이렇게 두 마리의 말이 언덕길에 돌입했다.

오르막에 들어가고도 동풍의 다리는 힘을 잃지 않았다. 자연스럽게 속도가 떨어진 낙로와 다르게 동풍은 거의 변하지 않았다. 몸에 실린 무게 같은 건 일절 느끼지 않고, 마치 날고 있는 것처럼 언덕길을 올라간다.

그렇기에 준마인 낙로와의 차이는 조금씩밖에 줄어들지 않았다. 그 차이는 대략 말 네 마리.

이것이야말로 테르토르튀 종의 힘.

비를 맞아 물러진 땅도, 커다란 돌이 즐비한 산길도, 오르막도 내리막도, 얼마나 험준한 길이어도……!

땅을 박차며 아랑곳하지 않고 달려나가는 강인한 다리.

역경에 이를 악무는── 것조차 하지 않고, 평소와 다름없는 달리기로 대응하는 터프함.

제국이 자랑하는 군마의 이름을 유감없이 발휘하는 동풍이었다.

낙로에게 제쳐지는 일 없이 미아는 마침내 마지막 직선 코스에 도착했다.

하늘을 향해 뻗은 급경사. 그 꼭대기에 있는 결승점을 올려다 본다.

마치 말 판결의 승자를 축복하듯 하늘에는 커다란 무지개가 걸려있었다.

# 제16화 결과

마지막 직선 코스에는 미아가 먼저 들어갔다. 하지만 바로 그 뒤를 따라온 낙로의 모습이 나타났다.

그 차이는 한층 더 야금야금 줄어들었다.

──역시 빨라요. 그 이상으로 아주아주 끈질겨요!

미아가 자신의 다리로 달리는 것이었다면 언덕길을 오르기 시작했을 때 포기했을 것이다.

낙로의 뜨거운 호흡을 가까이에서 느끼며 미아는 끄으윽 하고 신음했다.

져도 괜찮은 상황. 하지만 뒤에서 조금씩 따라잡히는 건 그리 좋은 기분이 아니었다.

게다가 낙로는 그것만으로는 멈추지 않았다. 한 번 거리를 벌리고는 크게 팽창하듯이 앞으로 나섰다. 거의 나란히 달린다!

"큭! 아직이에요. 아직 지지 않았어요. 앞으로 조금인걸요!"

미아는 동풍을 격려하려고 입을 열었다.

"동푸아아아아아!"

그 타이밍에 동풍이 가속했다! 또다시 포효 같은 비명을 질렀다.

기백이 담긴 미아의 절규를 본 사람들은 한층 열광했다.

워낙 절묘한 타이밍이었기 때문이다.

그건 승패의 갈림길. 말 경주를 질리도록 본 기마왕국 사람들이 봐도 그것은 하나의 분수령이었다.

긴 거리를 달려 간신히 따라잡아 제치려고 하는 그 타이밍에서 들어간 가속. 그건 상대방의 마음을 꺾어버리는 가속이다.

"이 승부처에서 포효하는 미아 황녀는 어쩜 저렇게 용맹한지……. 역시 보통내기가 아니었나……."

강마가 이런 소릴 중얼거린다고 해도 전혀 신기하지 않았다.

"아직, 이와요! 낙로!"

미아에게 대항하듯 샤오리도 소리쳤다. 그에 대답하며 낙로가 가속. 열심히 동풍의 뒤를 따라갔다.

"절대, 절대! 지지 않아, 와요!"

샤오리의 뜨거운 마음이 뒤에서 밀어주기라도 하는 것처럼 낙로의 몸이 쭈욱 앞으로 나왔다. 다시 조금씩 거리가 좁아지며 마침내 그 코끝이 동풍 앞으로 나왔다.

동풍도 질세라 속도를 올렸다.

엎치락뒤치락하는 긴박한 싸움.

실력은 호각. 기백은 백중지세.

이렇게 한 걸음도 양보하지 않는 승부에서는 종종 아주 작은 요소가 승패를 가르기도 한다.

그리고 이변은 조용히 찾아왔다.

그것은 바람. 언덕 위에서 밀려 내려오는 바람. 아침부터 계속 불던 찬바람이 방향을 바꿔 미아와 샤오리의 정면에서 불어왔다.

마치 하늘에 도전하려는 도전자를 쳐내려고 하는 듯한 심술궂은 바람이었다. 그 바람에 정면으로 부딪치는 것은 몸을 낮추고 땅을 활주하듯이 언덕을 거슬러 올라가는 또 하나의 바람이었다.

동쪽에서 부는 바람이라는 이름을 지닌 말은 맞바람에 지지 않고 매섭게 언덕을 돌파했다.

봄을 나르는 봄바람처럼 그 질주는 강하고 쭉쭉 뻗어 나갔다.

무게가 느껴지지 않는 달리기는 등에 날개가 돋아난 천마처럼 가벼웠다.

얼굴을 때리는 강풍에 미아는 무심코 고개를 숙였다.

"동풍, 맡기겠어요! 뚫어버려요!"

미아의 지시를 따라 동풍은 한층 더 크게 우짖었고……. 그 기세 그대로 결승점에 뛰어들었다!


찰나의 정적……. 그 직후 터져 나온 환호성!


반사적으로 고개를 들었을 때…… 옆에 낙로와 샤오리의 모습은 없었다.

당황해서 뒤를 돌아보자 한발 늦게 들어오는 샤오리가 보였다…….

"아…… 제가, 진…… 것이와요?"

힘이 빠져 멍한 얼굴로 중얼거리는 샤오리를 보고 무심코 안도하며 가슴을 쓸어내릴 뻔한─ 다음 순간이었다!

"아……."

쌔앵 강하게 불어닥치는 바람. 그 바람에 떠밀리듯 샤오리의 몸이 뒤로 기울었다.

"어……?"

그건 모든 것이 끝난 순간에 발생한 아주 작은 마음의 빈틈.

불어닥치는 차가운 바람, 이틀간의 일정으로 그 몸은 샤오리 본인이 생각했던 것보다 더 크게 소모되어 있었던 모양이었다.

"샤오리 양!"

허겁지겁 미아가 뻗은 손. 하지만 당연하게도 샤오리에게 닿지 않았고…….

바람에 날려가듯 뒤쪽으로 쓰러진 샤오리의 몸이 머리부터 바닥으로 고꾸라…… 질 뻔한! 그때였다!

"나의 친구, 미아 황녀의 승리에 흠을 내진 못한다."

늠름한 목소리가 들린 직후 회색 그림자가 달려왔다. 샤오리의 승마복 목덜미를 물고는 그대로 착지한 자, 그것은…… 한 마리의 커다란 늑대였다.

바닥에 엉덩방아를 찧은 샤오리는 눈이 휘둥그레져서 코앞에 있는 짐승을 바라보았다.

"아…… 아, 느, 늑, 대……?"

그 얼굴이 순식간에 새파랗게 질렸다. 기마왕국 사람들이 당황하며 샤오리에게 달려가려고 했으나…….

"지…… 지금, 저를, 구해준…… 것이와요?"

샤오리는 떨면서도 늑대를, 그리고 자신에게 걸어오는 소녀 훠후이마 쪽을 보았다.

"대전상대인 네가 다치기라도 했다간 미아 황녀가 순수히 승리를 기뻐하지 못할 테니까. 친구로서 간과할 수 없었다."

"그런 이유로……. 저기, 후이마 양. 이 늑대 쓰다듬어도 괜찮,

사와요?"

"그래. 깨물거나 하진 않을 거다. ……아마도."

"……네……, ……네? 아마도?"

놀라서 튀어오르는 샤오리를 향해 후이마는 밝게 웃었다.

"하하하. 농담이다. 내 명령이 없으면 물지 않아."

"……농담이 재미있지 않사와요."

샤오리는 피곤하다는 듯 하아 한숨을 쉰 뒤 늑대의 목덜미를 쓰다듬었다.

"구해줘서 감사합니다와요."

그 인사에 늑대는 어딘가 남 일인 양 고개를 돌리고는 흐아암 하품으로 되돌려줄 뿐이었다.


이리하여 말 판결의 귀추가 정해졌다. 제국의 예지, 미아 루나 티어문이 몰고 온 동풍이 기마왕국에 무엇을 가져오는지.

그것을 아는 사람은 아직 한 명도 없었다.

# 제17화 망상의 천마를 타고!

"아아…… 다행이구나. 한때는 어떻게 되나 했는데……."

후이마의 손을 잡고 일어나는 딸, 샤오리를 보며 샨 푸마는 깊이 안도의 숨을 내쉬었다.

"이것 참, 굉장한 말 판결이 되었군. 푸마 님."

느긋한 어조로 말을 건 사람은 말 판결의 결말을 지켜보던 최고령 족장 구앙마였다.

"설마 이러한 결과가 나올 줄이야. 비에 바람. 예상치 못한 일이 많은 말 판결이었어."

"그렇…… 지요."

무언가 생각에 잠긴 듯한 푸마를 대신해 강마가 대답했다.

"그 비가 없었다면 미아 황녀는 이기지 못했을 테지. 그만큼 낙로는 뛰어난 말이었다. 하지만 결과는 이렇게……."

동반 기수로서 가까이서 승부를 지켜본 그는 사정을 다 안다는 얼굴로 자신의 망상, 아니, 추측을 개진했다!

"이 승리는 전부 미아 황녀가 쌓아 올린 작은 세밀한 계산에 기반한 것이겠지. 첫날에 익숙하지 않은 강변 승부로 유도한 것이 모든 것의 시작이었다."

평범하게 평지를 달리면 압도적으로 불리하다. 하지만 강이라면 곱게 자란 낙로보다 제국의 말이 더 유리했다.

"샤오리는 지형적 우세를 점한 사람은 자신이라고 생각했던 모양이지만 그게 아니었어. 그때 미아 황녀는 아주 즐겁다는 듯한 얼굴이었지. 마치 자신의 계획대로 일이 풀린 어린아이처럼 천진한 얼굴이었다."

말 경주는 수 싸움이다. 상대방의 힘을 얼마나 봉쇄하고 자신의 힘을 얼마나 끌어내는가. 그런 두뇌전이다. 그리고 자신의 노림수가 효과를 발휘했을 때의 즐거움을 모르는 사람은 기마왕국엔 없다.

"그리고 강변 승부에서 한 방 먹은 바람에 샤오리는 냉정함을 잃었지. 결과적으로 미아 황녀의, 제국의 말이 지닌 특성을 잘못 파악하고 도발에 응한 거다. 그 말은 빠른 말은 아니나 강한 말이었지. 아마 제 무리가 공격받았을 때 그 말은 살아남을 거다. 도망치는 속도가 가장 빠르지 않아도 끈질기게 살아남는 뻔뻔함이 느껴졌으니까. 그런 말은 달리는 장소를 가리지 않아."

동풍에 대한 분석을 해박하게 이야기한 후 강마는 진지한 얼굴이 되어 말했다.

"하지만 그렇다고 해도 차이는 메우지 못했을 거다. 둘째 날에 내린 그 비가 아니었다면……."

비가 와서 기수인 샤오리의 몸이 얼어버렸다. 말을 계속 타는 게 불가능할 정도로. 반면 미아는 제대로 대비해놓았다.

말 자체의 특성도 있었을 것이다. 제국의 말은 추위에도 전혀 변함없이 달렸다.

"그리고 미아 황녀는 일관적으로 무리하게 달리지 않았다. 그 말의 특성을 이해하고 철저하게 분석해서 마지막 오르막까지 체력을 온존시켰다."

……그랬던가?

"비에 젖어 질퍽거리는 언덕은 더욱 체력을 소모한다. 그걸 내다보고 말을 격려하며 착실하게 나아갔지."

…………그랬던가?

"한편 낙로는 차이를 좁히기 위해 무리했다. 체력이 소모되어 마지막 질주에서 탄력이 부족했지. 낙로가 온전한 상태였다면 이렇게 되진 않았겠지만."

혹은 이 마지막 오르막이 젖지 않았다면, 평범하게 달리기 쉬운 길이었다면…….

혹은 첫날에 무모히 공격하지 않고 낙로의 체력을 온존했다면…….

혹은 비에 젖어 모닥불을 �</br>쬘 시간이 없었다면…….

여러 개의 가정. 그중 하나라도 실현되었다면 승자는 달라졌을 것이다.

이틀간의 말 판결. 차곡차곡 쌓인 불리한 요소들이 낙로에게서 달릴 힘을 빼앗았다.

그것과는 반대로 동풍은 이틀 동안 이 마지막 순간에 이르기까지 계속 자신의 페이스를 지켰다. 어떤 사태에도 대처할 수 있도록 늘 체력을 온존했다.

그 결과가 말 판결의 승패에 직결했다.

"그렇군. 미아 황녀는 이 날씨마저 전부 내다보고 그 말을 선택한 건가. 천마와 대화할 수 있다는 소문도 있었는데, 완전히 허무

맹랑한 소문은 아닌 모양이야."

감탄하는 마요.

"아니면 천마를 설득해서 날씨를 바꾸는 것쯤은 가능할지도 모르지."

아주 진지한 얼굴로 조금 그런 소릴 하는 강마.

"이국에서 찾아온 천마 귀녀(貴女). 우리에게 조화를 가져올지니……."

가장 분별력을 지니고 있던 최고령자, 바람 부족의 족장 구앙마까지!

참으로 그럴싸한 발언에 마요가 놀라서 물어보았다.

"그러한 전승이 있었습니까?"

"아니, 과거에는 없었지. 하지만 백 년 뒤에는 그러한 이야기가 전해질지도 모르겠군."

온화하게 미소 짓는 구앙마였다. 참으로…… 참으로! 즐거워 보였다.

"여하간, 비라는 뜻밖의 요소도 포함하여 미아 황녀가 하고 싶었던 말이었겠지."

"음? 무슨 뜻입니까? 구앙마 님."

의아하다는 듯 고개를 기울인 강마에게 구앙마는 어디까지나 조용한 표정으로 대답했다.

"모르겠는가. 황녀는 우리 기마왕국의 백성이 오만에 빠졌음을 비난하신 거다. 말에 귀천은 없다. 황녀가 말했다는 그 주장을 증명하는 듯한 결과가 아닌가."

구앙마는 마치 눈이 부신 것을 바라보듯 눈을 가늘게 뜨며 멀리 미아가 탄 말을 보았다.

"우리는 월토마를 비롯한 준마를 고귀하다 생각했지. 하나 본래 말이란 모두 하늘에서 내려주신 보물이다. 거기에 우열을 가린다는 건 주제넘은 짓이 아니겠나."

"말에 귀천은 없다……."

진지한 얼굴로 멍하니 중얼거리는 푸마에게 구앙마가 말했다.

"월토마에는 월토마의 장점이 있고, 제국의 말에는 제국의 말의 장점이 있지. 그것은 다른 특성이며 우열 같은 건 없다. 어떤 상황에서는 제국의 말이 더 뛰어난 결과를 낸다. 미아 황녀 전하는 그렇게 말씀하는 것이겠지. 우리가, 우리의 가치 기준으로 말의 우열을 논하는 것은 오만한 행위라는 뜻이 아니겠나……. 그리고."

그는 살며시 눈을 감았다.

"그리고…… 아마 늑대를 부리는 불꽃 일족을 받아들일 수 없다는 우리의 편협함마저도 지적하고 싶었던 것이겠지."

그러고는 깊은 한숨을 쉬었다.

"구앙마 님, 그건……."

"늑대를 부리는 자들과 같은 길을 걸을 수 없다……. 그것은 그렇게까지 절대적인 것일까? 우리의 가치관은, 관습은…… 핏줄을, 형제를 부정할 만큼 강고한 것인가?"

노인의 자문자답은 조용하지만 날카로웠다.

"미아 황녀는 오로지 말 판결의 결과로만 우리를 설득하려는 게 아니라는, 그런 뜻입니까?"

마요의 질문에 고개를 끄덕인 건 미아의 경주를 누구보다 가까이서 본 강마였다.

"그래. 확실히 그렇군. 그토록 말을 잘 아는 미아 황녀다. 만약 이기는 것만이 목적이라면 이렇게까지 고생하며 승부할 필요가 없었지. 그걸 굳이 험지에 강하고 튼튼한 제국의 말을 골라 그 말이 활약할 수 있도록 달린 거야."

미아의 경주를 누구보다 가까이서 본 강마는 증언했다.

"그건 틀림없이 말을 구석구석 잘 아는 현자의 달리기였다."

누구보다도 가까이서 봤는데………… 단언했다!

"하지만 그건 비가 내리지 않으면 성립되지 않을 텐데."

지극히 상식적인 이의를 제기하는 마요에게도 자신만만하게 고개를 저었다.

"그러니까 말했잖아. 천마에게 비를 내리게 한 거다."

"천마에게……."

미아=페가수스 프린세스 설이 별안간 현실미를 띠기 시작했다! 큰일이다!

"천마를 거느리는 황녀……. 페가수스 프린세스인가."

머릿속에 떠오르는, 그 마지막 언덕길 승부.

마치 날개 달린 말에 탄 것처럼 쭉쭉 올라오는 미아와 말의 모습. 그것은 말 그대로 천마를 타는 귀녀의 모습이었다…….

"천마를 거느리는…… 이국의 황녀라. 그래, 그런 건지도 모르겠군."

이렇게 냉정한 지략가…… 인줄 알았던 마요마저…… 즐거운 망상에 합류하고 말았다!

이리하여 기마왕국의 쟁쟁한 족장들은 천진난만하게 망상의 천마를 타고 날아올랐다.

# 제18화 대망의 인맥

　자 그럼……. 무사히 말 판결을 마치고 말에서 내린 미아에게 걸어오는 사람이 있었다.

　"미아 황녀, 훌륭한 말 판결이었다."

　그것은 산 부족의 족장 샨 푸마였다.

　"아아……. 푸마 님."

　순순히 나오는 찬사에 다소 당황한 듯한 얼굴로 눈을 깜빡이는 미아. 그도 무리는 아닐 것이라며 푸마는 쓴웃음을 지었다.

　자신도 설마 이렇게 후련한 기분이 들 줄은 생각지 못했기 때문이다.

　──낙로를 보내는 건 죽어도 싫다고 생각했으나…….

　조용히 눈을 감자 떠오르는 광경이 있었다.

　그것은 즐거워하는 딸들의 모습이다.

　처음에는 낙로의 털이 진흙으로 더러워지는 걸 불쾌하게 생각했다. '모처럼 아름답게 손질해서 소중히 키웠는데 저런 식으로 달리다니!' 하며 화가 나기까지 했다.

　하지만…… 샤오리가 즐겁다는 듯 낙로를 타는 모습을 보고, 생기에 넘쳐 벌판을 달리는 낙로를 보고── 푸마의 가슴에 어떠한 감정이 생겨났다. 그것은…….

　──나도 말을 타고 싶다! 지금 당장!

이것이다!

    …………아니, 물론 당연하게도, 친딸인 샤오리가 행복해하며 말을 타는 것도 샤오리를 태우고 즐겁게 달리는 의붓딸 낙로의 모습도 가슴을 찡하게 울렸다. 울리긴 했지만…… 그 이상으로 기마왕국의 백성으로서의 감정이 벅차올랐다.

    자신도 말을 타고 저렇게 뜨거운 승부를 하고 싶다.

    대체 언제부터 자신은 말을 타고 달리는 즐거움을 잊고 있었을까?

    다리가 빠르든 느리든, 그런 건 사실은 아무래도 상관없었다.

    그저 아무 생각 없이 말을 타고 달린다. 어떤 말이든 괜찮다. 그것만으로도 가슴이 크게 뛰고 즐거움이 샘솟는다. 그런 당연한 것을 잊고 있었다니…….

    ──나도 저렇게 피가 끓어오르는, 한계를 넘나드는 승부를 해보고 싶구나.

    미아와 샤오리의 순수한 승부가 푸마의 가슴에 되살린 감정.

    그것은 어린 시절에 느꼈던 충동.

    말과 함께 언제까지고, 어디까지고 멀리.

    말과 함께 새보다도, 바람보다도 빠르게 달리고 싶다.

    지금 당장에라도 말을 타고 싶은 충동을 억누르며 푸마는 미아에게 깊이 머리를 숙였다. 그것은 순수한 감사 인사였다.

    오랫동안 잊고 있던 인생의 기쁨을 떠올리게 해준 은인에게 보이는 진심 어린 인사.

"분하지만 준마인 낙로에게 걸맞은 건 미아 황녀 전하인 모양이야. 흔쾌히 낙로를 양보하리다."

푸마는 어딘가 후련한 기분으로 말했다.


──아, 문제의 규칙이군요.

고분고분한 태도로 말을 건 푸마를 보고 눈을 부릅뜬 미아였으나…… 바로 그 의도를 알아차렸다.

──아하, 그렇군요. 푸마 씨도 저와 같은 생각을 한 거예요.

말 판결이 끝나면 시합 종료. 미래를 생각하면 서로 원망할 일은 없는 게 낫다.

푸마는 그렇게 호소하며 낙로를 주지 않아도 되는 분위기를 만들려 한다는 것을 미아는 민감하게 알아차렸다.

사람은 마음에 안경을 하나 갖고 있다. 그 가치관이라는 이름의 안경을 통해 상대방을 본다.

──뭐, 하지만 확실히 그래요. 낙로를 받는다고 해도 나중에 화근을 남길 것 같으니까요. 여기서는 사양해서 빚을 지워놓는 게 가장 좋겠어요.

재빠르게 계산하며 미아는 온화한 미소를 지었다.

"네. 그 규칙에 대해서는 물론 알고 있답니다. 원한다면 넘겨줘야만 한다. 하지만 대전상대인 제가 원하지 않는다면……."

"그건…… 우리 낙로가 필요 없다는 뜻…… 이신지?"

불현듯 목소리가 낮아졌다.

시선을 주자 푸마는 조금 전과는 달리 날카롭게 노려보고 있었다.

——앗, 이거 골치 아픈 유형이에요!

받으면 받는 대로 원망하고 거절하면 거절하는 대로 원망한다. 선택지가 틀어막힌 상황에 미아는 머리를 부여잡았다.

애초에 딱히 낙로를 갖고 싶지 않았다. 도망치는 거라면 황람을 빌리면 된다. 게다가 동풍도 의지할만하다는 게 증명되었으니……. 원한을 사면서까지 낙로를 받을 필요는 어디에도 없다.

굳이 따지라면 오만한 자신가 타입의 말이나 든든한 오빠 타입의 말이 미아의 취향이 더 맞았다!

——낙로는 뭐라고 해야 하나, 아가씨라서 조금 기대기 어려운 느낌도 들고요.

아무 생각 없이 탔다간 제대로 도망쳐주지 않을 것 같은 그런 예감이 들었다.

하지만 여기서 거절하는 건 말의 가치를 인정하지 않는다는 뜻이 되어버리니 그건 그거대로 상대방의 심기를 긁어놓는다…… 지극히 성가신 상황이었다.

——난감하네요. 말을 타지 않으니까 관심이 없다고 할 수도 없고요. 이렇게 제가 기마왕국 사람들에게도 뒤지지 않는 기수라는 걸 증명해버린 이상…….

살짝 거만해진 해파리식 승마술의 개파사조 미아였다.

어떻게든 상대방의 자존심을 건드리지 않고 거절할 방법은 없을지…… 미아는 고민했다.

——요컨대 '사실은 갖고 싶다'는 마음을 표명하면서도 사양할 필요가 있다는 거잖아요. 으음…… 그렇다면…….

찰나의 숙고. 그 후 미아는 입을 열었다.

"낙로가 훌륭한 말이라는 건 의심할 여지가 없죠. 그건 말 판결로 싸워 본 제가 가장 잘 알 겁니다."

우선은 아부다. 이게 기본이다.

"하지만 그 훌륭함은 샤오리 양이 탔기 때문에 발휘되는 것이지요. 그렇지 않나요?"

그 후 받지 않아도 되는 이유를 덧붙였다.

낙마는 훌륭한 말. 하지만 그건 '인간과 말이 하나가 되었을 때의 훌륭함'이다.

즉 그 훌륭함은 미아에게 넘어온 시점에서 반감해버린다고…… 주장하는 미아였다.

교묘하게 아부하면서 말을 받지 않아도 되는 이유를 첨가했다.

그 말에 푸마는…… 경악하며 눈을 부릅떴다.

"헛……! 그, 그건, 샤오리도 같이, 달라는 말씀인가!"

터무니없는 소릴 했다! 그 말에 조용히 고개를 끄덕이는 사람은…… 샤오리였다.

"아버지……. 저도 미아 황녀님과 경한 몸. 패자의 신분으로는 무슨 말을 할 자격은 없슴, 사와요. 미아 황녀님이 원하신다면 저는 기꺼이 이 몸을……."

"아니에요! 저는 제국의 황녀. 그런 인신매매 같은 요구를 할 리가 없잖아요!"

빛의 속도로 부정하는 미아였다. 아니, 빛의 속도를 넘어 살짝 역행이라도 할 기세로 반론하는 시간의 초월자 미아였다.

──이 인간들 무슨 소릴 하는 거예요!

그 후 미아는 당황하며 주변을 둘러보았다.

성녀 라피나에게 자기가 인신매매 같은 발언을 했다고 오해받는 건 절대로 피하고 싶었다.

그런 소릴 했다간 단두대가 패거리를 끌고 달려들 게 틀림없다.

……하지만 신기하게도 라피나의 모습은 어디에도 보이지 않았다. 그것만이 아니라 어째서인지 루드비히와 안느와 벨의 모습도 없었다.

──어라? 무슨 일이 있었나요?

고개를 갸웃거리면서도 우선 눈앞의 문제를 처리하고자 미아는 시선을 돌렸다.

"그런 게 아니에요. 푸마 님. 저는 샤오리 양과 낙로의 유대에 감명받았답니다. 저 또한 동풍과 유대를 쌓고 있고, 그 유대라는 게 어떠한 것인지는 여러분만큼은 아니어도 어느 정도 알고 있다고 봐요."

미아의 발언에 감회에 젖은 듯 고개를 끄덕이는 무리가 있었다.

그건 말 판결 둘째 날에 미아와 함께 달린 자들.

미아가 '동풍, 조금만 더 빨리 달려주지 않을래요? 케이크를 상으로 준다고 하면 빨라지려나요?' 같은 생각을 하며 필사적으로 말을 거는 모습을 보고 감동한 사람들이었다.

"겸손하시군요. 미아 황녀님. 저희는 황녀님이 지친 말을 어떻게 달랬는지 똑똑히 보았습니다. 미아 황녀님과 그 말 사이에 있는 강한 유대를 부정하는 사람은 없을 겁니다."

"……네. 그렇게 말씀해주시다니 기뻐요."

순간 무슨 소릴 하는 거냐는 생각이 안 드는 것도 아닌 미아였으나, 우선은 고개를 끄덕였다. 그리고 헛기침을 한 번.

"크흠, 그래요. 아무튼 그 유대는 무척이나 귀중한 것. 사람과 말은 떼어놓기 어려운 법이고, 애마와의 유대는 누구라 한들 갈라놓아서는 안 된다고 생각합니다. 그러니까……."

미아는 여기서 주변 사람들을 보았다.

어느새 미아 주변에는 그 말에 귀를 기울이는 기마왕국 사람들의 모습이 있었다. 그들은 다들 호의적이며 부드러운, 말 같은 눈으로 미아를 보고 있었다.

지금이라면…… 왠지 무슨 말을 해도 들어줄 것 같은 느낌이 든다!

미아는 한 걸음 더 나아갔다.

"제가 원하는 건 유대를 갈라놓는 것이 아닌, 새로운 유대를 만드는 것입니다."

그렇게 미아는 샤오리 쪽으로 시선을 돌렸다.

"제가 곤경에 처했을 때 도와주는 멋진 친구를 원해요."

미아가 원하는 건 동맹 관계와는 조금 다르다. 이해 일치에 따라 성립하는 나라와 나라 간의 관계, 그 필요성은 이해할 수 있지만…… 솔직히 머리를 쓰는 건 귀찮았다.

그러한 부분은 루드비히에게 맡겨버리고 싶다.

미아가 원하는 건 조금 더 편한 것. 복잡한 이해득실을 도외시한 우정이다.

잘 생각해 보면 기마왕국의 남방 수도는 참으로 입지가 좋다. 제국에서 무슨 일이 일어났을 때 탈출하는 도중에 들르기에는 아주 좋은 장소였다.

──기마왕국 사람들은 의지할만해 보이니까요. 어떻게든 우정을 쌓아놓고 싶어요.

그렇게 미아는 샤오리를 보았다.

"그러니까 샤오리 양……. 만약 괜찮다면 제 친구가 되어주시겠어요?"

미아의 시선을 받은 샤오리는 '흐아……' 하고 한숨을 쉰 뒤 말 없이 고개를 끄덕였다.


이리하여 미아는 대망의 인맥을 얻었다.

모든 국민이 뛰어난 기병이라고 할 수 있는 기마왕국에…….

기마왕국의 남동쪽, 렘노 왕국에 영향력을 행사할 수 있는 인맥을…….

# 제19화 미아 황녀, 당부하다. 그리고……

산 부족과의 문제를 정리한 미아는 펑 구앙마에게 향했다.

그가 서 있는 별풀 바위 옆에는 마침 다른 부족의 족장들도 모여 있었다.

좋은 기회다.

──패배를 각오했었으니 어떤 식으로 이야기를 끌고 갈지 전혀 생각해놓지 않았지만, 모처럼 승리한 이상 제대로 당부해놓아야겠어요.

미아는 기합을 잔뜩 넣고 족장들에게 걸어갔다. 도중에 문득 자신에게 쏟아지는 주변의 시선을 깨달았다. 왠지 다들…… 반짝거리는 눈으로 보고 있었다!

──흠. 뭐 저는 일단 말 판결의 승리자니까 주목받는 것도 당연하죠.

그렇게 살짝 희열에 잠기는 미아였으나 바로 정신을 다잡았다.

──디저트 케이크를 다 먹을 때까지가 식사라고 하니까요. 마지막까지 방심은 금물이에요.

겸허하게, 겸손하게, 조신하게…….

여기서 실력으로 이겼으니 내 말을 들으라는 둥 적을 만드는 소릴 해선 안 된다. 승리는 기분 좋은 것이었으나 감미로운 술에 취해선 안 된다.

"족장 여러분, 그리고 말 판결을 지켜보신 여러분."

우선 족장들에게, 이어서 주변에서 지켜보는 모든 사람들에게 들리도록 미아는 말을 걸었다.

"말 판결에서는 하늘이 편을 들어준 제가 승리할 수 있었습니다. 아니, 하늘만이 아니라 중간중간 많은 것들이 편을 들어주었죠. 결코 실력으로 이겼다는 생각은 하지 않습니다. 샤오리 양과 낙로는 최고의 기수이자 최고의 준마였습니다. 부디 그들에게도 찬사의 박수를 보내주세요."

제대로 샤오리와 낙로를 띄워준 뒤…….

"그러나 말 판결을 통해 결과가 나온 것 또한 사실. 여러분의 위대하신 시조, 구앙롱 님의 말씀을 빌리겠습니다. '의견을 내세워서 싸우는 건 말 판결 동안에만……. 그 후엔 결과에 승복하고 협력하라'."

불꽃 일족을 받아들이는 건 이미 정해진 사항임을 확인하며 여기에 샤오리에게 들은 이야기도 슬쩍 끼워 넣었다. 그들의 소중한 시조의 말로 당부한다!

빌릴 수 있는 위세는 어떤 것이든 빌린다. 남의 위세를 빌려서 이야기하는 건 미아의 상투 수단이다.

"저는 확신합니다. 같은 시조를 둔 기마왕국의 열두 부족과 불꽃 일족은 분명 다시 손을 잡을 수 있을 것이라고."

미아는 거기서 한번 말을 끊고 조용히 생각했다.

──말 판결의 결과와 시조의 권위……. 이것만으로 그들을 설득할 수 있을까요?

잠시 생각한 뒤…… 결론을 냈다. 아직 부족하다!

'실제로 해 봤지만 실패했습니다!'라는 종류의 변명이 가능하다. 혁명기에 그런 변명을 여러 번 들은 기억이 있고, 미아 본인도 제법 말한 적이 있다.

그렇다면……!

미아는 조용히 눈을 뜨고 덧붙였다.

"물론 힘들 것입니다. 인내가 필요한 순간도 있을 것입니다. 그것은 이미 보이는 미래. 예상할 수 있는 광경입니다. 하지만, 언젠가는……."

호흡을 고르고 가슴에 손을 올리며 말했다.

"언젠가는 다시 한 민족으로서 같이 걸어갈 수 있다고, 저는 그렇게 믿습니다. 그렇기에 여러분께 부탁드리는 건 끊임없는 노력입니다. 절대로 포기하지 않고 나아가는 것입니다."

해 봤는데 실패했다…… 로 끝내지 말라는 뜻이다!

말 판결에서 이런 결과가 나왔고 시조도 그걸 따르라고 했으니까, 실패해도 쉽게 포기하지 말고 제대로 끝까지 노력해! 라고 당부하는 것이다!

"그렇게 다시 열세 부족이 된 기마왕국과 우리 티어문 제국이 더 좋은 관계를 구축할 수 있기를 바랍니다."

기마왕국은 특수한 국가다.

국왕이라 불리는 자가 없고, 대신 열두 명의 족장이 있다. 그러니 한 명의 족장과 친해진다고 다가 아니다.

여기서 모든 부족의 족장이 모여 있을 때 우호 관계를 맺어놓으면 나중에 편해질 테니 있는 힘껏 어필해놓는다!

"샤오리 양만이 아닙니다. 저는 모든 부족분과 우정을 맺고 싶어요."

명랑하게, 소리 높여 그렇게 마무리했다.

──좋아요! 완벽했어요!

그렇게 자기만족에 잠겨있었더니 마침 멀리서 루드비히가 달려오는 게 보였다.

──후후후. 이번에는 잘했겠죠. 설령 지금 달려오는 게 망할 안경이라고 해도 불평할 수 없을 거예요.

그렇게 확신하는 미아였으나, 루드비히의 심각한 표정을 보고 바로 불안해졌다.

──어, 어라? 저 혹시 무슨 실수라도……?

그렇게 바들바들 시선을 떨고 있었더니…….

"미아 황녀 전하……. 면목 없습니다."

입을 열자마자 루드비히는 머리를 숙였다.

"저, 저기, 무슨 일이 있었나요?"

"어젯밤 슈트리나 님께서 행방불명되셨습니다."

"…………네?"

갑작스러운 사태에 미아는 입을 떡 벌렸다.

"네? 뭐라고요? 그건, 대체, 무슨…….”

혼란에 빠진 미아였으나 이어지는 말에 머리가 차가워졌다.

"경비를 담당했던 황녀전속 근위병이 이 일이 끝나는 대로 책임지고 싶다고…….”

터무니 없는 말에 위기감이 자극되었다.

"알고 있죠? 루드비히. 그런 건 필요 없습니다. 만약 자신의 책임이라고 생각한다면 공적으로 갚으라고 전달하세요."

황녀전속 근위대는 미아의 생명줄이다. 한 명 줄어들 때마다 그 생명줄이 가늘어지는 두려움을 미아의 리틀 하트가 견딜 수 있을 리 없었다.

"아무튼 시급히 찾아낼 필요가 있겠군요. 기마왕국 분들에게도 협력을 구하죠."

그렇게 말하며 미아는 새로 사귄 친구들에게 시선을 돌렸다.

# 제20화 무녀와 슈트리나

깊은 숲속. 잊혀진 폐성, 뱀의 거점에서.

그날 뱀의 무녀, 발렌티나 렘노에게 드문 손님이 찾아왔다.

마침 테이블에 앉아 타를 즐기고 있던 발렌티나는 자신을 찾아온 남자, 휘 쉰랑에게 부드러운 미소를 지었다.

"오랜만이야, 쉰랑. 설마 돌아올 줄은 생각지 못해서 놀랐어."

"저런, 무녀님. 그건 너무한 말씀 아니신지. 이곳은 당신의 집, 언제든 돌아와도 괜찮다고 따스하게 배웅해주신 당신은 어디로 가 버리신 겁니까?"

"후후후. 변함없이 재미있는 기억 차이네. 쉰랑. 당신을 배웅한 건 불꽃 일족의 마을일 텐데…… . 물론 환영은 하지만…… ."

발렌티나는 그 눈을 쉰랑 옆으로 옮겼다.

"여자아이에게 그런 심한 짓을 하면 안 되지…… ."

시선 끝에는 의자에 앉은 한 명의 소녀가 있었다.

사랑스러운 벌꿀 색 머리카락의 소녀, 제국 사대 공작가 중 하나인 옐로문 가의 영애, 슈트리나 에트와 옐로문은 가냘픈 두 팔을 뒤로 묶여 움직임이 막혀 있었다. 꿈틀꿈틀 불편하다는 듯이 몸을 비트는 슈트리나. 그 입에서는 목소리가 나오지 않았다.

입에는 안쓰럽게도 재갈이 물려있고 눈에는 눈가리개를 둘렀기 때문이다.

"그런 식으로 괴롭히면 불쌍하잖아."

혼내듯이 말하는 발렌티나에게 쉰랑은 참으로 불쾌하다는 표정을 지었다.

"그러지 말아 주시죠. 젬이나 바르바라와 하나로 묶이는 건 싫습니다. 그 두 사람이라면 화풀이로 거칠게 대할 테지만 저는 딱히 심술부리려고 이러는 게 아니거든요? 혀라도 깨물었다간 골치 아프다고 생각한 것뿐이죠."

"그런 걱정은 안 해도 돼. 그 아이는 자기가 죽으면 미아 황녀가 곤란해진다는 걸 잘 알고 있을 테니까."

그 말에 쉰랑은 의아한 듯 고개를 기울였다.

"그렇습니까? 하지만 이 아가씨, 음식도 안 먹고 물도 억지로 먹여야만 할 정도였거든요? 영락없이 세상을 등지고 죽으려는 줄 알았는데……."

그 말을 증명하듯 슈트리나의 잠옷 목깃에는 살짝 주름이 생겨 있었다.

"아직 사람의 마음을 파악하는 기술이 부족하구나. 그건 당신이 독을 쓸지도 모른다고 걱정했기 때문이 아닐까? 아마 그녀의 의식을 빼앗을 때 수상한 약이라도 쓴 거겠지."

어이없다는 듯 한숨을 쉰 발렌티나는 조용히 일어났다. 그러자 긴 검은 머리카락이 아름답게 사르르 흘러내렸다.

그대로 그녀는 의자에 앉은 슈트리나 옆에 서더니 몸을 숙여 정중한 손길로 입을 묶었던 옷감을 풀었다.

괴로웠던 건지 '푸하' 하고 작게 숨을 뱉는 슈트리나.

이어서 눈가리개를 풀자 오랫동안 시야가 막혀 있었기 때문인지 눈이 부시다는 듯 가늘게 뜬 뒤 슈트리나는 주변을 둘러보며 미간을 찌푸렸다.

"여기…… 는?"

콜록 작게 기침한 뒤 갈라진 목소리로 말했다.

"여기는 혼돈의 뱀의 거점 중 하나야. 렘노 왕국에서 그리 떨어지지 않은 장소에 있는 숲속 깊은 곳에 버려진 성을 이용하고 있지."

술술 노래하듯이 말한 발렌티나는 꽃처럼 화사한 미소를 지었다.

"그리고 나는 발렌티나. 발렌티나 렘노. 뱀의 무녀 발렌티나야."

"……어?"

멍하니 이야기를 듣고 있던 슈트리나였으나, 그 직후 발렌티나의 말뜻을 이해한 건지 눈을 크게 떴다.

"저런……. 모처럼 눈을 가려놨는데. 그런 이야기를 해버리면 살려서 돌려보낼 수 없잖아요."

사소한 일인 양어깨를 으쓱하는 쉰랑을 보고 발렌티나는 고개를 저었다.

"그러니까 영애를 위협하는 소린 하면 안 된다니까. 쉰랑. 모처럼 당신이 산 채로 잡아 왔으니까 당연히 무의미하게 죽이진 않을 거야."

부드러운 어조로 그렇게 말한 뒤 발렌티나는 슈트리나 쪽을 바라보았다.

"제대로 살려놓고 유익하게 사용할게. 좋은 생각이 났으니까…… 어라?"

그때 발렌티나는 무언가를 알아차린 건지 슈트리나의 가느다란 목에 손가락을 가져갔다. 움찔 떨리는 슈트리나의 목에 걸려 있는 끈……. 그것을 손가락에 걸었다.

"어머…… 이건."

"앗……."

슈트리나의 작은 목소리를 무시하고 스르륵 끈을 잡아당기자 옷깃 속에서 나타난 것은…….

작은 말 모양의 부적, 트로이야였다.

"후후후. 어머나. 뱀을 배신한 사람으로 보이지 않을 만큼 귀여운 취향이구나."

뚝……. 끈을 뜯어낸 발렌티나가 손바닥 안에서 트라이야를 만지작거렸다.

"아, 안 돼. 돌려…… 주세요."

당황하며 말하는 슈트리나에게 발렌티나는 즐겁다는 듯 웃었다.

"후후후, 안 돼."

마치 어린아이를 놀리는 듯 소탈한 어조로 말하며 트로이야를 흔들었다.

"이건 당신 마음의 버팀목이 될 것 같으니까 안 돌려줘. 아마 이게 있으면 당신의 마음을………… 꺾을 수 없잖아?"

슈트리나를 살그머니 올려다보는 눈. 그 눈빛은 차가운 뱀 같았다.

하지만 그것도 바로 바뀌었다. 그 눈은 바로 장난꾸러기처럼 천진한 눈빛이 되었다.

"후후후, 농담이야. 이걸 돌려주지 않는 건, 이걸 보내서 그 애를 불러낼 생각이거든."

"그 애……?"

"뻔하잖아. 제국의 예지 미아 루나 티어문이야."

발렌티나는 트로이야를 쉬랑에게 건넸다.

"준비가 될 때까지 당신은 여기에 있어 줘야겠어. 아, 그러고 보면 당신은 혼자 옷을 갈아입거나 할 수 있어? 초보자라도 괜찮 다면 누구 시중들 사람을 붙여줄 수도 있는데……."

그렇게 말하며 발렌티나는 쉬랑에게 시선을 주었다. 그걸 깨달 은 슈트리나는 당황한 듯 붕붕 고개를 저었다.

그 살짝 새파래진, 잔뜩 겁먹은 얼굴을 바라보며 발렌티나는 슈트리나의 뺨으로 손을 뻗었다.

손바닥으로 그녀의 뺨을 살며시 위로하듯 쓰다듬고…….

"겁먹은 얼굴도 아주 사랑스럽지만…… 후후후. 하지만 그거 반은 연기지?"

정면으로 슈트리나의 눈을 들여다보았다.

"아까 눈가리개를 하고 재갈을 물고 있을 때도 우리의 대화에 제대로 귀를 기울이고 있었어. 어떻게든 정보를 얻어내서 자신에 게 유리한 상황을 만들지 따져보고 있었지? 아마 지금도 감시가 붙지 않아서 다행이라는 식으로 생각하고 있는 거 아닐까? 두려 워하는 태도로 방심을 유발하려는 거지?"

그 순간 슈트리나의 표정이 사라졌다. 하지만 바로 그 얼굴은 미소로 바뀌었다. 사랑스러운, 들판에 피어난 꽃처럼 가련한 미 소였다.

"전부 다 꿰뚫어 보고 계시네요. 무녀님. 사람의 마음을 읽는다는 소문은 사실인가요? 게다가 이름으로 보아 렘노 왕국의 왕족……. 아니면 리나가 그렇게 생각하게 만들려고?"

탐색하듯이 발렌티나를 올려다보았다.

"와아, 역시 그 옐로문 가의 별을 지닌 공작 영애. 마음이 강하구나."

발렌티나는 짝짝 박수를 치면서 웃었다.

"그래. 거짓 이름이었다면 당신에게는 참 좋았겠지. 그건 당신에게 거짓 정보를 주고 미아 황녀에게 돌려보낸다는 뜻이 되니까. 하지만 유감이야. 나는 정말로 렘노 왕국의 제1왕녀 발렌티나 렘노란다."

"그걸 리나에게 밝혀서 무슨 의미가 있는 거죠?"

사랑스럽게 고개를 갸우뚱 기울이는 슈트리나.

"그걸 알려줄 수도 있지만……. 그래. 모처럼 천천히 대화할 거라면 같이 차를 마시도록 할까. 후이마 양과 마시려고 했지만, 당신과도 한 번 제대로 대화해보고 싶었거든."

발렌티나는 장난치듯 윙크했다.

"여기에는 고상한 사람이 없으니까 같이 차를 마실 사람에 굶주려있었거든. 만약 함께 해준다면 뭐든 가르쳐줄게."

"후후후, 알겠습니다. 설마 무녀님에게 다과회 권유를 받다니 무척 영광이에요."

슈트리나는 가련한 미소를 지었다. 완벽한, 모든 이에게 사랑받는 소녀의 미소. 그런 슈트리나를 보며 발렌티나는 환한 미소로 얼굴을 가져가더니 그 작은 귓가에서…… 속삭였다.

"하지만 그 전에……."

슈트리나의 몸이 살짝 긴장으로 굳었다. 그걸 확인한 발렌티나는 놀리듯이 느릿한 어조로 말했다.

"목욕부터 해야겠어. 당신에게서 조금 땀 냄새가 나."

"무슨……?!"

생각지도 못한 지적에 슈트리나의 얼굴이 꿈틀거렸다. 직후, 그 뺨이 희미한 붉은색으로 물들었다. 그건 수치심과 분노에 얼룩진 소녀의 진짜 감정.

슈트리나의 '만들어낸 듯한 가련한 미소' 너머에 있는 진짜 마음에 도달할 수 있는 발판.

발렌티나는 마치 뱀처럼 그곳에 소리 없이 발을 올려놓았다.

"이래서야 친구도 싫어할걸?"

슈트리나는 그 지적에 당당히 고개를 저었다.

"아니야. 벨은 겨우 그 정도로 리나를 싫어하지 않…… 아……."

고개를 들고 발렌티나를 노려보는 슈트리나. 하지만 직후 그 얼굴에 초조함이 번졌다.

"후후후, 그래. 벨이라고 하는구나. 그 친구가 아주 소중한가 보네? 혹시 그 트로이야를 만들어준 사람도 그 아이니?"

"……윽!"

슈트리나는 입술을 깨물고 침묵했다. 발렌티나와 눈을 마주치지 않으려고 살며시 고개를 숙였다.

"아하하. 사랑스러울 정도로 현명하구나. 이 이상 정보를 흘리

지 않으려고 침묵하는 건 옳은 선택이지. 사실은 건드리거나 말거나 전혀 아무렇지도 않다는 태도였다면 더 좋았겠지만, 그래도 합격이야."

발렌티나는 웃으면서 다시 슈트리나의 눈을 들여다보았다.

"물론…… 뱀의 무녀는 마음을 읽을 수 있을지도 모르지만……?"

"…………."

입을 다물고 도망치듯이 눈을 질끈 감는 슈트리나. 잠시 그녀를 관찰한 발렌티나는 천천히 일어났다.

"그래, 그렇게 그 친구가 소중하구나. 흐음. 당신은 뱀은 되지 못하겠네. 소중한 것을 고이 간직하고 있어서야 뱀이 될 수 없으니까."

발렌티나는 노래하듯이 말했다.

"아아, 다과회가 아주 기대돼. 많은 이야기를 하자."

# 제21화 숨 쉬듯이 흐름을 타다

슈트리나가 행방불명되었다는 사실을 루드비히가 안 것은 미아가 결승점에 들어오기 직전이었다.

루드비히와 디온, 더불어 몇 명의 황녀전속 근위대원은 미아에게서 조금 떨어진 거리에서 동행하고 있었다.

직접적으로 말 판결을 도울 수는 없지만 무슨 일이 일어났을 때는 바로 달려갈 수 있는 위치에서 호위하기 위해서다.

그렇게 이틀간의 여정을 마치고 안도하면서 언덕을 올라가는 미아를 배웅했으나…… 그런 그들에게 급보가 날아들었다.

어젯밤 옐로문 공작 영애가 남방 수도의 숙박지에서 모습이 사라졌다고.

현재 성녀 라피나의 지휘 하에 수풀 부족의 도움을 받아 수색하고 있으나 단서는 없음. 신속히 돌아올 것을 요청.

소식을 받은 순간 루드비히는 무심코 혀를 찼다.

──내가 잘못 판단했어……. 노린다면 미아 님을 노릴 거라고 생각했는데.

뱀은 현재 불꽃 일족의 전사를 수중에 장악하고 있다. 그중에는 늑대술사 같은 강자도 있다. 그렇기에 말 판결 도중이라고 해도 미아가 공격당하는 걸 경계했으나…….

"적을 크게 잘못 봤군. 생각해 보면 말 판결이나 미아 님의 출전이 정해진 건 최근 며칠 사이의 일이지. 아무리 뱀이라고 하나 말 판결에 출전하는 미아 님을 노리는 건 어려울 거야…….”

자신의 책임을 통감하며 이를 악무는 루드비히였으나…….

“아니, 틀린 건 아니라고 봐.”

그때 디온 알라이아가 말을 걸었다. 그는 쓴웃음을 지으며 작게 어깨를 으쓱했다.

“전부 대비하지 못하는 이상 황녀님 호위를 우선하는 건 신하로서 당연한 선택이지. 게다가 남방 수도의 수비도 빈약하다고 할 정도는 아니고. 만약 적이 옐로문 공작 영애를 유괴했다면 적이 한 수 위였던 것뿐이지. 지금은.”

디온의 안광이 살짝 날카로워졌다.

“지금은 해야 할 일을 할 수밖에 없어. 우선 황녀님에게는 미안하지만 골인하면 바로 남방 수도로 돌아가서 진두지휘를 잡아달라고 해야지.”

이다음으로는 혼란을 틈타 미아의 목숨을 노릴 가능성이 있다. 그러니 전력을 분산시키는 어리석은 짓은 피해야 한다. 미아 주변의 전력을 유지하면서 그 전력으로 슈트리나를 수색할 필요가 있다.

무엇보다 제국의 예지를 수색에 사용하지 않는다는 건 말이 안 된다.

“그래……. 그게 가장 좋겠군.”

지금은 책임 운운할 때가 아니다. 모든 게 끝난 뒤 재차 미아의 판결을 기다리기로 마음을 고쳐먹었다.

경비를 담당했던 자들에게서 사직 신청서도 받았지만, 그것도 전부 끝난 뒤에.

루드비히는 조용히 앞으로 할 일을 생각하기 시작했다.


그렇게 기마왕국 족장들의 협력을 받아 주변 일대를 대규모로 수색하였으나 슈트리나의 행방은 묘연했다.

산 부족의 푸마가 준비해준 방에서 보고를 받은 미아는 걱정하며 미간을 찌푸렸다.

"인신매매범에게 납치되었을 경우는 없는 걸까요? 리나 양은 제 혈족인 만큼 귀엽게 생겼으니까요……."

"마을 밖이라면 모를까 마을 안에서는 글쎄요……. 남방 수도를 보았을 때 치안은 나쁘지 않아 보였거든요. 애초에 그 호락호락하지 않은 아가씨가 고작 인신매매범에게 납치될 것 같지도 않고요……."

그렇게 주장한 사람은 디온이었다.

"……흐음."

그의 견해에 미아는 저도 모르게 신음했다.

확실히 슈트리나가 일반적인 악당에서 순순히 납치되는 모습은 상상할 수 없다.

"오히려 악당을 독 같은 것으로 처리했을 가능성이 더 커 보이네요. 그렇다면…… 역시."

"뱀의 수하에게 잡혔다고 봅니다."

냉정침착한 루드비히의 말에 미아는 한숨을 쉬었다.

"역시 그렇게 되겠죠. 그러면……."

미아는 팔짱을 끼고 생각에 잠겼다.

다행히 미아의 예지의 원천은 바로 눈앞에 있었다. 미아 앞 테이블에는 마롱이 마련해준 제호양의 핫밀크가 있었으니까!

그토록 고대하던 맛있는 비전 우유다.

생크림처럼 매끄러운 식감과 진득한 우유 향기와 은은하게 느껴지는 단맛이 무척이나 근사한 음료였다.

여기에 설탕이 일절 들어있지 않다는 사실에 미아는 놀랐다.

그런 맛있는 양젖 우유를 한 모금 꿀꺽 마신 뒤 후우 한숨을 쉬었다.

그 후 맛을 분석하기 시작…… 하지는 않았다. 당연하다.

아무리 그래도 이런 긴급사태에 그런 짓을 할 여유가 없다는 건 미아도 알고 있기 때문이다.

따라서 영양분을 착실히 보급한 뒤 그걸 불태우며 머리를 굴렸다.

──아, 그래요. 늑대는 코가 좋다고 들었으니까 어쩌면…….

그렇게 미아는 작게 중얼거렸다.

"후이마 양에게 부탁하는 게 좋지 않을까요?"

그 말을 들은 루드비히가 퍼뜩 깨달은 표정이 되었다!

"그렇군요……. 확실히 후이마 양은 족장의 동생. 그들이 어디에 있는지 알 가능성은 있습니다."

그 말을 들은 미아도 퍼뜩 깨달은 표정이 되었다!

그 발상은…… 없었다!

아니, 엄밀하게 말하자면 그런 생각을 아예 안 해본 것은 아니나, 그 기억은 늘 그랬듯 기억 저편으로 휙 던진 채 방치해놨었다.

"게다가 불꽃 일족은 빚이 있습니다. 협력을 구할 수 있을지도 모르지만…… . 과연 후이마 양이 어떻게 반응할지…… ."

루드비히의 표정이 심각해졌다.

다행히 기마왕국이 불꽃 일족을 받아들이는 건 순조롭게 진행되고 있다. 지금은 족장 회의에서 불꽃 부족의 장로, 랑후아도 함께 대화하는 중이다.

미아에게 큰 은혜를 입은 상황이라고 할 수 있을테니 거절하진 않을 것이다.

하지만…… 후이마에게 오빠가 있는 장소를 물어본다는 건 양날의 검이기도 했다.

그건 은혜를 빌미로 친오빠를 팔아넘기라는 소리나 마찬가지이기 때문이다.

과연 그런 말을 했을 때 후이마의 기분이 괜찮을지…… .

거기까지 상상한 미아는 조금 당황했다.

당연하게도 미아에게는 그럴 생각이 전혀 없었으니까…… .

"네? 앗, 아뇨…… . 저는…… ."

계산하지 못한 사태에 당황하며 부정하려고 하는 미아였으나…… .

"하지만 지금은 그 방법밖에 없는 건지도 모릅니다."

"그렇죠…… ."

루드비히가 그 방법밖에 없다고 단언하는 바람에 미아는 엄숙하게 자신의 주장을 취소했다!

그 루드비히가 그 방법밖에 없다고 하면 없는 게 맞다.

"이해해주셔서 다행이에요. 그럼 바로 후이마 양에게 부탁해 보죠."

숨 쉬듯이 흐름을 타는, 해파리 같은 유연함을 자랑하는 미아의 생각이었다.

# 제22화 누군가의 훈도(薫陶)를 받아

"미아 황녀, 나에게 무슨 볼일이지?"

방으로 찾아온 후이마는 실내에 있는 사람들을 보고 미약하게 긴장한 모습이었다.

그곳에 있는 건 미아와 안느와 루드비히, 그리고 디온 알라이 였기 때문이다!

생긋 웃는 디온 쪽으로는 일절 시선을 주지 않으며 뻣뻣한 동작으로 미아에게 걸어오는 후이마였다.

그런 후이마를 자연스럽게 테이블로 유도한 미아는 말없이 쿠키를 권했다.

왔으면 우선 세 개. 이것이 미아식 접대술의 기본이다.

단것을 권했다고 적대적으로 나오는 사람은 없기 때문이다. (……미아 안에서는.)

그렇게 상대방의 마음을 잘 회유해놓고.

"사실은 부탁하고 싶은 게 있습니다."

미아는 후이마의 눈을 바라보며 차분하게 말을 꺼냈다.

"단도직입적으로 말씀드릴게요. 당신의 오라버니와 무녀가 어디 있는지 저희에게 가르쳐주셨으면 해요."

"……그건 무슨 뜻이지?"

눈썹을 찌푸리는 후이마를 향해 미아는 천천히 말을 이었다.

"슈트리나 양이 행방불명되었다는 건 알고 계시죠?"

"그래, 물론이다. 우리도 동요를 불러서 수색에 참가하려던 참이었지. 미아 황녀에게는 크게 신세 졌으니까."

팔짱을 끼며 고개를 끄덕이는 후이마.

"저희는 슈트리나 양을 데려간 사람으로 뱀의 무녀를 의심하고 있답니다."

후이마의 어깨가 움찔 떨렸다.

순간 오라버니를 우롱하지 말라며 분노하는 건 아닌지 불안해진 미아였으나…… 다행히 후이마는 침착했다.

"그래……. 그래서 나에게 무녀와 오라버니가 어디 있는지 물어보는 건가……."

눈을 감고 무언가 생각에 잠기듯 가만히 입을 다물었다.

그 후 숨을 크게 들이마시고…… 내쉬고는.

"미아 황녀……. 나에게 잘 물어봐 주었다."

감동에 젖어 떨리는 목소리로 말했다!

그 반응에 약간 당황했지만 우선 기분이 상하진 않은 듯한 후이마를 보고 미아도 일단 안심…… 했었, 는데…….

"이로써 결심이 섰다. 나는 오라버니와 결별하겠다."

"…………네?"

갑작스러운 후이마의 선언이 미아의 허를 찔렀다.

──오라버니와, 결별……? 네……?

미아는 어리둥절해서 고개를 갸웃거리며 말했다.

"아뇨, 저기, 그런 건, 저는…….."

"오라버니와 미아 황녀가 서로를 받아들이는 일은 없을 테지.

어느 한쪽에 붙어야 한다면 나는 친구인 미아 황녀에게 붙겠다.”

……누구에게 무슨 소릴 들은 건지는 전혀 짐작이 가지 않았지만, 후이마의 선언은 대단히 무거웠다.

그 파워풀한 선언의 여파에 미아는 저도 어질어질해졌다.

그래, 확실히 미아는 의지할 수 있는 친구를 원했다.

여차할 때 도와줄 수 있는 인맥은 무척 귀중한 것. 그래서 자신의 편이 되어준다는 사람에게 고마워해야 하는…… 데, 고맙기는 해도, 이 발언은 조금…… 어깨가 무겁다.

──제가 육친과 견줄만한 무언가를 돌려줄 수 있을 것 같지 않으니까요…….

미아는 진지한 얼굴로 끄윽 신음했다.

“참고로 후이마 양, 부모님이나 오라버니 말고 다른 가족은…….”

“형뢰와 우투 뿐이다.”

“형뢰…… 는 그 말이죠. 우투는…….”

“내 전투늑대의 이름이다.”

“그렇군요…….”

즉 오라버니와 여동생 딱 둘밖에 없었다는 소리다!

──다, 단 한 명밖에 없는 육친이잖아요……. 이건 너무나도 짐이 무거워요…….

'같은 쿠키를 나눠 먹으면 모두 친구!'라는 분위기의 후이마는 대체 어디로 가 버린 걸까……. 왜 이런 무거운 결의를 다진 건지 미아는 연신 고개를 갸웃거렸다.

그 후 마음을 다잡고 부드럽게, 아주아주 다정한 미소를 지었다.

"그건…… 안 돼요. 그러한 말을 쉽게 입에 담으면 안 됩니다."

"아니, 하지만……."

"오라버니는 당신에게 무척 소중한 분일 테죠. 그렇다면 그렇게 쉽게 포기해서는 안 돼요."

미아는 반론을 허락하지 않는 어조로 말했다.

"그렇게 쉽게 결별한다고…… 말하면 안 됩니다. 하지만 마찬가지로 저희에게 리나 양은 소중한 사람이에요. 그러니 꼭 구하고 싶어요."

그렇게 미아는 손을 꼭 잡았다.

"협력해주세요. 하지만 당신이 오라버니와 결별하는 건 보고 싶지 않아요……. 저의 이 이기심을 받아주실 수 있을까요?"

그…… 뭐냐, 적당히가 좋다. 적당히가.

이번엔 정보만 주면 그걸로 충분하다. 애초에 슈트리나가 정말로 유괴당한건지 아닌지도 모르는 일이고…….

"그런가……. 알았다. 성급히 생각하지 않도록 명심해두지."

후이마는 얌전한 얼굴로 그렇게 고개를 끄덕인 뒤.

"나는 너와 우의를 맺은 것이 자랑스럽다."

어딘가 감동했다는 어조로 그런 말을 했다.


그렇게 구출 작전을 논하던 바로 그때였다.

노크하는 소리와 동시에 경비로 서 있던 근위병이 들어왔다.

"실례합니다. 미아 님께…… 이러한 것이 왔습니다만……."

문 앞으로 가서 근위병이 내민 것을 본 루드비히는 표정을 바꾸고 서둘러 미아에게 돌아왔다.

그 손에는 작은 상자가 있었다.

"미아 님, 이것을……."

"……? 이게 뭐죠?"

고개를 갸웃거리던 미아는 상자를 열어보고 바로 안색을 바꿨다.

"죄송하지만 벨을 불러와 주시겠어요?"

이윽고 찾아온 벨에게 미아는 말없이 상자 안에 들어있던 것을 내밀었다.

그것을 본 순간 벨은 비명을 질렀다.

"이거! 리나에게 준……."

벨의 작은 손에 올라간 것……. 그것은 벨이 직접 만들어서 슈트리나에게 선물한 것.

슈트리나가 어떤 때라도 몸에서 떼어놓지 않는 그녀의 보물.

트로이야였다.

# 제23화 이정표 없는 결의

혼돈의 뱀의 요구를 받은 미아는 부리나케 동료들을 소집했다.

안느, 루드비히, 디온, 그리고 벨. 여기에 라피나, 아벨, 아벨의 종자 기미마피아스. 또 후이마와 마롱의 모습도 있었다.

주요 멤버가 모이자 미아에게 위탁받은 루드비히가 이야기하기 시작했다.

"혼돈의 뱀에서 협박장이 왔습니다. 요구 자체는 크게 놀라운 건 아닙니다. 슈트리나 님의 목숨이 아깝다면 찾아오라는……. 그런 내용이죠."

루드비히는 생각에 잠기듯 팔짱을 꼈다.

"한가지 마음에 걸리는 건, 미아 님 혼자 오라고 적혀있지는 않다는 점입니다……."

그 말에 라피나가 눈썹을 찡그렸다.

"그건 확실히 묘해……. 보통 이런 협박장은 호위도 데려오지 말고 혼자 오라고 하는 법인데……."

"아마도 그 조건으로는 협박이 성립되지 않는다고 생각했기 때문일지도 모릅니다. 슈트리나 님은 확실히 사대 공작가의 별을 지닌 공작 영애지만, 제국의 황녀이신 미아 님과 비교하면 당연히 어느 쪽을 우선할지는 분명하죠. 물론 미아 님께서는 목숨과 바꿔서라도 슈트리나 님을 구하러 가고 싶어 하실 테지만 저희들 가신은 당연히 받아들일 수 없으니까요."

"그래. 미아 님을…… . 확실하게 부르고 싶다면 호위와 함께 부를 필요가 있다는 거구나. 참고로 금지하지 않았다고 해서 천 명의 군세를 데리고 가는 것도 역시 안 되겠지?"

라피나의 물음에 루드비히가 고개를 끄덕였다.

"네. 그 부분은 적당히 조절하라는 뜻으로 보입니다. 슈트리나 님의 생사여탈권을 적이 쥐고 있다는 건 분명하니까요. 상식적인 호위는 인정하지만 그걸 벗어난다면 죽일 겁니다. 그 선을 판단하는 게 상대방 쪽인 이상 너무 나갈 수는 없습니다. 말씀드릴 필요도 없는 일이지만, 슈트리나 님께서 살해당하시는 경우 저희가 받을 타격도 무시할 수 없을 테죠."

미아와 슈트리나. 둘 중 누가 더 무거운 존재인지는 명백하지만 그건 어디까지나 상대적인 비중에 불과하다.

슈트리나를 잃고 옐로문 공작가와 관계가 틀어지게 된다면 그건 그거대로 뱀에게는 유리한 사태가 된다.

"참고로 그 상식적인 호위의 범주에 디온 경은 들어갈까?"

아벨의 질문은 반쯤 농담이 섞여 있긴 했지만 후이마는 진지한 얼굴로 고개를 저었다. 상식적인 범주에 들어가지 않는다고 강경하게 주장하는 후이마였다.

루드비히는 쓴웃음을 지으며 입을 열었다.

"디온 씨의 검술은 확실히 상식적인 범주를 넘어섰지만, 이 경우 디온 씨가 호위로 붙으리라는 건 상대방도 예상하고 있을 겁니다. 반대로 디온 씨를 동반한다고 해도 미아 님을 불러들이고 싶은 거죠. 그렇다면 무언가 유효한 수단을 쓸 수 있다고 생각하는 게 아닐까 합니다.”

루드비히의 말에 당사자인 디온이 고개를 끄덕였다.

“나도 루드비히 씨의 생각에 찬성이야. 아마 이쪽이 어떻게 나올지는 다 읽고 있겠지. 굳이 상대방의 뜻대로 해줄 필요도 없다고 보지만.”

그렇게 말한 디온은 미아를 향해 심술 궂은 미소를 지었다.

“일부러 말씀드리는 거지만, 루드비히 씨의 말대로 충실한 가신 중 한 명으로서는 황녀님이 위험을 감수하는 건 반대입니다. 저 혼자 보내는 거라면 잘 처리할 수 있다고 보지만요.”

“잘…… 처리……?”

미아의 머릿속에서 디온어 번역이 돌아갔다. 돌아가서…… 조금 파랗게 질렸다.

“만약을 위해 확인하겠습니다. 디온 씨. 당신 혼자서도 확실하게 슈트리나 양을 구출할 수 있다고…… 그렇게 말씀하시는 건가요?”

“……그것까지 포함해서 잘 처리하겠습니다. 임기응변으로.”

묘하게 말을 흐리는 디온을 보고 미아는 감을 잡았다.

──만약 슈트리나 양이 죽고 옐로문 가와 사이가 틀어지면 그쪽도 슥삭 처리할 생각인 거예요!

그건 솔직히 미아가 원하지 않는 미래였다.

애초에 뱀의 무녀는 아벨의 누나다. 디온이 돌격해서 죽이기라도 했다간 끔찍한 일이 되고 만다.

게다가 뭐니 뭐니 해도 슈트리나는 벨의 소중한 친구다.

미아에게도 든든한 친구라는 카테고리에 들어있다. 잃어버리면 꿈자리가 아주 사나워질 것이다.

──디온 씨 한 명에게 맡길 수는 없겠군요.

하지만 동시에 이런 생각도 들었다.

확실히 지극히 위험한 일이다. 루드비히나 디온이 고찰했듯 분명 상대는 디온이 호위로 따라오는 걸 전제로 책략을 짜 놓았을 것이다.

제국 최강인 디온 알라이아를 어떻게 상대할 생각인지는 불명이지만…….

──아아, 하지만 늑대가 있죠……. 늑대술사, 아니, 후이마 양의 오라버니도 있으니까 역시 위험해요.

가고 싶은 곳은 아니다. 정말로 가고 싶지 않다!

흐으음…… 하고 심각한 얼굴로 신음할 때…….

"미아는 어떻게 하고 싶어?"

불현듯 다정한 목소리가 들렸다.

"네……?"

어리둥절 고개를 기울인 미아에게 아벨이 온화한 미소를 머금은 채 말을 걸었다.

"네가 하고 싶은 걸 하면 돼. 나는 온 힘을 다해 그걸 도울 테니까. 만약 네가 원한다면 내가 슈트리나 양을 구출하러 가는 것도 사양하지 않을게."

"아벨 전하……. 그건."

무심코 입을 여는 기미마피아스에게 아벨은 작게 어깨를 으쓱했다.

"나는 지난번 발렌티나 누님이 아니라 미아를 선택했어. 그렇게 정했어. 그렇다면 이제와서 목숨을 아끼는 짓은 안 해."

그의 말은 그 검술처럼 깔끔했다.

앞만 보며 발을 내디디는…… 그런 결의가 담긴 말이었다.

"아아, 아벨……."

그 선언이 미아의 손을 잡아당겨 주는 듯한 느낌이 들었다. 눈을 감고 살며시 아벨의 리드에 몸을 맡겨도 괜찮은 것 같은 그런 기분마저 들었다.

그것은 은은한 사랑…… 인 건지도 모르고, 단순히 미아의 본성인 예스맨이 모습을 드러낸 것뿐인지도 모른다.

그렇게 기울어가던 천칭에 한층 무게를 싣는 자가 있었다. 그건!

"잘 말했다. 아벨 렘노. 나도 같은 마음이다!"

휘 후이마가 힘차게 가슴을 쿵 두드렸다.

"나도 여차하면 오라버니와 동귀어진한다고 해도 미아 황녀의 은혜에 보답할 생각이다."

"후, 후이마 양……."

여전히 조금 부담스러운 선언을 하는 후이마. 그리고 후이마에 질세라 목소리를 드높이는 사람이 있었다! 그건!

"물론 나도…… 친구를 위해, 으음, 많은 것을 버릴 각오는 되어있어. 그, 목숨이라거나!"

경쟁심을 발휘하는 라피나의 선언에 미아의 미소가 살짝 꿈틀거렸다.

"……저기, 라피나 님께선 가능하면 남아서 기마왕국 일을 정리해주셨으면 하는데요……."

현재 라피나는 족장 회의에 참석해서 불꽃 일족 일이 어떻게 결론이 나는지 지켜보는 역할을 하고 있다. 이곳을 떠날 수는 없다.

"어? 하지만……."

"게다가 저와 라피나 님이 일망타진당하는 건 그야말로 뱀이 노리는 바죠. 시온 혼자 남아서 어떻게 하라는 건 너무 가혹한 일이에요."

라피나를 끌어들이면 사태가 너무 커진다며 어떻게든 달래고…….

"하지만 아벨, 후이마 양, 그리고 라피나 님의 마음은 무척 기쁩니다. 덕분에 각오가 섰어요."

원래부터 미아가 할 수 있는 선택지는 몇 없었다. 여기서 슈트리나를 버린다면 적은 그걸 대대적으로 선전할 테고…… 그러면 미아가 궁지에 빠지는 건 불 보듯 뻔한 일이었다. 그러니까…….

"역시 제가 가지 않으면 아무것도 되지 않을 겁니다. 루드비히, 준비 부탁해요."

이렇게 방침은 정해졌다.

미아는 루드비히, 디온 등 정예를 데리고 뱀의 무녀와 대치하기로 결의했다.


……다만 한 가지 마음에 걸리는 게 있었다.

미아는 슈트리나가 행방불명된 뒤로 황녀전을 한 번 읽어 보았다.

하지만 황녀전에는 이 일이 전혀 적혀있지 않았다.

물론 아벨의 누나가 사건에 엮여있다는 걸 공적인 기록물로 남길 수는 없으니까…… 결코 이상한 일은 아니지만…….

어째서일까. 이정표 역할을 하지 못하는 황녀전을 보고 미아는 막연한 불안을 품을 수밖에 없었다.

# 제24화 공방

뱀의 거점인 폐성. 무녀, 발렌티나와의 회담을 마친 슈트리나는 욕실로 안내받았다.

애초에 폐성 안에 욕조가 있다는 것 자체가 놀라웠지만…….

"뱀의 무녀이니 그 정도는 준비해 놓는다는 걸까……."

그렇게 수긍하면서 옷을 벗고 안에 발을 들여놓았다.

솔직히 적지에서 혼자 목욕하는 것에 거부감이 없는 건 아니었지만…….

"뭐, 죽이려고 마음먹는다면 언제든 죽일 수 있었을 테니……."

뻔뻔해지기로 했다.

뇌리에 떠오르는 친구 벨의 얼굴. 그리고 제국의 예지 미아 루나 티어문의 얼굴.

어딘가 분위기가 비슷한 두 사람. 그 두 사람이라면 분명 상황이 어떻든 목욕할 수 있는 기회를 준다면 그걸 만끽했을 테니까.

──보고에 따르면 미아 님은 렘노 왕국의 혁명군에게 잡혔을 때도 목욕하셨다고 들었는데…….

작은 발로 디디는 바닥은 울퉁불퉁해서 은근히 아팠다.

세인트노엘과 비교하면 조악하다는 인상이다.

"이 돌은 성벽과 같은 재질인가? 그렇다면 성을 세웠을 때부터 이 욕실이 있었다는 건데……."

여기까지 걸어오면서 본 성은 전쟁용으로 만들어진 것이었는데 왜 욕조가 있는 건지……. 그 의문은 자욱한 수증기를 보고 바로 융해되었다.

영락없이 어딘가에서 끓인 물을 날라오는 줄 알았는데…… 아무래도 온천수가 솟는 모양이었다.

"욕실이 필요해서 만들었다기보다는 뜨거운 물이 솟아나는 김에 욕실을 만들었다는 건가……. 하지만 온천수가 솟는 장소라면 어디쯤이지? 렘노 왕국 근처라고 했었는데……."

머릿속으로 지도를 그리며 욕실 안을 확인했다.

내부는 세인트노엘만큼 넓지는 않아도 4, 5명 정도라면 여유롭게 들어갈 수 있을 것 같았다. 뜨거운 물이 가득한 욕조도 상당히 넓다.

몸을 씻는 곳에는 작은 병이 셋 놓여 있었다. 표면에는 글자가 새겨져 있다. 고급품이다!

글자를 확인한 뒤 슈트리나는 샴푸가 든 병을 집었다.

그리고 손바닥에…… 좀 넉넉하게 받았다!

……딱히 조금 전에 무녀가 실례되는 말을 했기 때문은 아니다. 한창때의 소녀에게 땀 냄새가 난다는 등 대단히 무례한 소릴 한 인간에게 본때를 보여주겠다는 생각은 전혀 없다. 화풀이로 전부 써버리겠다 같은 치졸한 생각을 한다는 건 크나큰 오해다.

그런 게 아니라…… 확인하고 싶었다.

"음, 제법 고급이야……."

손바닥 위에 받아서 확인하듯이 가만히 관찰했다.

다소 점성을 지닌 액체에서는 상큼한 꽃향기가 났다.

손끝으로 찍어서 팔 위에 발라보았다. 그러자 쭉쭉 미끄러지며 적절히 거품도 났다.

상당히 질이 좋은 기름을 사용했다는 게 보였다.

"그렇다면 어딘가의 귀족과 이어져 있거나⋯⋯. 만약 렘노 왕국의 왕녀라는 이야기가 사실이라면 렘노 왕국의 귀족? 아니면 행상인과 이어져 있나? 귀족이나 행상인 본인이 뱀일 가능성도 있고⋯⋯."

선크랜드에서 에샤르 왕자에게 접근한 건 기마왕국 풍의 복장을 한 행상인이었다고 들었다.

"리나를 유괴한 남자가 그 사람인 것 같긴 했지만, 글쎄⋯⋯."

생각에 빠지면서도 꼼꼼하게 머리카락을 감았다. 보글보글 거품을 내는 샴푸를 넉넉히 맛보며 물로 한 번 헹군 뒤 다시 꼼꼼하게 감았다.

⋯⋯물론 땀 냄새가 난다고 했기 때문은 아니다. 신경 쓰지 않는다.

다만, 좀⋯⋯ 또 의표를 찔리는 건 피하고 싶었기에 최대한 몸을 깨끗하게 하려고 마음먹은 슈트리나였다.

벨이 싫어한다거나 하는 생각은 조금도 하지 않았다. 정말이다.

그렇게 머리카락을 감고 이번에는 보디소프를 듬뿍 사용해 몸을 씻은 뒤 욕조로.

물을 무색투명했다. 손끝으로 온도를 확인한 뒤 손바닥에 담아 냄새를 확인했다.

"화산 근처⋯⋯ 라는 느낌은 아니야."

아무리 슈트리나라고 해도 어지간히 특징적이지 않은 한 냄새나 맛만으로는 성분을 분석할 수 없다.

장소를 특정하는 건 포기하고 물에 들어갔다.

욕조는 몸을 쭉 뻗어도 될 정도로 넓었다.

쭈우욱 기지개를 켠 뒤 깊게 한숨.

그 후 종아리를, 허벅지를 주물러서 다리를 풀어주었다. 묶인 채로 끌려왔기 때문에 몸이 굳어 있었다. 지금 미리 풀어놔서 무슨 일이 있어도 대응할 수 있도록 대비해야 한다.

물론 혼자서 탈출하진 못한다. 슈트리나는 자신의 체력이 평범한 영애 수준이라는 걸 잘 안다. 그래도 준비를 게을리하지는 않았다.

"반드시 벨이, 미아 님이 구하러 와줄 거야……."

한바탕 마사지를 마친 뒤 그녀는 배에 손을 올리고 문질렀다.

"……이틀 반, 아니, 사흘 정도?"

슈트리나가 아무것도 먹지 않은 건 이유가 있었다. 물론 독을 먹이는 것도 경계했지만 그 이상으로 공복을 통해 시간 경과를 가늠하기 위해서다.

식사를 주는 간격을 조절해 생체시계를 뒤트는 게 싫었다.

꼬르륵 애절하게 우는 배를 문지르며 슈트리나는 작게 고개를 저었다.

"이걸 지적했다면 또 동요했을지도 몰라……."

부끄럽게도 꼬르륵 소리를 내다니 같은 말을 했다면 마음이 흔들렸을지도 모른다.

무녀는 마음을 읽고, 마음을 흔들어 조종한다.

어떤 빈틈도 보여주면 안 된다.

"분명 벨이나 미아 님이라면 이런 일로 동요하지 않을 거야."

미아라면 오히려 뭘 먹게 해달라고 요구할지도 모른다.

그 담력이 부럽다는 생각이 드는 슈트리나였다.

"혼잣말이 많아지는 건 아마 마음이 약해졌기 때문에……."

물을 얼굴에 촥촥 뿌려서 마음을 가다듬었다.

그렇게 슈트리나는 목욕물에 푹 담그고, 잠시 욕조에 앉아 몸을 식힌 뒤 한 번 더 물에 들어갔다.

말할 것도 없이 무녀에게 보내는 시위다.

실컷! 오래 목욕해서 기다리게 한다는 소소한 복수였다.

소녀에게 땀 냄새가 난다는 무례한 소리를 해서는 안 된다.

그 후 탈의실에 돌아왔다.

그러자 조금 전까지 입고 있던 옷이 사라져서 조금 당황했다.

잘 보니 바로 옆에 새 드레스가 놓여 있었다.

"깜짝 놀랐잖아……."

목욕하고 난 후에 갈아입을 옷을 마련하는 건 호스트로서 당연한 일이다. 그런데도 순간적으로 동요한 것이 손아귀 위에서 놀아나는 것 같아 짜증이 났다.

조금 사이즈가 큰 드레스는 아마도 무녀의 옷일 것이다.

썩 내키지 않았으나 잠옷보다는 낫다고 받아들였다.

그렇게 마침 옷을 다 갈아입었을 때 자신을 데리러 온 사람을 보고…… 슈트리나는 순간 숨을 삼켰다.

"오랜만이군. 슈트리나 에트와 옐로문."

악연의 상대, 늑대술사가 그곳에 서 있었다.


늑대술사는 슈트리나를 다시 무녀 앞에 데려다 놓았다.

슈트리나의 모습을 본 무녀, 발렌티나는 우아한 미소를 지었다.

"목욕, 기분 좋았어? 꽤 오래 하던데."

"네. 무척 좋았습니다. 여행하며 흘린 땀을 깨끗하게 씻을 수 있었죠."

슈트리나는 고상한 동작으로 스커트 자락을 살짝 들어 올렸다.

"후후후, 잘 어울리네. 자, 앉아."

그렇게 발렌티나는 슈트리나를 테이블로 유도했다. 테이블 위에는 수증기가 올라오는 컵과 과자가 놓여 있었다.

"마침 차를 막 우려냈으니까 바로 마시도록 할까."

시키는 대로 의자에 앉은 슈트리나는 주도권을 장악하기 위해 선제공격을 날리려고 했다. 하지만…….

"차를 마시기 전에 하나 질문해도 될까요? 무녀님."

"그렇게 서먹하게 굴지 마. 발렌티나라고 불러줘. 리나 양."

친근한 부름에 슈트리나의 가슴이 술렁거렸다.

"슈트리나라고 불러주세요. 그 이름은 친한 사람에게만 허락하는 호칭인지라."

무녀가 애칭을 불렀을 뿐이다. 그런데도 이렇게까지 마음이 흔들린 것에 슈트리나는 작게 혀를 찼다.

"우후후, 그런 거라면 역시 친근함을 담아서 리나 양이라고 부를게. 당신은 원래 뱀, 우리의 동료였으니까."

상대가 말로 마음을 흔들어댈 것은 각오했다. 하지만 각오는 했어도 무녀의 말은 슈트리나의 마음을 야금야금 괴롭혔다.

이대로 주도권을 잡히는 건 피하고 싶었던 슈트리나는 일부러 무시하고 공격을 감행했다.

"질문이 있는데 괜찮을까요?"

"물론이야. 약속했으니까. 뭐든 물어봐."

산뜻한 얼굴로 미소 짓는 발렌티나에게 슈트리나는 과감하게…… 파고들었다!

"그럼 혼돈의 뱀을 무너트리기 위해서는 어떻게 해야 하나요?"

그 질문에 발렌티나는 눈을 동그랗게 떴다.

"어머. 후후후, 제법 매서운 질문을 하는구나."

"무엇이든 물어도 된다고 말씀하셨으니까요."

천연덕스러운 얼굴로 차를 마시는 슈트리나. 그런 그녀에게 발렌티나는 고개를 저었다.

"아쉽게도 그 질문에는 대답할 수 없어. 아, 딱히 심술부리는 건 아니야. 다만 나도 모르는 건 대답하지 못하잖아?"

"모른다고요? 무녀님이면서?"

도발하듯 눈을 위로 굴려 바라보는 슈트리나. 그런 그녀에게 발렌티나는 어디까지나 미소로 회답했다.

"그래. 왜냐하면 무녀라는 건 이름뿐이거든."

어깨를 으쓱한 발렌티나가 말을 이었다.

"무녀란 무엇인가……. 뱀의 교전, '땅을 기어가는 자의 서' 어디에도 적혀있지 않아. 무녀를 세우라는 말도, 통솔하라는 말도 없지. 따라서 나는 이렇게 생각해. 뱀의 무녀란 불꽃 일족의 족장이 그 권력을 유지하기 위해 만들어낸 거짓 권위라고."

"거짓 권위……."

"하지만 좋은 아이디어이긴 했겠지. 무녀는 불꽃 일족을 모체로 많은 사도사를 만들어냈으니까."

그렇게 말하며 발렌티나는 눈앞에 있는 쿠키를 맛있게 입에 넣었다.

# 제25화 손녀의 성장과 미아의 감회

다들 준비하러 방을 나가자 실내에는 벨이 남았다.

대화하는 동안 계속 침묵하며 생각에 잠겨있던 벨. 그 표정은 어두웠다.

"리나 양이 걱정이죠……?"

미아의 목소리에 벨은 묵묵히 고개를 끄덕였다.

"괜찮습니다. 벨. 당신의 친구는 반드시 구출할 거예요."

그렇게 말하자 벨은…… 무언가 말하려는 듯이 입을 열었다가…… 닫았다가……. 크게 숨을 들이마신 뒤 말하기 시작했다.

"미아 언니, 저 아까부터 계속 생각했어요."

"네……? 무슨 생각이죠?"

"제가 미아 언니의 대신 가면 되지 않을까요……?"

"네?"

"제가 미아 언니 대신 가면 되지 않냐고요. 머리카락을 자르면 잘 모르는 사람은 구분하지 못할 테니까요."

"그렇군요……."

자신인 척 변장한다는 뜻임을 이해한 미아는 고개를 끄덕이려다…….

"그건 별로 의미가 없겠네요……."

바로 고개를 저었다.

──아니, 그런 짓을 했다간 분명 리나 양이 죽일 거예요……

저를.

살기 등등한 슈트리나가 자신에게 달려드는 모습을 상상한 미아는 부르르 등을 떨었다.

예를 들어 벨이 디온만큼 강해서 뱀의 공격을 전혀 받지 않을 수 있다면 대역으로 가는 의미도 있다. 아니면 미아가 그만큼 강해서 별동대를 지휘한다거나, 일기당천의 힘을 발휘해서 혼자 슈트리나를 구해낸다거나…… 그런 게 가능했다면 확실히 의미는 있을지도 모르지만.

현재 벨이 미아로 분장해봤자 의미는 별로 없다.

미아의 안전이 일시적으로 확보될 뿐. 하지만 이 경우 설령 살아남았다고 해도 미아가 궁지에 빠진다는 건 명백했다.

"그보다 벨, 당신은 자신을 너무 소홀히 생각하는 것 아닌가요? 당신이 없어지면 리나 양도 린샤 씨도 다들, 물론 저도 슬퍼할 거예요. 그걸 잊지 마세요."

그렇게 말하자 벨은 고개를 크게 끄덕였다.

"네. 그건 알아요. 미아 언니. 하지만 저는, 친구를 위해서라면…… 소중한 사람들을 위해서라면 목숨을 아끼면 안 돼요……."

벨은 난처하다는 듯 웃었다.

"미아 언니는 제국의 예지면서 모르시는 거예요? 저는 이 세상이 아주 좋아요. 안느 어머니도 에리스 어머니도 있고, 루드비히 선생님과 디온 장군님이 있고, 아벨 할아버지도, 게다가…… 리나……. 착한 사람들로 가득한 따뜻한 세상……. 저는 미아 언니가 만드는 이 세상을 아주 좋아해요."

그러고는 생긋 웃었다.

"그래서 계속 여기서 살고 싶어요. 이 꿈이 끝나지 않았으면……. 하지만, 그렇다고 비겁하게 살아남으려는 생각은 없어요. 저는 제국의 예지의 피를 이어받은 사람이니까."

강한 결의로 빛나는 눈동자에 미아는 무심코 숨을 삼켰다.

"할머니의 영광에 먹칠하진 않을 거예요. 미아 언니 옆에 있을 수 있도록 자랑스러운 삶을 살고 싶어요. 그러기 위해서 할 수 있는 일이 없는지, 항상 그런 생각을 해요."

"그렇군요……."

미아는 벨의 고백에 살짝 주눅 들었다. 그러고는 감개무량하다는 듯 벨을 바라보았다.

분명 이제 벨은 돈으로 보답하려는 생각은 하지 않을 것이다. 자신이 언제 사라져도 괜찮도록 대비하는 삶의 방식은 버렸을 것이다. 미아는 그렇게 느꼈다.

벨은 제대로, 이곳에서…… 이 세상에서 자랑스럽게 살아가고 싶어 한다. 그걸 알고…… 조금 기뻐진 미아였다.

"그러고 보면 벨이 온 뒤로 상당히 시간이 지났군요."

미아는 문득 중얼거리며 그날 일을 떠올렸다.

"그래요……, 그때는……."

도서실에서 발견한 기묘한 책. 미아는 그 책에 적힌 눈부신 미래를 거부했었다. 아벨이 나라에서 쫓겨난다는 미래를 거부하고 더 행복한 미래를 탐했다.

"흠, 생각해 보면…… 그 미래를 받아들였다면 조금 더 편했을

지도 모르겠지만……."

그 후에 온 게 벨이었다. 결과적으로 미아는 더 많은 아군을 얻었다. 에메랄다나 다른 별을 지닌 공작 영애, 영식과도 교우를 다졌다.

아벨의 누나와 대치하게 되었으나, 어쩌면 이제 아벨의 가족 문제에도 끼어들어야만 하는 건지도 모른다.

"고생은 많지만, 잘 생각해 보면 제가 바라는 대로 된 셈이에요. 그런 의미에선 당신은 정말로 이정표였던 건지도 모르겠어요."

"네? 저기, 미아 언니?"

"후후후, 괜찮습니다. 벨. 어떻게든 될 거예요. 미아 할머니가 어떻게든 해 드릴게요. 리나 양도, 뱀도. 전에 말했었죠? 당신의 꿈은 제가 끝나지 않게 해주겠다고."

그렇게 미아는 강하게 웃었다.

다음 날, 미아를 포함한 '슈트리나 구출 부대'는 남방 수도를 뒤로했다.

# 제26화 미아 황녀, 교묘하게 (맞)장구를 휘두르다

후이마의 안내를 받아 적의 거점으로 향하는 도중, 미아 일행은 불꽃 일족의 마을에 들렀다. 후이마에 의하면 무녀가 현재 거점으로 쓰고 있는 폐성은 마을보다 더 남쪽으로 내려가 베이르가와 렘노 사이에 펼쳐진 깊은 숲속에 있다고 한다.

불꽃 일족의 마을은 마침 가는 길 도중에 있으니 쉬었다 가기에 적합한 장소이긴 했으나……. 그 이상으로, 루드비히의 진언이 컸다.

"불꽃 일족 사람들에게 꼭 협력을 받아야 합니다."

루드비히의 말에 미아는 묵묵히 따랐다.

그의 말을 한순간도 의심하지 않는다.

슈트리나가 걱정되어 한시라도 빨리 구하러 가고 싶다는 벨을 달래고, 조급해 하는 황녀전속 근위대를 제지하는 것이야말로 자신의 역할임을 숙지하고 있다.

"루드비히의 말은 틀리지 않아요. 저는 그를 믿습니다."

말간 얼굴로 그런 소릴 할 뿐이다. 미아는 예스맨이 되어야 할 상대를 잘 알고 있는 똑똑한 예스맨이다.

마을에 도착하자마자 마을 사람들은 밝게 웃으면서 미아 일행을 맞이했다.

이미 기마왕국과 협상이 잘 진행되고 있다는 건 알려져 있었다. 수풀 부족에서 보낸 물품도 도착했기에 마을은 긴장에서 해방되어 한때의 평화가 찾아온 상태였다.

"흠, 다행이군요."

마차 안에서 마을 사람들의 분위기를 보고 살짝 표정을 누그러트리는 미아였다.

"미아 님, 이후 일로 잠시 상담하고 싶습니다만 괜찮겠습니까?"

그런 미아에게 루드비히가 심각한 얼굴로 말을 걸었다.

"네. 괜찮습니다. 미리 대책을 짜 놓아야만 하니까요."

미아도 앞으로 어떻게 행동할지 알아놓는 게 안심할 수 있었기에 그 제안에는 대찬성이었다.

현재 슈트리나를 어떻게 구출할지 상세한 계획은 정해지지 않았다. 당장은 상대방이 시키는 대로 할 수밖에 없다고는 생각하지만…….

그런 미아에게 루드비히는 조용히 말했다.

"후이마 양을 비롯한 불꽃 일족의 여성들에게는 이번 기마왕국과의 화해를 구실로 불꽃 일족의 전사들에게 돌아오라는 연락을 해달라고 부탁드리려 합니다."

안경을 고쳐 쓰며 루드비히는 말을 이었다.

"당초 예정대로 적의 전력을 깎는 게 최선책이라고 생각합니다."

"흠……."

미아는 작은 목소리를 흘리고…… 루드비히 옆에 앉은 남자, 디온에게 시선을 옮겼다.

다행이라고 해야 할까. 이 자리에 루드비히와 디온이 모두 있는 이상 자신이 무어라 끼어드는 건 피해야 한다고 미아의 상식이 경고했다.

──경솔한 발언은 할 수 없어요. 여기선 두 사람의 이야기에 귀를 기울여야 해요.

현명하게도 자신의 주제를 아는 미아는 한마디도 하지 않고 그저 조용히, 의미심장하게 고개를 끄덕였다. 루드비히는 마주 고개를 끄덕이고 입을 열었다.

"아시다시피 무녀에게 그것을 막을 방법은 없을 겁니다."

"확실히 그렇겠네. 불꽃 일족의 전사들에게 무녀와 적대하는 우리는 적. 하지만 불꽃 일족 여자들은 그렇지 않다는 건가."

디온의 질문에 루드비히는 조용히 긍정했다.

"아무리 무녀라고 해도 불꽃 일족의 전사에게 불꽃 일족의 여자들을 죽이라고는 할 수 없지. 그리고 그녀들이 기마왕국과 화해했음을 알리면 불꽃 일족의 남자들도 무시할 수는 없어."

그렇게 불꽃 일족의 전사들을 무녀에게서 떼어놓을 수 있다면…… 무녀 주변에는 세력이 확 줄어든다.

"이전부터 파악해놓은 사실이지만 뱀의 숫자는 그리 많지 않습니다. 아니, 저는 오히려 수가 많지 않은 것이야말로 뱀의 강점이라고 생각합니다."

음모를 꾸며 질서를 공격하는 것이 뱀의 방식. 직접적인 군대를 보유하는 일은 드물다. 현재 무녀 주위를 지키는 건 이해가 일치한 전사들. 그 전사들도 지금은 족장을 따르고 있을 뿐, 무녀에

대한 충성심은 그리 강고하지 않을 것이라는 게 루드비히의 생각이었다.

"후이마 양에게 들은 바에 의하면 뱀의 이념에 찬동한 자들은 다들 마을에서 나갔다고 합니다. 뱀의 가르침을 퍼트리기 위해 세상으로 나갔다고……. 선크랜드에서 에샤르 전하에게 접근한 사람도 아마……."

뱀의 가르침을 설파하는 사도사. 뱀의 이념에 찬동한 자들이 바로 그들이며, 무녀의 호위와는 또 다르다. 뱀에 대한 정열은 무녀를 지키기 위해서가 아니라 뱀의 가르침을 퍼트리기 위해 사용되어야 한다는 것이리라.

"흠……. 흐음."

미아는 루드비히의 말에 고개를 끄덕이며 다음을 재촉했다. 턱에 손을 대고서 '지금 생각 중이거든요?' 하는 어필도 잊지 않았다.

사람이 기분 좋게 이야기하기 위해서는 듣는 사람의 적절한 맞장구가 중요하다.

지금의 미아는 맞장구의 장인이었다.

"아무튼 '무슨 일이 있어도 무녀를 따른다'는 사람은 빼고 나머지를 분리시키는 게 좋은 방도라고 봅니다. 적의 수는 최대한 줄여놓아야겠죠."

루드비히의 말을 끝까지 들은 미아는 침묵한 채 디온에게도 시선을 보냈다.

"저도 같은 의견입니다. 뭐, 불꽃 일족의 여자들을 인질로 삼는 것 같아서 내키진 않지만……."

"흠……."

그럴싸하게 신음하며 미아는…… 루드비히에게 스슥 시선을 돌렸다. 그 부분은 어떻게 생각하냐는 의문을 담아서.

"인질이라는 측면이 있는 건 사실이지만……. 아마도 문제는 없을 겁니다."

단언하는 루드비히에게 미아는 고개를 끄덕였다.

"그럼 불꽃 일족에게 협력을 의뢰하죠. 후이마 양에게 부탁해서 모여달라고 할까요."

루드비히가 그렇게 말한다면 그런 것이다.

미아가 충신에게 보내는 신뢰는 두텁다.

그렇게 모인 마을 사람들에게 루드비히는 사정을 설명하고 부탁했다.

"여러분께선 부디 불꽃 일족 사람들에게 돌아와달라고 설득해주셨으면 합니다."

그 말에 후이마가 대답…… 하기 전에 마을 여성들이 대답했다.

"당연히 협력하겠습니다. 남자들을 무녀에게서 되찾기 위해서니까요."

불꽃 일족의 여자들은 전혀 반대하지 않았다.

애초에 그녀들은 전사들을 되찾고 싶어 했으니까.

그런 상황을 만들어주고 협력을 요청하면 당연히 거부하지 않는다.

인질이라는 측면이 있거나 말거나 이용당하거나 말거나 상관없다.

그것은 아름다운 이해 일치였다.

──그렇군요. 가장 좋은 협력 방식은 자기가 이익을 독점하는 게 아니에요. 서로 이익을 얻도록 할 것. 그걸 만들기 위해 망할 안경은 아주 고생했었죠.

제국 말기, 루드비히는 식량을 얻기 위해 고역을 치렀다. 이미 제국에는 상대에게 이익을 제시하는 게 어려웠기 때문이다.

결국은 공수표밖에 쓸 게 없었고, 그것도 제대로 받아주는 사람은 거의 없었다.

──이번 협력 요청은 불꽃 일족 여성들과 이해가 일치했어요. 그래서 순순히 받아들여 주는 것이군요.

아마 지금까지도 마을을 나간 남자들을 데리고 돌아오려는 시도는 여러 번 해 보았을 것이다. 하지만 그게 효력을 본 적은 없었다. 마을에 돌아와서, 어쩌라고? 그런 상황이 불꽃 일족 전체를 덮고 있었기 때문이다.

하지만 상황이 달라졌다.

기마왕국과 다시 함께 걸어가게 된다면 마을에 돌아오는 건 매력적인 선택지가 된다.

감정적으로 받아들일 수 없다는 사람도 있겠지만, 그걸 설득하는 건 여자들이 담당할 것이다.

"흐음……. 이로써 우선은 적의 전력을 대폭으로 줄일 수 있겠군요."

"네. 미아 님께서 말 판결을 제안하셨을 때는 어떻게 될는지 조마조마했지만⋯⋯. 역시 미아 님이십니다. 덕분에 대규모 무력충돌은 회피할 수 있을 것 같습니다."

순수한 칭찬이긴 했으나⋯⋯ 미아는 어쩐지 불길한 예감을 받았다.

"이대로 순순히 갈라놓을 수 있다면 좋겠는데요⋯⋯. 아니, 그건 그거대로 찜찜할지도 모르겠어요."

상대는 뱀의 무녀다.

방심하지 말아야 한다고 마음을 다잡으면서도⋯⋯ 미아는 눈앞에 놓인 쿠키를 입에 집어넣었다.

# 제27화 뱀이란 무엇인가?

다음 날에도 발렌티나와 다과회를 가졌다.

어제 다과회에서는 완전히 주도권을 빼앗겨버린 슈트리나였으나, 오늘은 공세로 나섰다.

"무너트릴 방법을 모른다면 가르쳐주세요. 혼돈의 뱀이란 무엇인지……."

눈을 살그머니 올려 뜨며 홍차를 입으로 가져갔다. 독…… 의 맛은 나지 않는다.

이쯤 오면 독을 써서 어떻게 할 생각은 없을 거라고 어느 정도 확신이 생긴 슈트리나였다.

"어머, 알아서 어떻게 하려고?"

입가에 미소를 머금은 발렌티나에게 슈트리나는 당당히 웃으며 대답했다.

"뻔하지 않나요? 무너트릴 방법을 생각해야죠. 상대의 정체만 알면 대처할 수도 있으니까요."

그 말에 발렌티나는 마치 억지를 부리는 어린아이를 보는 듯한 시선으로 대답했다.

"당신의 특기인 독처럼? 독이라면 아주 잘 알고 있지? 소중한 친구를 죽일 수 있을 정도로."

"네. 소중한 사람들을 지킬 수 있을 정도로……."

그 대답에 발렌티나는 희미하게 놀란 표정을 지었다.

"어머나, 그건 이미 당신의 상처가 아니었네. 후후후, 뭐 좋아. 알고 싶다면 가르쳐줄게."

놀라움을 거둔 듯 홍차를 입으로 가져가더니…….

"하지만 당신의 아버지도 알고 있는 정보인걸?"

"어…………?"

어리둥절해서 눈을 깜빡이는 슈트리나에게 무녀는 환한 미소를 지었다.

"로렌츠 에트와 옐로문 공작은 혼돈의 뱀이 무엇인지 알고 있다고 했는데."

"어? 거짓말……. 아버지는, 아무것도……."

혼란에 빠져 눈동자가 떨리는 슈트리나를 보며 발렌티나는 놀리는 듯한 어조로 말했다.

"어머나? 혹시 가르쳐주신 적이 없는 거야?"

놀리듯이 웃는 얼굴에서 일변하여 바로 다정한 미소를 지었다.

"후후후. 귀여워라. 어지간히 아버지를 좋아하는구나?"

"무슨……! 그런…… 건……."

슈트리나는 뺨이 뜨거워지는 걸 느꼈다. 또다시 우롱당했다며 무심코 입술을 깨물었다. 주도권을 잡으려고 했으나 또다시 무녀가 흐름을 지배했다.

분해서 고개를 숙인 슈트리나에게 뜻밖에 부드러운 목소리가 날아왔다.

"후후, 딱히 쑥스러워하지 않아도 돼. 그건 아주 멋진 일이잖아. 아주 부러워."

그 목소리에 담긴 미묘한 온기에 슈트리나는 한층 혼란스러워졌다. 그건, 마치, 진심으로…… 부러워하는 듯한…… 말투로 들렸으니까.

"부럽다고요? 그런 무성의한……."

"응? 진심이야. 당신이 가진 것은 내가 갖지 못한 것이니까. 부러워해도 전혀 이상하지 않다고 보는데……."

발렌티나는 자조하듯 웃으며 어깨를 으쓱했다.

"나는 아버지, 혹은 아버지와 가까운 사람에게 살해당할 뻔했거든."

"어……?"

갑작스러운 고백에 깜짝 놀라는 슈트리나였으나 발렌티나는 바로 고개를 저었다.

"뭐, 내 과거는 상관없고. 이야기를 되돌릴까. 딱히 놀리려고 한 것도 거짓말을 한 것도 아니야. 로렌츠 에트와 옐로문 공은 정말로 혼돈의 뱀이 무엇인지 알아. 적어도 바르바라 씨는 그렇게 생각했지. 후후."

발렌티나는 웃었다.

"그렇게 질색하는 표정 짓지 마. 상당히 괴롭혀댄 모양이지만, 그 사람에게는 그 사람대로 사정이 있었어. 귀족을 원망하기에 충분한 이유가 있었으니까── 같은 소릴 들으면 아마 당신은 이렇게 생각하겠지. 무녀 언니는 나를 어지럽히려고 한다. 뱀에게도 뱀이 될만한 사정이 있다는 걸 알게 되면 동정하게 될 테고, 감정이 흔들릴 테니까……."

설령 그런 생각은 전혀 없었다고 해도 한 번 의식하면 기억에서 지울 수 없다.

분명 이렇게 이야기하는 것 자체가 이쪽의 마음을 장악하기 위한 수법이다. ……그렇게 생각은 해도 슈트리나는 귀를 막을 수 없었다.

"자, 그건 넘기고. 로렌츠 공이 혼돈의 뱀의 정체를 눈치챘다는 것도 딱히 신기한 건 아니라고 봐."

발렌티나는 의미심장하게 웃으며 조용히 고했다.

"왜냐하면 최약체 옐로문은 말 그대로 뱀의 논리에 기반해서 만들어진 존재니까."

"그건…… 무슨 의미죠?"

갈라진 목소리로 뱉은 중얼거림을 흘려넘기며 발렌티나는 말을 이었다.

"그럼 왜 로렌츠 공은 알려주지 않았는가. 당신에게도, 미아 루나 티어문에게도. 그 대답은 아주 간단해. 그걸 알려주면 분명 당신들은 절망할 테니까. 쓰러트릴 수 있다고 말하면서도 그게 불가능하다는 걸…… 로렌츠 공은 잘 알고 있어."

웅변하는 무녀를 시야 한구석에 두고 슈트리나는 눈앞의 홍차를 마셨다.

화가 날 정도로 맛있는 홍차를 찬찬히 음미한 뒤 떠올렸다.

그래, 미아는 언제나 홍차와 달콤한 과자를 즐기는 여유를 잃지 않았다. 마치 아무 생각도 없는 것 같은 그 태평한 얼굴을 뇌리에 떠올리며, 슈트리나는 다시금 발렌티나와 대치했다.

"아버지가 그렇게 판단했다고 해도 그 판단이 옳다는 보장은 없죠. 그러니 꼭 알고 싶습니다. 슬슬 가르쳐주시지 않을래요? 정말로 가르쳐줄 마음이 있다면……."

슈트리나는 일부러 질린다는 표정을 만들어내며 말했다.

"아니면 역시 가르쳐주지 않으려고……."

"혼돈의 뱀이란 사교도이자 사교도가 아닌 것. 버려진 일족이자 버려진 일족이 아닌 것. 몰락한 귀족이자 몰락한 귀족이 아닌 것. 나라에 배척당한 왕녀이자 왕녀가 아닌 것……."

살며시 눈을 감은 발렌티나가 낭송하듯이 읊었다.

"하나 그 실태는, 그 본체는 무엇인가……?"

그녀가 뜸을 들이듯 우아한 동작으로 찻잔에 입을 댔다.

화사한 허브티로 입술을 축이고…… 조용히 말했다.

"혼돈의 뱀, 그건 말이지. 어떤 특정 집단에 감염되는 사상이야."

# 제28화『땅을 기어가는 자의 서』

"감염되는 사상……?"

어리둥절해서 고개를 기울이는 슈트리나에게 발렌티나는 짐짓 느릿한 어조로 말했다.

"그래. 뱀은 약자에서 약자, 패자에서 패자에게로 감염되고 그 인식을 왜곡하는 말. 약한 자의 윤리를 파괴하고 상식을 바꿔서 질서의 파괴자로 변질시키지."

그 어조는 결코 고양감에 물든 것이 아니었다.

굳이 따지라면 냉정한, 마치 학자의 목소리처럼 몹시 평탄한 느낌이었다.

"약자에 기생한 뱀은 귓가에서 살며시 부추기는 거지. 그런 질서는 파괴해버리자. 너를 짓밟고 착취하기 위한 구조잖아? 파괴하는 데 망설일 필요 있어?"

뱀의 목소리. 노래하듯 아름답게, 연인에게 속삭이듯 달콤하게.

"승자가 정한 법 같은 건 무시해. 패자를 짓밟고 평온하게 사는 백성들 따위는 신경 쓰지 마. 그런 식으로 유혹하는 거야."

발렌티나는 즐겁다는 듯이 쿡쿡 웃으며 말을 이었다.

"보통 가난한 사람이든, 패배자든, 약자든 윤리에 묶여있어. 아무것도 없는 사람이라 할지라도 사이좋게 걸어가는 부자를 불행 밑바닥에 처박으려는 생각은 안 하고, 하지도 못해. 상대가 상인이든 귀족이든 마찬가지야. 사람에게는 '양심'이 있으니까. 하지만 뱀은 그 양심을 죽이지."

꽉 움켜쥔, 아름다운 손. 가늘고 긴 섬세한 손에서 슈트리나는 선혈의 환각을 보았다.

"그러고 나서 무기를 주는 거야."

테이블 위에 놓인 뱀의 성전(聖典), 꿈틀거리는 뱀이 그려진 그 책의 표면을 부드럽게 쓰다듬고…… 발렌티나는 말을 이었다.

"'땅을 기어가는 자의 서'에는 다양한 방법론이 적혀있지. 나라를 무너트리는 방법, 왕족을 죽이는 방법, 타인의 마음을 조종하는 방법. 그건 뱀에 심취한 수많은 사람이 남긴 지혜의 결정. 악의 덩어리야."

슈트리나의 뇌리에 자신의 집안이 떠올랐다.

옐로문 가. 뱀의 논리로 만들어진 최약체 공작가. 그 집안에서 면면히 계승되고 연마를 거듭해온 독 기술. 어쩌면 그것 또한 '땅을 기어가는 자의 서'에 들어갈 만한 것이었던 건지도 모른다.

"하, 하지만…… 그 논리는 이상해요."

슈트리나는 가까스로 반론했다.

"약자가 강자를 쓰러트리면 뱀은 사라질 텐데요. 모처럼 싸움에 승리하고 나면 약자는 승자로서 지배체제를 갖추고 싶을 테니까.《자신에게 불리한 질서》를 파괴한 약자는《자신에게 유리한 새로운 질서》를 만들어서 그것을 유지하려고 하겠죠."

그건 오래된 질서를 파괴하고 새로운 질서를 만들어낸 것에 불과하다. 질서를 전부 파괴한다는, 혼돈의 뱀의 논리는 성립하지 않을 터……

슈트리나의 의문에 발렌티나는 부드럽게 고개를 끄덕였다. 그러고는 접시 위에 두 개의 쿠키를 놓았다.

"예를 들어, 그래. 약자인 내가 혁명군을 이끌고 렘노 왕정을 일소했다고 할까. 이 빨간 열매가 올라간 게 나. 파란 열매가 올라간 게 렘노 왕정이야."

그녀는 빨간 열매 쿠키를 위로 움직였다.

"나는 새로운 권력자가 되어 새로운 통치를 시작했어. 하지만 거기에도 약자는 있겠지?"

길다란 손가락이 파란 열매 쿠키를 가리켰다.

"왕정의 잔당들. 뱀은 약자에서 약자로 감염되지. 약자에서 약자의 마음으로 이동해. 그렇게 잔당이라는 약자는 뱀이 되는 거야."

발렌티나는 파란 열매 쿠키를 입으로 쏙 집어넣었다.

맛있게 쿠키를 씹어먹은 뒤 입술에 묻은 조각을 혀로 날름 핥았다.

"그럼 이런 건 어때? 패자는 전부 처형하는 거지. 그러면 어떻게 될까?"

그녀는 빨간 열매 쿠키를 반으로 쪼갰다.

"그래도 약자는 사라지지 않아. 혁명군 안에도 질서는 존재하고, 발판이 된 약자는 있으니까. 권력 쟁탈에 밀려난 패자가 생겨나고, 뱀은 그쪽에 기생하는 거야."

빨간 열매 쿠키 두 개를 테이블 위에 놓았다.

강자와 약자. 승자와 패자. 지배하는 자와 지배받는 자.

"혹은 왕정의 잔당과 혁명군 내의 약자가 손을 잡을지도 모르지. 게다가 왕정 시대의 약자 모두가 승자인 혁명군에 들어가는 것도 아니야. 결국 약자는 사라지지 않아. 뱀은 그 속으로 파고들어 감염돼."

빨간 열매 쿠키도 먹은 뒤 발렌티나는 턱을 괴고 슈트리나를 바라보았다.

"강자와 약자, 승자와 패자를 만들어내는 인간의 결함에 감염되고 기생하는 사상. 그것이 바로 혼돈의 뱀의 본체지. 그래서 죽지 않고, 쓰러트릴 수 없고, 사라지지 않아. 사람이 사람인 한. 사람이 약자와 패자를 만들어내는 한."

발렌티나의 말에는 힘이 있었다. 반박을 허용하지 않는 강한 힘이 분명히 깃들어 있었다.

그것은 마치 신탁과도 같이.

"로렌츠 공은 그 집요한 성질을 똑바로 이해하고 포기한 거야. 사람인 사도사라면 처형도 할 수 있고, 책이라면 불태우면 돼. 하지만 한 번 머릿속에 들어온 사상을 없앨 수는 없지."

살며시 눈을 감은 발렌티나가 기도를 바치듯 엄숙한 어조로 말을 이었다.

"만약 산제물을 바친다거나, 제 몸에 상처를 내는 사교의 가르침이었다면 쇠퇴했겠지. 그런 건 야만적이고, 아프고, 싫잖아? 그래서 쉽게 버려지고 역사 저편으로 잊혀져. 하지만 뱀은 다정하거든. 뱀은 친한 친구처럼 불만을 품은 약자의 등을 살며시 토닥이고 밀어줘. 무기를 주고 격려해줘. 그런 가르침은 절대 사라지지 않아. 강자가 약자를 짓밟고 승자가 패자를 만들어내는 한."

발렌티나의 손이 책을 잡았다.

표지에 뱀 그림이 그려진, 낡고 두꺼운 책.

"그렇기에 우리 뱀의 교전은 '땅을 기어가는 자의 서'라고 불리지."

청량하게, 신탁을 고하는 무녀의 목소리로.

"땅을 기어가는 자, 땅을 기어가는 '약자'를 위한 책이라고."

"아⋯⋯."

그 순간 슈트리나의 눈에는 발렌티나가 든 책 표지의 뱀 그림
이 요사스럽게 꿈틀거린 것처럼 보였다.

# 제29화 루드비히의 고민

다음 날 미아 일행보다 먼저 불꽃 일족 사람들이 마을을 출발했다.

놀랍게도 그들은 일족 전원이서 향한다고 했다. 어린아이, 노인, 여성 할 것 없이 모두.

"무녀 밑에 있는 건 소중한 일족의 남자들이다. 우리 모두가 되찾으러 가는 건 당연한 일이지."

힘차게 고개를 끄덕인 후이마는 미아에게 손을 흔들었다.

"지금까지 보여준 온정에 진심으로 감사한다. 미아 황녀의 기대에 반드시 부응하겠다."

후이마의 말에 대답하듯 여성들이 힘차게 고개를 끄덕였다. 참으로 든든한 모습이었다.

그렇게 출발하는 불꽃 일족 사람들을 배웅하며…… 미아는 불안하다는 듯 중얼거렸다.

"다들…… 잘 된다면 좋을 텐데요……."

"괜찮습니다, 미아 님. 후이마 씨라면 분명 잘 하실 거예요."

전속 메이드인 안느가 격려하듯 밝은 목소리로 말했다. 하지만 그 얼굴에도 숨길 수 없는 불안의 색이 어른거렸다.

그런 두 사람을 보며 루드비히는 생각했다.

──아마도 미아 황녀 전하와 안느 양은 불안해하는 이유가 다를 테지…….

미아가 걱정하는 건 아마도 후이마 일행이 남자들을 설득하는 게 아니다. 그다음 과정임을 루드비히는 제대로 파악하고 있었 다……. ……파악하고 있나?

──그래……. 아마 이번에는 안느 양도 동행할 테니 상황을 정확하게 파악하도록 설명하는 게 좋겠어.

이미 루드비히는 잘 알고 있었다. 미아의 정신적 지주 중 하나 는 틀림없이 이 안느라는 것을.

이번 미아는 인질이 된 슈트리나만이 아니라 누나와 적대하게 된 아벨을 도와줘야만 하는 이상 그 부담감이 무척 크다. 마음의 지주는 꼭 필요해질 것이다. 안느를 데려가지 않는다는 건 말이 안 된다.

위험하긴 하나 여기서는 와 달라고 해야 한다는 게 그의 판단 이었다.

고개를 한 번 크게 끄덕인 뒤 루드비히는 입을 열었다.

"아마도…… 저들의 성공률은 그리 낮지는 않을 겁니다. 혹은 무녀도 방해하지 않을지도 모르고요……."

"네……? 그런 건가요?"

눈을 깜빡이는 안느.

"흠……."

반면 미아는 태연자약한 태도로 맞장구를 칠 뿐이었다. 참으로 당당하여 왕의 기품마저 느껴지는 멋진 맞장구였다.

그러고는 설명은 맡기겠다는 양 루드비히에게 힐긋 시선을 보 냈다. 대답 대신 고개를 끄덕인 루드비히는 설명을 시작했다.

"먼저 전에도 말씀드렸지만, 제 생각에 불꽃 일족의 전사들은 다들 무녀에게 심취한 건 아니라고 봅니다. 설득에 따라서는 이쪽으로 돌아오는 사람도 상당수 있을 테죠."

설령 돌아오는 사람이 많지 않다고 해도 전력이 줄어들기만 한다면 어떻게든 성공이다.

혹은 적의 목적이 '미아를 제 앞으로 불러내는 것'일 경우, 오히려 그쪽에서 최소한의 병력만 남겨놓을 수도 있다고까지 생각하고 있었다.

그건 호위를 금지하지 않았던 것과 표리일체인 사고방식이었다. 적은 호위를 달고 있다고 해도 미아를 불러내고 싶었다. 마찬가지로 '미아가 적이 많으니까 가지 않는다'는 상황도 꺼릴 터였다.

바꿔 말하자면, 적병의 수를 이유로 이쪽에서 가지 않겠다고 거부해도 상관없다.

그 대답에 무녀가 화를 내서 슈트리나를 해칠 가능성도 있지만…… 그때는 자신의 목숨으로 갚을 생각인 루드비히였다.

여기서 미아를 잃는 실책은 어떻게서든 피해야만 한다. 루드비히의 생각은 항상 그 기준 위에서 성립되고 있다.

"만약 현재 불꽃 일족 전사 중에 무녀에게 심취한 사람이 있다고 해도, 그들을 가장 유효하게 활용하는 건 폐성에서 목숨을 걸고 싸우게 하는 게 아닙니다. 그렇다고 기습을 걸어 미아 님을 해치기도 어렵죠. 디온 씨가 곁에 있는 한 그건 불가능합니다."

늑대술사를 상대하는 틈을 노린다는 방법도 없는 건 아니지만 확률이 떨어진다. 천재일우의 기회인 이 상황에서 사용하기에는 아쉬운 책략이다.

사전에 후이마에게서 불꽃 일족 전사의 활 실력을 들었는데 호위를 틈타 미아를 저격할 수 있을 만큼 특출난 자는 없는 모양이었다. 만약 룰루 족 정도 되는 실력의 궁병이 있다면 사정이 달라지지만…….

"그렇다면 적이 선택할 법한 수로는 전사들 사이에 뱀의 입김이 닿은 자를 섞어놓는 것. 이건 확실히 골칫거리입니다. 하지만 헷갈리면 안 되는 것은, 이번 행동의 목적은 어디까지나 슈트리나 님의 구출 및 그에 따른 불확정 요소를 배제하는 것에 있다는 점입니다."

루드비히는 미아에게 시선을 돌렸다.

"흠……!"

그러자 미아는 위풍당당하게 맞장구를 돌려주었다.

"어쩌면 불꽃 일족 전사 중 일부는 이미 뱀으로 전향한 자들이 있을지도 모릅니다. 이번 작전으로 그자들을 불꽃 일족 안에 들여보내는 셈이 될지도 모릅니다. 그리고 그자들이 다시 뱀을 활성화할지도 모릅니다."

오히려 뱀의 전략으로 본다면 그쪽이 더 적절해 보였다. 루드비히가 보기에, 직접적인 전투나 전장에서 기습을 찔러 암살하는 건 뱀의 방식이 아닌 것 같았다.

적의 행동으로 가장 골치 아픈 일을 지적한 후 루드비히는 단언했다.

"하지만 이번 구출 작전에서 그자들은 무력합니다. 설령 그러한 자들이 있다고 해도 문제가 되는 건 지금이 아니라 나중이죠. 그때 가서 처리해도 상관없습니다. 요컨대 뱀의 거점에 있는 뱀의 수하를 최대한 줄이는 것. 그 자체가 목적입니다."

실제 전력인 병사를 무녀 옆에서 떼어놓는 것. 그것이 목적이다.

따라서 슈트리나 구출과 불꽃 일족 전사들의 이탈 공작을 동시에 진행할 필요가 있다.

"그렇겠지……."

루드비히의 말에 디온이 고개를 끄덕였다.

"뭐, 랑후아 님도 여기로 오고 있다고 하니까 무녀의 영향을 받은 자가 섞여 있는지 아닌지는 맡겨도 괜찮겠지. 애초에 그건 우리가 간섭할 일이 아니야. 불꽃 일족의 문제지."

디온이 어깨를 으쓱했다.

"장기적인 일은 지금은 생각할 필요 없어. 지금 생각해야 하는 건 당장 전장의 무대가 될 뱀의 폐성이다. 불꽃 일족 전사들을 그곳에서 배제할 수 있다면 제일 좋고. 전사들의 이탈을 방해한다면 그건 그거대로 적이 무엇을 노리는지 추측할 수 있고, 돌아온 전사의 수가 부족하다면 어딘가에서 매복하고 있다는 소리가 되겠지. 숨어있는 인원이 어느 정도인지 알 수 있다면 그것도 유익한 정보야."

디온의 생각은 단순했다. 그의 시야가 보는 것은 당면한 전장뿐. 지금 생각해야 하는 건 그곳에서 일어날 일이라고 주장하는 것이다.

그리고 전장에서 적의 전력을 줄여놓을 수 있다면 나중 일은 별개로 쳐도, 슈트리나를 구출하기에는 유리해진다.

디온의 발언에 미아가 고개를 끄덕인 것을 확인한 후 루드비히는 말했다.

"이건 어디까지나 사견입니다만…… 그리고 미아 님께서도 어렴풋하게 느끼고 계실지도 모르지만…… 뱀의 무녀는 제법 대화가 통하는 인물이라고 생각합니다."

이 말에는 안느가 놀라서 물었다.

"대화가 통한다니, 무슨 뜻이죠?"

"바꿔 말하자면, 합의하는 길을 찾기 쉽다고 해야 할까. 즉…… 적은 미아 님을 거점으로 부르고 싶은 거야. 그러니 우리가 가는 걸 방해하는 요소를 배제하는 걸 협력해주지 않을까."

미아를 자기 앞으로 불러낸다는 목적에만 주목한다면 불꽃 일족 전사들은 오히려 방해다. 왜냐하면 만약 예측하지 못한 싸움이라도 일어났다간 미아는 바로 탈출해버릴 테니까.

"불꽃 일족 전사를 거점에서 내보내서 얻을 수 있는 이득, 곁에 둬서 얻을 수 있는 다양한 선택지라는 이득. 이 둘을 천칭에 놓았을 때 아마 무녀는 주저 없이 전사들을 내보낼 거라고……. 그런 느낌이 들어."

아니라면 그래도 괜찮다. 적이 전사들을 써서 거점 방어를 굳힌다면 거기에 맞춰서 손을 쓰면 될 뿐이고, 그 경우에도 역시나 불꽃 일족 사람들의 회유책은 효과적인 수단이다.

적의 마음을 흔들어놓는 데 큰 도움이 될 것이다.

──미아 님께서 말 판결에 나간다고 말씀하셨을 때는 조마조

마했지만…… 기마왕국과 불꽃 일족을 단기간에 화해시키는 그 묘책은 뱀에게 유효한 타격이 된 건가.

새삼스럽게 루드비히는 혀를 내둘렀다.

슈트리나 유괴까지 계산에 넣었다고 보진 않지만, 그렇다고 해도 미아의 행동은 무녀를 상당히 괴롭힌 셈이 되었다.

"문제는…… 적이 정말 미아 님을 부르는 것을 우선할 경우, 진짜 책략은 무엇인가 하는 점인데……."

만약 거점을 지키는 전사들을 놓아주면서까지…… 수중의 전력을 대부분 놓으면서까지 미아를 불러내고 싶은 것이라면……?

그렇게까지 해서 하고 싶은 일은 무엇일까? 그것을 전혀 알 수 없었다.

"그렇다고 해도 황녀님을 불러낼 의미가 있다, 그만한 책략은 세워놨다는 거겠지."

디온의 지적대로였다. 그리고 아마 미아가 신경 쓰는 것도 그 지점일 것이다.

"어쨌거나 미아 님 주변을 제대로 경호하도록 하겠습니다."

적이 어떻게 나올지 알 수 없는 이상은 어쩔 수 없다. 아무튼 미아를 완벽하게 경호하여 어떠한 상황 변화에도 유연하게 대처할 수 있도록 할 것. 그것이 루드비히가 할 수 있는 유일한 일이었다.

데려갈 수 있는 근위병의 수는 한정적인데다 애초에 이쪽도 쓸 만한 인원이 많지 않다.

황녀전속 근위대원은 전투에는 탁월하나 성에 잠입하는 기술은 없다. 유일하게 가능한 사람은 디온이긴 하나 그의 모습이 미아 옆에 없다면 적이 경계할 것이다.

렘노 왕국의 기사, 기미마피아스도 어쩌면 가능할지도 모르나 그에게 구출을 부탁했을 때 받아 들여준다는 보장은 어디에도 없다.

그렇다면 미아 주변을 소수 정예로 보호하는 것 말고는 방법이 없다.

그것은 수동적인 전술. 방어를 강화하고 적의 전술을 전부 받아내는 자세. 그렇게 적의 술수가 다 떨어진 짧은 틈을 타고 구출한다.

인질이 있는 이상 어느 정도는 적의 의도대로 맞춰준다. 그러면서 계략을 깨트리고, 그렇게 발생할 찰나의 빈틈을 찌른다. 그것밖에 없다.

──솔직히 인질이 잡힌 이상 적이 더 유리해. 천재가 아닌 나로서는 적의 전력을 깎는 게 고작이지……. 남은 건 어떻게든 미아 님만큼은 살아남는 걸 최우선으로 삼을 수밖에 없어.

가장 좋은 건 슈트리나를 무사히 구출하는 것이나…… 불가능할 때는 못 본 척 버린 게 아니라고 옐로문 공작에게 변명할 수 있는 형식을 갖춰놓는다.

그게 루드비히가 그리는, 가장 가능성이 큰 미래 예상이었다.

하지만 동시에 이렇게도 생각했다.

미아가 생각하는 최소한도는 아마도 슈트리나가 무사한 것……. 그렇다면 대체 어떻게 실현해야 하는가…….

답이 나오지 않는 문제에 깊이 고뇌하는 루드비히였다.

# 제30화 방심은 가장 큰 적~미아 황녀, 조금 흥분하다~

"으음, 조금 피곤하군요……."

오후에 시작한 루드비히와의 대화를 마치고 나자 주변은 이미 어두워지고 있었다.

미아는 숙박 시설로 빌린 족장의 집으로 돌아왔다. 지금은 후이마가 혼자 쓰고 있다는 집은 다른 집에 비해 큼직한 구조였다.

후이마는 그래 봬도 시원스러운 성격이라 방 안에도 물건이 적고 제대로 정리되어 있었다. ……그래서일까, 아주 조금 쓸쓸함이 느껴졌다.

벨과 안느가 씻고 온다며 잠시 자리를 비운 지금은 특히 더 그런 생각이 들었다.

"여기에 혼자 있는 건 조금 적적하군요. 원래는 오라버니와 둘이서 살았다고 하니 더욱……."

미아는 무심코 한숨을 쉬었다.

"늑대술사 휘 마취. 잘 데리고 돌아올 수 있다면 좋겠는데요……. 으음. 후이마 양의 이야기에도 귀를 기울이지 않으면 어떻게 설득해야 할까요?"

늑대술사를 포함해 전사들을 데리고 돌아온다면 남는 건 무녀 발렌티나뿐. 그 외에 호위가 몇 명 있다고 해도 무서워할 수준은 아니다. 그렇게 되면 편하겠다고 생각하며 별생각 없이 주변을 둘러보던 미아의 눈에 퍼뜩 그것이 들어왔다.

벽에 자랑스럽게 걸려있는…… 커다란 늑대 모피 외투를!

"흠…… 이건……, 그 아이들의 부모나 조상의 모피인 걸까요……?"

보기 드문 모피를 발견해버린 미아는 저도 모르게 쓰다듬어보고는 그 극상의 감촉에 감탄했다.

"오오, 이건……."

부드럽게 손을 받아내는 보들보들한 감촉이 참으로…… 참으로 기분 좋았다!

여담이지만 미아는 제국의 황녀다. 거짓말 같은 사실이다.

따라서 기본적으로 미아 본인은 절약하려고 노력하기는 해도 주변에 고급품이 산재해있다. 그리고 고급품이란 대체로 보들보들 푹신푹신한 법이다. 카펫, 이불 등 푹신한 감촉이 많고…… 거기에 익숙한 미아는 감촉이 부드럽고 푹신한 것을 제법 좋아한다.

"흠……."

미아는 주변을 두리번거렸다.

"이건 후이마 양의 가보일지도 몰라요. 경솔하게 건드리면 안 되는……. 하지만? 딱히 만지지 말라는 말을 들은 것도 아니니까요? 조금 둘러보는 것 정도라면 화내지 않겠죠……? 음음."

그렇게 중얼거리며 부리나케 외투를 걸쳤다.

"후후후, 이건……. 감촉이 제법이에요. 게다가 왠지 늑대가 된 기분이라 조금 재미있는데요?"

이 상태로 자면 무척 기분 좋게 잘 수 있을 거라고 생각하며 바닥에 누우려고 한, 바로 그때였다!

똑똑⋯⋯. 오두막의 문을 노크하는 소리가 들렸다⋯⋯.

"어머? 일찍 돌아왔군요, 안느."

이 상태로 나가면 깜짝 놀랄지도 모른다는 장난기를 발휘하며 미아는 아무런 경계도 하지 않고 문을 열었다.

크게⋯⋯ 방심한 것이다.

오두막 주변에는 호위 병사들이 있는 점⋯⋯ 그들을 인솔하는 게 제국 최강 디온 알라이아와 제국의 예지의 꾀주머니, 루드비히 휴이트라는 최강의 포진이었다는 점.

여기에 더해 정신없이 바뀌는 상황으로 미아의 머리는 완전히 지쳐있었다.

위험한 건 없다고 멋대로 믿어버렸다.

그리고⋯⋯ 사실 그 인식은, 어느 의미로는 맞고⋯⋯ 어느 의미로는 틀렸다!

"안녕. 미아, 늦은 시각에 미안⋯⋯ 해?"

입구에 서 있는 사람은 아벨이었다.

그는 풍성한 늑대 모피를 두르고 방글방글 웃으며 맞아준 미아를 보고 어리둥절해서 고개를 갸웃거렸다.

"어⋯⋯."

"아, 아아, 아벨? 어, 어쩐 일인가요? 이런 시각에?!"

예상치 못한 방문자에 음 이탈을 내버린 미아는 그 직후 자신의 옷차림을 샤샤샥 확인. 보들보들 모피에 취해있는 자신의 조금 창피한 모습을 발견했다!

보여주면 안 되는 모습이 그곳에 있었다.

"혹시 추운 거야?"

"아, 아니에요! 호기심, 아니지. 그러니까, 맞아요. 늑대술사가 부리는 늑대의 코를 교란할 때 쓸 수 없을까 생각했던 것뿐이랍니다. 딱히 모피를 두르고 늘어지게 자면 기분 좋을 것 같다는 생각은 눈곱만큼도 하지 않았어요!"

"그렇구나……."

아벨은 조금 난처한 듯한 얼굴로 미소지었다.

"아, 하지만 밤은 조금 쌀쌀하니까 잘된 건지도 모르겠어. 미아, 지금부터 잠시 시간을 내어 줄 수 있을까?"

"네……?"

"잠시 대화를 나누고 싶은데……."

"네……. 그건 괜찮은데요……. 무슨 일 있나요?"

의아한듯 고개를 갸웃거리는 미아에게 아벨은 장난기 어린 미소를 지었다.

"대단한 이유는 아니야. 다만 오늘 밤은 달이 아름다우니까. 잠시 구경하면서 대화하고 싶었던 것뿐이지."

"어머나? 그런가요?"

그것은 즉, 데이트 신청이 아닐까……?

그 사실을 알아차린 미아는…… 조금 흥분했다!

"후후후, 달을 보면서 산책이라니 멋지네요! 아주 근사해요!"

"뭐, 호위가 따라가니까 달콤한 말을 속삭이거나 하진 못할 테지만."

농담처럼 어깨를 으쓱하는 아벨에게 미아는…….

"흠……."

무언가 생각에 잠기듯 팔짱을 꼈다.

# 제31화 첫 공동 작업

"그렇다면…… 아, 그래요!"

미아가 짝 손뼉을 쳤다.

"어떠신가요? 이 오두막의 지붕 위에서 달을 구경하는 건……."

머릿속에 떠오르는, 언젠가 들었던 풍경.

회색 지하 감옥에서 보았던 선명한 광경.

'가난한 왕자와 황금의 용'의 한 장면이었다.

왕자는 여행하던 도중에 신세 지게 된 조촐한 오두막의 지붕에 누워 별이 가득한 하늘을 바라보았다.

──참 멋있어서 한 번쯤 해 보고 싶었단 말이죠.

지금 생각해 보면 그건 에리스의 '동경'이었던 게 아닐까.

병약한 에리스는 지붕에 올라가 별을 보는 동생들이 부러웠고…… 그 동경을 이야기 속에 그려낸 게 아니었을까.

그 동경은 지하 감옥에서 나갈 수 없게 된 미아에게도 전염되었다.

──흠, 이 기회에 꼭 해봐야겠어요.

미아는 고개를 주억거린 뒤 아벨에게 말했다.

"어떤가요?"

아벨은 얼떨떨한 얼굴로 미아의 제안을 듣다가 바로 웃음을 터트렸다.

"하하하. 지붕이라. 미아는 의외로 말괄량이 같은 면이 있구나."

그렇게 두 사람은 지붕 위로 올라갔다.

다행히 오두막 2층 창문으로 나가자 바로 지붕에 올라갈 수 있었…… 으나.

"오오, 의외로 높군요. 이거…… 제법 무서운데요?"

삐걱거리는 지붕 위를 조심조심 걸어갔다. 그런 미아의 손을 아벨이 부드럽게 이끌어 에스코트했다.

"아벨은 의외로 익숙해 보이네요."

"그래. 옛날에 형님과 같이 마구간 지붕에 올라갔다가 혼난 적이 있거든."

"형님…… 이라면, 그…….."

미아의 머리에 떠오른 건 아벨의 형, 게인의 일그러진 미소였으나…….

"의외일까? 내가 어릴 때는 지금보다 조금 둥근 사람이었어. 같이 놀았던 적도 있지."

"그랬, 군요…….."

의외라면 의외였지만…… 잘 생각해 보면 어린아이일 때는 다 그런 건지도 모른다.

미아에겐 남매가 있었던 적이 없으니 어떤 감각인지 잘 알 수 없지만…….

──무언가 계기가 있어서 그런 식으로 비뚤어져 버린 거군요. 불쌍하게도…….

그런 생각을 하며 잠시 걸어간 뒤 아벨이 그 자리에 털썩 누웠다.

"아아, 이렇게 하니까 별이 잘 보여. 역시 미아구나."

"다행이에요……."

우물쭈물 대답하며 미아는 조금 긴장하면서 아벨 옆에 누웠다.

그리고…….

"와아……."

무심코 감탄이 새어나갔다.

별이 쏟아질 것 같은 하늘이 시야 가득 펼쳐져 있다. 전능한 신이 배치해놓은 듯한 별들의 광채. 너무나도 아름다운 그 광경은 보기만 해도 가슴이 벅차오르는 듯한…… 그런 착각마저 들었다…….

──아아, 그래요. 그랬었죠……. 에리스의 책을 읽었을 때…… 저는 이런 광경을 상상했어요.

그것은 왕자와 용이 나란히 본 밤하늘. 지하 감옥 속에서 미아가 상상하고 동경한 광경 그 자체였다.

"아벨, 같이 보자고 말해줘서 고마워요."

미아는 반쯤 무의식중에 중얼거렸다.

"하하하, 마음에 들었다니 다행이야. 나는 좋아하는 여자애한테는 무언가를 아끼지 않으려고 하거든."

쾌활하게 웃는 아벨. 그 옆에서 미아는 다시 밤하늘로 시선을 던졌다.

"정말로 아름다운 하늘이에요. 달도 너무 예쁘고……. 오늘 밤은 보름달이네요……."

그렇게 미아가 멍하니 하늘을 올려다보고 있을 때……. 불현듯 작은 목소리가 들렸다.

"불안…… 하지는 않아?"

"네……?"

아벨 쪽으로 고개를 돌리자…… 예상보다 더 가까운 거리에 그의 얼굴이 보여 미아는 작게 숨을 삼켰다.

"내일 뱀의 무녀를 만나러 가는데 미아는 침착해 보여서……."

"아, 아아…… 뭐, 그렇죠. 으음……."

살짝 시선을 돌리며 미아는 생각했다.

불안은…… 사실 그리 크지 않았다.

아무튼 이번에 미아에게는 꾀주머니와 최강의 검이 동행한다. 적이 어떤 함정을 준비해놨든 그 두 사람이 있으면 어지간한 일은 어떻게든 될 것 같다.

──안느도 있으니까 형님을 만나 뵐 준비도 완벽하고요……. 유일하게 걱정되는 건 리나 양인데요…….

슈트리나가 안 좋은 일을 당하진 않았을지, 그것만이 걱정이라면 걱정이었다.

──뭐, 리나 양도 겉보기와 달리 제법 터프한 것 같으니까요……. 인질로서 가치가 있는 동안은 괜찮지 않을까요…….

미아는 아벨을 관찰했다.

──흠, 아무래도 아벨은 불안을 느끼는 모양이군요.

이해하지 못하는 건 아니다.

이렇게 동료들과 함께 혼돈의 뱀을 찾아가는 건 렘노 왕국, 옐로문 공작저에 이어 세 번째다.

하지만 생각해 보면 이전에는 시온이나 키스우드, 티오나와 리오라도 있었다.

——아벨은 이러니저러니 해도 시온을 신뢰하고 있었고, 사이가 좋으니 불안해하는 건 당연해요. 황야에서 늑대술사와 싸우던 모습은 참으로 호흡이 잘 맞아 보였고요…….

지금 미아 주변에 있는 건 오랜 충신 루드비히와 안느와 디온을 비롯한 제국 사람들. 추가로 아벨과 그의 종자인 기미마피아스다.

——말하자면 제국과 렘노 왕국의 연합부대라고 해야 할까요…….

하지만…… 흐음.

미아는 지극히 중대한 사실을 깨달았다! 깨닫고 말았다!

그건…….

——제국의 가신을 제 오른팔, 렘노 왕국의 종자를 아벨의 오른팔이라고 본다면…… 이건 저와 아벨의 첫 공동 작업이라고 할 수 있지 않을까요?

참으로 쓸데없는 사실이었다!

아니…… 정말로 쓸데없는 연애 이론이었다!

——후후후, 그런 거라면 반드시 성공해야만 하겠네요. 리나 양을 무사히 구출하고 아무도 불행해지지 않도록. 발렌티나 형님도 무사히 데리고 돌아와야 해요……. 첫 공동 작업을 불행으로 끝낼 수는 없죠.

그렇게 엉뚱한 방향으로 기합을 넣는 미아였으나…….

"미아……?"

"네……?"

문득 그쪽을 보니 아벨이 염려하는 얼굴로 바라보고 있었다.

"역시 너도 내일이 불안해서…… 아니, 아닌가……?"

아벨은 말을 끊고 미아의 얼굴을 빤히 바라보았다. 잠시 후 쓴 웃음을 지은 그가 입을 열었다.

"혹시…… 별로 상관없는 생각을 하고 있었던 거 아니야?"

"네? 아, 네. 용케 아셨네요."

쭈뼛쭈뼛 고개를 끄덕이자 아벨은 기쁘다는 듯 웃었다.

"후후후. 맞혀서 다행이야. 요즘은 조금이지만 네가 무슨 생각을 하는지 보이게 되었거든."

그러고는 아벨은 진지한 얼굴로 말했다.

"네게 제대로 말해야 한다고 생각했어."

아벨이 몸을 일으켜 미아를 똑바로 바라보았다.

"…………네?"

멍하니 입을 벌린 미아를 향해 아벨이 조용히 입을 열었다.

"미아…… 나는……."

달빛을 등진 그의 얼굴은 살짝 붉게 물들어 있었다. 진지하게 이쪽을 바라보는 그 눈을 통해…… 용기를 최대한 쥐어짠 그의 마음이 보이고 말아서…….

숨을 삼키는 미아의 눈앞에서 아벨은 말했다.

"미아 황녀……. 나는 너를 사랑해. 이 세상 누구보다……. 이 마음은 누구에게도 지지 않아."

갑작스러운 고백에 미아의 머리가 순식간에 끓어올랐다.

"가, 가, 갑작스럽네요! 아벨…… 그, 그렇게, 갑자기……. 시온도 그렇고, 남자들은, 다 이런 건가요?"

이것이 소위 인기 절정기?! 같은 생각이 순간적으로 떠오를 뻔한 미아였으나 바로 아벨의 얼굴을 보고서 냉정해졌다.

그는, 굳이 따지라면 어두운 표정이었기 때문이다.

"갑작스럽다고 느껴졌다면 미안해. 마음이 급했거든……. 이제…… 그 말을 할 자격이 없어질지도 모른다고…… 그런 생각을 해서."

아벨은 쓸쓸하게 시선을 돌렸다.

"……왜, 왜 그러세요. 아벨. 어쩐지 어딘가 먼 곳으로 가버리는 것처럼……."

"나는 어디에도 가지 않아. 하지만…… 내가 네 약혼자가 되는 건 불가능해질지도 몰라."

"무, 무슨 말씀, 이시죠?"

"누님에 대해…… 마롱 선배에게 부탁해서 렘노 왕국에 보고했어. 답변은 아직 오지 않았으니까 내일 나는 나 자신의 의지로 너를 따라갈 거야. 하지만 어쩌면, 그게 원인이 되어 아바마마의 반감을 사서 왕자 지위를 박탈당할지도 몰라."

"어머……! 아무리 그래도 그건……."

말하던 도중 떠올렸다.

아벨은 분명, 아버지인 왕과 관계가 악화되어 나라에서 추방되었고……. 그를 돕기 위해 미아 일행이 쳐들어갔다고……. 사라져버린 역사서엔 그렇게 적혀있었던 것 같았다.

미아는 그 순간 깨달았다.

아벨은 자신에게 마음을 고백해주었다. 하지만, 그러니까 어떻게 하고 싶다는 말은 하지 않았다. 결혼해달라는 말도 없고, 연인이 되어달라는 말도 없고…….

그저 자신의 마음을 전하고 끝냈다.

그건…… 자신이 왕자가 아니게 된다면 미아와 결혼할 수 없다고 생각하기 때문이다. 그럼에도 미아와 같이 가고 싶다고 바라기 때문에…….

"설령 그렇게 된다고 해도 신경 쓸 필요는 없습니다. 당신은 당신이잖아요?"

그렇게 말해도 아벨의 표정은 밝아지지 않았다.

"물론 너는 사람의 표면만을 보지 않지. 지위에도 고집하지 않는 사람이라는 건 알아. 하지만 누님이…… 발렌티나 누님께서 슈트리나 양에게 나쁜 짓을 했다면 나는 네게 고개를 들 수 없어. 만약 그렇게 되면 내가 어떻게 네게 사랑을 말할 수 있을까……?"

"아벨……."

미아는 무심코 숨을 삼켰다. 그가 무엇을 고민하는지 알았기에……, 그래서 웃음이 나와버렸다. 부드러운 미소를 짓고…….

"아벨…… 당신은 참 바보예요."

말했다.

"설령 당신이 자격이 없다고 주장해도…… 제가 그걸 용서하리라고 생각하시나요?"

그렇다. 미아는 알고 있다.

자신이 이 세상 누구보다 자기중심적인 사람이라는 걸.

아벨이 어떻게 생각하든 상관없었다.

"만약 당신이 도망친다고 해도, 고국에 틀어박힌다고 해도 소용없어요. 제가 당신의 나라에 가서 데리고 돌아올 거니까요. 당신의 누님도요. 만약 필요하다면 억지로라도 뱀에게서 끌고 돌아올 거예요."

슈트리나만이 아니다. 아벨의 누나도 반드시 데리고 돌아오겠다. 꼭 그렇게 하고야 말겠다.

새롭게 기합을 넣은 미아는 자리에서 일어났고⋯⋯! 발견했다!

"흠흠⋯⋯. 그렇구나."

"베, 벨 님. 방해하면 안 돼요⋯⋯!"

지붕 위에 정좌하고 열렬하게 지켜보는 벨과 벨을 데리고 돌아가려고 하는 안느의 모습을!

"벨! 다, 당신, 언제부터 보고 계셨던 건가요?!"

"네. 미아 할머니와 아벨 할아버지가 지붕 위를 걷는 걸 발견하고 서둘러 달려왔습니다!"

"거의 처음부터잖아요⋯⋯. 아아, 뭐, 그럴 거라고 예상은 했지만요⋯⋯."

미아가 체념하며 한숨을 쉬거나 말거나 벨은 신이 나서 웃었다.

"정말로 멋진 기념이 됐어요. 미아 할머니와 아벨 할아버지가⋯⋯ 이런 식으로 사랑을 쌓아가셨다니⋯⋯."

감동하는 벨에게 옆에서 아벨이 말을 걸었다.

"맞아. 전부터 물어보고 싶었는데, 너는 가끔 미아를 할머니라고 부르던데. 그건 대체 무슨 의미인 거니? 게다가 나도 할아버지라고⋯⋯."

"에헤헤, 그건 비밀입니다. 어쩌면 나중에 알게 되는 날이 올지도 모르지만요."

벨은 개구진 얼굴로 웃었다. 그걸 보고 의아하다는 듯 고개를 갸웃거리는 아벨. 그 어리둥절한 얼굴이 우스워서 미아도 웃었다.

"네. 언젠가 알게 될 거랍니다."

"너마저 그런 소릴……."

조금 불만인 아벨을 보며 또 웃었다.

그것은 왠지…… 공연히 즐거운 밤이었다. 무녀와의 대결을 앞에 두고 더 긴장해야만 하는데도…… 그것을 알고 있어도 즐거워서 견딜 수 없었다.


이날 밤의 추억은 미아의 기억에 각인되어 사라지지 않았다.

그것은 처음으로 아벨에게 고백받은 밤의 기억.

그리고…… 그것은.

# 제32화 뱀의 악의

그날도 변함없이 무녀 발렌티나는 슈트리나와 다과회를 즐기고 있었다.

"그러고 보면 당신은 무예를 즐기거나 하진 않는 거야? 제국의 레드문 공작 영애는 검 실력도 상당하다고 들었는데……."

"아뇨. 리나는…… 그런 무거운 건 휘두르지 못하니까요."

"후후후, 독약이 든 병보다 무거운 건 들어본 적이 없나 봐?"

생긋 미소 짓는 발렌티나의 말에 슈트리나의 대답은 쌀쌀맞았다.

"설령 단련했다고 해도 리나의 능력으로는 저기 있는 강한 호위를 이기지 못할 테죠."

슈트리나가 힐끗 시선을 보낸 곳은 발렌티나 옆에 있는 늑대술사 쪽이었다.

"어머, 그렇지 않아. 아마 당신들 옐로문 가는 힘이 없어도 상대를 죽일 방법으로 독 지식을 터득한 거잖아? 검술도 마찬가지야."

고상하게 웃은 발렌티나가 홍차에 입을 가져갔다.

"힘으로만 따진다면 당연히 나는 그를 이길 수 없지. 근력 자체가 다르니까. 그래도 그를 죽일 수 있어. 왜냐하면……."

발렌티나는 테이블 위에 놓여 있던 포크를 들고 자신의 손가락 끝을 쿡쿡 찔렀다.

"사람은 철보다 약하니까. 아무리 강한 인간이라고 해도 날붙이를 휘두르면 피부를 갈라놓을 수 있지. 목이든 팔이든, 베이면 죽는 부위를 베면 죽일 수 있어. 미아 황녀가 자랑하는 디온 알라이아도 마찬가지. 물론 노력은 필요하지. 힘으로 당해내지 못하는 건 확실하니 검을 나누지 않도록 한다거나, 상대가 힘을 쓰지 못하도록 간격을 절묘하게 벌린다거나. 하지만 그건 연습에 따라서 어떻게든 되는 부분이야. 검술이 강하다 약하다 하는 건 바보 같은 이야기지. 애초에, 멀리서 화살로 쏴 죽이면 그만인걸."

마치 검술은 하찮다는 것처럼 그녀는 비웃었다.

"그래요. 발렌티나 님은 참 강하실 테죠. 혹시 호위들을 전부 돌려보낸 것도 그래서인가요?"

슈트리나는 텅 빈 복도로 시선을 던졌다. 오늘 오전에 찾아온 불꽃 일족의 여성들. 그녀들의 설득에 성을 지키던 병사는 대부분 모습을 감추었다.

"음, 난감하다면 난감하지. 하지만 그건 내가 아니라 미아 황녀의 문제인걸? 그쪽에서 아주 맛있어 보이는 미끼로 불꽃 일족 사람들을 홀려서 그들의 마음을 훔쳐 가 버린 거야. 제법이라니까."

그러더니 발렌티나는 늑대술사, 휘 마취에게 시선을 던졌다.

"그가 족장 권한 같은 걸로 명령해도 아마 소용없었겠지. 애초에 명령하지도 않았겠지만……. 애초에 이 상황은 당신이 바란 것이잖아? 마취."

마취는 표정 하나 바꾸지 않고 발렌티나에게 시선을 돌렸다.

"무슨 말을 하는 건지 모르겠는데……."

"사랑에 미친 족장이 무녀와 도피행을 선택하여 부족을 버린다. 족장을 잃은 일족은 족장의 이기적인 행동에 분노하면서도 기마왕국에게 도움을 요청하기 쉬워진다. 족장에게 의리를 지킬 이유도 없어지고……. 문제는 동생 후이마 양이 늑대를 다루는 기술을 계승했다는 점이지만, 그 정도라면 극복할 수 있다. 경우에 따라서는 후이마 양도 같이 데리고 와도 상관없다……. 뭐 그런 생각을 하지 않았겠어?"

늑대술사는 대답하지 않았다. 말없이 발렌티나를 바라볼 뿐이었다.

그런 그를 보며 발렌티나는 쓴웃음을 지었다. 그 얼굴이…… 어째서일까. 슈트리나는 요령 없는 동생을 보는 듯한 친애의 정이 담긴 것처럼 보였다.

"마취, 당신은 좀 너무 어설퍼."

"그런가……."

"그래. 당신 같은 사람이 사랑에 빠져서 어리석은 행동을 한다고는 아무도 생각하지 못할 텐데……. 결국 일족의 전사들이 대부분 따라오고 말았지……. 하다못해 나에게 사랑한다는 말이라도 속삭인다거나 하는 모습을 보여주었다면 나았을 것을, 정말로 어설프다니까……."

"……그런가."

늑대술사는 작게 고개를 끄덕였다.

"나는 오히려 네가 거부할 줄 알았다. 발렌티나. 제대로 된 전력을 보유하는 건 역대 뱀의 방식에는 걸맞지 않잖아?"

"응, 맞아. 그 인식은 아주 정확해. 빠르게 모습을 감춘 쉰랑 씨는 올바른 뱀의 방식대로 움직였어. 뱀은 사람들 사이에 숨어들어야 힘을 발휘하지. 하지만…… 나는 무녀니까, 다른 뱀과는 조금 달라."

"무녀는 불꽃 일족 족장의 권세를 드러내기 위해 만들어진 거짓…… 그렇게 말했지 않았나요……."

슈트리나의 말에 무녀는 고개를 끄덕였다.

"잘 기억하고 있네. 리나는 참 똑똑하구나."

친근하게 애칭을 부르자 슈트리나는 얼굴이 일그러지는 걸 막지 못했다.

거듭되는 다과회를 통해 발렌티나에게는 완전히 약점을 파악당한 것 같은…… 그런 불쾌한 실감을 받았다.

발렌티나는 그런 건 일절 신경 쓰지 않다는 듯 환하게 웃으며 말을 이었다.

"하지만 그건 인식이 조금 안이하네. 거짓이라고 해도 권위는 권위지. 가면 같은 거지만 밖에서 보면 조금 대단해 보이잖아? 반드시 쓰러트려야만 하는 상대, 목숨과 바꿔서라도 쳐야만 하는 적……. 직접 얼굴을 보고 이야기해야 하는 상대……. 그렇게 착각하지."

"그건……."

확실히 맞는 말이었다. 미아 일행은 정말로 발렌티나를 뱀의 중추로 보고 쓰러트려야 하는 커다란 적으로 여기는 경향이 있었다.

"계속 생각했거든. 무녀라는 권위를 사용할 방법……. 솔직히 이 허명은 몸을 숨길 때는 방해야. 그렇다고 그냥 버리기에는 아깝지. 그럼 어떻게 할까? 지금 우리에게 가장 큰 방해자는 제국의 미아 황녀. 그렇다면 그녀를 불러내는 데 쓸 수 없을까?"

"그래서 여기에 머무르는 건가요? 호위를 잃어도?"

"착각하는 것 같지만, 나는 딱히 불꽃 일족 전사의 무력에 기대고 있지 않아. 난감하다고 한 건 그들을 선뜻 돌려보내면 그들이 필요하지 않은 계획이 있다는 게 드러나니까. 그 정도 수준이지."

차를 다 마신 건지 발렌티나는 자리에서 일어나더니 새 티포트를 가져와 자신과 슈트리나의 찻잔에 따랐다.

"미아 황녀가 여기에 오기 좋도록 전사들을 배제하고 싶다…… 그런 거라면 어쩔 수 없지. 방해하는 척은 하는 게 나았을지도 모르지만…… 너무 과하면 마취가 싫어할 테니까."

키득키득 웃은 발렌티나가 말했다.

"어째서…… 리나에게 일일이 그런 이야기를 하는 거죠?"

슈트리나는 눈을 굴려 발렌티나를 노려보았다. 자신에게 앞으로 사용할 책략을 이야기하는 게 대체 무슨 의미가 있는 건지 그녀는 알 수 없었기 때문이다.

"글쎄, 이유가 뭘까……. 그 홍차를 다 마시면 가르쳐줄게. 자, 식기 전에 한 잔 더 마셔. 딱 맛있는 온도거든. 아주 맛있을 거야."

화사한 미소를 짓는 발렌티나.

가지고 놀고 있다. ……그런 쓸쓸한 실감과 함께 슈트리나는 홍차를 입에 머금었고…….

"어, ……라?"

손에서 찻잔이 굴러떨어졌다.

눈앞이 확 일그러진다.

방심했다. 예상조차, 하지 못했다…….

설마 이 단계에서…… 독을 타다니…….

"벨……."

의자에서 넘어져 바닥으로 쓰러지는 슈트리나.

"역시 나는 독보다는 검이 더 좋아. 양이 적으면 효능이 나올 때까지 시간이 걸려서 답답하거든."

"괜찮은 건가? 살려놓고 쓰겠다고 했으면서……."

"물론 죽지는 않도록 할 생각이지만 늦지 않을 수 있을지는 미아 황녀에게 달렸다. 해독제를 먹으면 거짓말처럼, 아무렇지도 않게 눈을 떠. 하지만 늦으면 영원히 잠들어 언젠가 죽어버리지. 해독약은 이미 건네놓았지만 시간을 맞추는 건 신만이 알고 있다고 할까."

"뱀의 무녀가 신을 이야기하다니……."

"늦어버리면 그녀들은 신을 저주하겠지. 늦지 않으면 늦지 않는 대로…… 아마 신을 저주할 거야. 신을 저주하고 세상을 증오하는 자, 즉…… 뱀이지."

발렌티나가 희미하게 입꼬리를 끌어올리며 말했다.

"으음, 그래. 우선 리나의 옷을 갈아입히도록 할까……. 좀 더 초라하고 엉망인 옷…… 맞아. 제물에게 입히는 옷이 있으니까 그걸 입히고……. 그 고약하게 생긴 사교 예배당의 제단에 묶어놓는 건 어떨까……. 연출은 중요하니까, '나쁜 일을 당한 게 아닌가'라는 의심을 강하게 심어놓을 법한 모습으로 만들어야겠어……."

머리 위에서 오가는 악의에 찬 계획. 하지만 슈트리나는 저항할 수 없었다.

"데려오자마자 바로 했다면 약간 초췌해졌을 테지만, 이렇게 매일 제대로 먹이면 안색도 좋아져서 설득력이 영 부족하지 않나?"

"후후후, 그러게. 더 섬세한 아이인 줄 알았는데, 역시 옐로문가야. 어느 정도 선을 그은 뒤에는 조금도 사양하지 않고 먹고, 푹 자고. 배짱이 제법이라니까."

머리 위에서 오가는 참으로 무례한 대화. 공작 영애로서 강하게 항의하고 싶은 슈트리나였지만 그것도 불가능했다.

"뭐, 독으로도 안색을 나쁘게 만들 수 있으니까 어떻게든 되겠지. 제대로 연출해줄게. '그녀'가 저도 모르게 구하러 달려올 정도로."

흐릿해지는 의식 속에서 발렌티나의 목소리가 들렸다.

"물론 연출일 뿐이야. 이 이상 다치게 하지는 않을게. 왜냐하면…… 당신은……."

그 목소리를 들으며 슈트리나의 의식은 깊은 어둠 속으로 추락해갔다.

# 제33화 버섯 없는 불길한 숲

다음 날, 미아 일행은 먼저 떠난 후이마 일행을 쫓아 마을을 뒤로했다.

일단 숲에서 나오…… 지는 않고, 오히려 숲속 깊은 곳으로 들어갔다.

불꽃 일족의 마을은 숲속 깊은 장소에 있다고 생각했으나 실제로는 아직 입구와 더 가까웠다는 걸 잘 알게 되었다.

그곳은 어둑한 회색 숲이었다.

머리 위로 높이 우거진 나뭇잎이 햇빛을 차단하고 옅은 어둠의 장막이 드리운 듯한 장소. 음산한 공기는 희미하게 눅눅해서 피부에 달라붙는 것 같았다.

걸을 때마다 바스락, 뚜둑, 하고 발밑에서 마른 나뭇잎이 소리를 냈다. 그게 적에게 이쪽의 위치를 알려주는 것 같아 어쩐지 가슴이 두근거렸다.

이따금 심술부리듯 발을 걸려고 하는 나무뿌리를 꾹꾹 밟아 넘기며 앞으로 나아갔다.

——흐음, 역시 도망치는 건 쉬운 일이 아니겠네요. 저도 숲에는 제법 통달했다고 생각했지만 이건 상당한 중노동이에요. 하물며 적의 손에서 도망치면서 가는 거라면 더 힘을 테고요…….

미아는 이마의 땀을 훔치며 작게 숨을 내쉬었다.

"괜찮아? 미아."

앞서 걷는 아벨이 걱정하는 얼굴로 염려해주었다. 길이 험한 곳에서는 부드럽게 손을 잡고 꼬박꼬박 에스코트해주었다. 참으로 신사적인 왕자님이다.

"네, 감사합니다. 괜찮아요……."

미아는 대답하면서 스윽 시선을 돌렸다.

어젯밤 일이 머릿속에 되살아나서…… 그…… 무언가 달달한 감정이 치밀어오를 것 같았기 때문이다!

참으로…… 연애에 취해 있었다!

미아는 자신의 뺨을 찰싹찰싹 두드린 뒤 엄숙한 표정을 지었다.

"괜찮습니다. 아벨. 저는 아무렇지도 않아요. 게다가 아무것도 걱정하지 않는답니다."

그건 사실이었다.

도중에 공격받는 걸 경계하면서 가는 여정이었으나 미아에게는 아무런 불안도 없었다.

전위를 지키는 사람이 제국 최강의 기사이기 때문이다.

말을 타고 가면 활로 노릴 것 같았기 때문에 걸어서 이동하게 된 건 다소 힘들긴 하지만…….

"흠……. 흔적을 남기지 않고 숲속을 이동하는 건 어떻게 해야 할까요?"

이런 식으로 옆에 있는 루드비히에게 질문하며 '여차할 때'의 지식을 탐욕스럽게 흡수하는 좋은 기회라고 생각할 수 있다. 긍정적 사고방식을 탑재한 미아였다.

"그나저나 이렇게 숲속 깊은 곳에 성이 있다니 놀라워요."

미아는 무심코 감탄하며 중얼거렸다.

어떤 규모의 성인지는 모르지만 이런 숲속 깊은 곳에 성을 세운다는 건 쉬운 일이 아니었으리라…… 같은 생각을 하고 있었더니…….

"이곳은 순례 가도와도 거리가 있고, 숲을 가로지르지 않으면 올 필요가 없는 장소이기도 합니다. 몰래 숨어서 싸움을 대비하기에는 좋은 땅인지도 모릅니다."

루드비히가 안경을 고쳐 쓰며 말했다. 참고로 그의 이마에도 살짝 땀이 빛나고 있다. 아무리 젊은 문관이라고 하나 이런 육체노동은 힘든 모양이었다.

"베이르가와의 국경 근처이기도 하니까요. 렘노 왕국도 손을 대기 어려운 땅이라고 할 수 있죠. 음, 공백지대라고 할까요."

루드비히의 말에 동의하면서도 디온은 시니컬한 미소를 지었다.

"아니면 무언가 야심을 품은 렘노 왕국이 몰래 건설한 요새…… 같은 것일지도 모르지만요."

"글쎄. 오랫동안 렘노 왕국을 섬긴 몸이나 그러한 이야기는 들어본 적이 없구려."

그 말에 대답한 사람은 버섯 갑옷 기사, 기미마피아스였다.

참고로 대열은 맨 앞에 디온, 기미마피아스. 그 뒤를 황녀전속 근위대가 둘. 그 뒤에 아벨과 미아, 루드비히, 안느, 그리고 벨이 이어진다. 그 뒤도 황녀전속 근위대 다섯이 따라오고 있었다.

참고로 어디서 공격이 들어와도 즉각 대응할 수 있도록 근위들은 커다란 방패를 들고 있다.

──아주 멋지고 큰 방패예요. 이 방패를 주변에 세우고 위도 가린다면 작은 요새를 만들 수 있지 않을까요……? 그러면 더 큰 방패도 좋겠네요. 그걸 들고 다니려면 더 큰 병사가 있으면 좋을 것 같고……. 렘노 왕국의 금강보병단을 몇 명 영입하고 싶지만요……. 흐음…….

그렇게 미아가 군사적 고찰을 시작하거나 말거나 일행은 숲속 깊은 곳으로 계속해서 들어갔다.

"그런데 정말 길이 이거 맞는 겁니까?"

그렇게 말하며 디온이 시선을 보내는 곳…… 그들을 안내하는 건…… 후이마의 늑대, 우투였다!

우투는 더워서 그런지 혀를 쭉 내밀고 헥헥거리고 있었다.

이쪽을 돌아보더니 '나에게 맡겨!'라는 양 멍! 하고 울었다. 든든…… 해야 하는데, 어째서인지 일말의 불안을 지울 수 없는 미아였다.

똑똑한 늑대일 테지만…… 이름을 들은 뒤로는 왠지, 좀…… 어째서일까……?

──일말의 불안이라고 하면 이 숲도 마찬가지죠.

마을에서 나온 직후의 일이었다.

미아는 이 숲에서 어쩐지 안 좋은 느낌을 받고 있었다. 이유는 딱히 짐작 가는 게 없다. 다만 왠지 모르게…… 라고 밖에 할 말은 없지만…….

"이 숲…… 왠지 무척 불길해요……."

자신이 느낀 정체불명의 불길함에 미아는 당황했다.

어째서일까…… 무언가가 걸린다. 이 숲은…… 무언가가……
이상하다.

불안에 사로잡힌 미아는 주위를 두리번두리번 둘러보았고…….
간신히 그 위화감의 원인을 깨달았다.

그렇다. 숲이라면 당연히 있어야 하는 것이…… 이 숲에는 없
었기 때문이다. 그건 숲에 사는 생명의 기척…… 같은 게 아니고.

"이 숲은…… 버섯이 없어요!"

……어딘가 멀리서 까악! 까악! 하는 새 소리가 들렸다.

바스락, 토끼가 수풀을 흔들고 우거진 나무들은 웅변하듯 이파
리를 흔들어댔다.

생명이 약동하는 숲속에서 비탄에 잠긴 미아의 목소리만이 서
글프게 울려 퍼졌다.

# 제34화 뱀의 성으로

버섯 없는 숲을 걷기를 반나절. 그동안 계속 버섯을 찾은 미아였지만 결국 먹을 수 있을 법한 버섯을 발견하지 못했다. 버섯 같은 것은 몇 개 발견했으나 미아의 직감이 '저건 독버섯이에요!'하고 알려주었다.

그게 정말로 독버섯인지 아닌지는 신만이 알고 있을 테지만, 정말로 중요하지 않은 이야기였다.

아무튼 버섯 없는 숲을 보며 미아는 무심코 중얼거렸다.

"참으로 불길해요……."

그런 미아에게 주변 사람들도 자연스럽게 긴장감이 올라갔다.

그 제국의 예지가 '불길'하다는 소리를 했기 때문이다. 긴장하지 말라는 게 어렵다. 그렇게 걸어온 미아 일행 앞에 그 성이 홀연히 모습을 드러냈다.

"저건……."

그것은 있어야 할 버섯이 없다는 위화감과는 정반대의 위화감. 숲에 전혀 어울리지 않는 이물질이 아주 자연스럽게 그곳에 있다는 위화감.

굵은 나무들을 밀어내듯 그곳에 우뚝 서 있는 건 돌로 만든 투박한 성이었다.

반쯤 무너졌긴 하나 이쪽을 내려다보듯이 서 있는 성탑. 주위를 에워싸는 성벽 또한 제법 높았고 군데군데 보수한 흔적이 보였다.

"제법 훌륭한 성이구려. 농성을 선택했다면 골치 아팠을 것 같소."

기미마피아스는 성을 올려다보며 호쾌한 웃음을 터트렸다.

"루드비히 경의 책략이 훌륭하구려. 만약 성을 지키는 병사를 이탈시켰다면 그 지혜는 일군과도 필적하는 수준이리다. 이야, 참으로 훌륭하오."

"칭찬해주셔서 영광입니다만…… 전부 미아 님께서 준비하신 일입니다. 기마왕국과 불꽃 일족의 화해가 이루어졌기에 가능한 책략이었으니까요."

"하하하, 그렇지. 흠, 역시 제국의 예지. 우리 렘노 왕국의 혁명 세력을 연설로 해산시켰다는 건 아무래도 사실이었던 모양이구려."

연신 감탄하는 기미마피아스를 향해 미아는 살짝 미소를 머금었다.

버섯 기사에게 칭찬받는 게 조금 기쁜 미아였다.

"하지만…… 집념이 느껴지는 성입니다."

안경을 고쳐 쓰며 눈을 가늘게 뜨는 루드비히에게 미아는 저도 모르게 중얼거림을 돌려주었다.

"집념……."

듣고 보니 확실히 그 성은 집념 덩어리라고 할 수 있는 건물인 건지도 모른다.

예를 들어 성벽. 저 돌은 대체 어디서 가져온 것일까?

얼마나 먼 거리를 운반하여 얼마나 큰 노력을 들여서 쌓아 올렸을까?

어떤 마음으로…… 이 성을 세웠을까?

그런 생각을 하자 정말 강렬한 집념이 느껴졌지만, 동시에 미아는 이런 생각도 들었다.

──하지만 뱀이 세운 건물이라는 느낌은 별로 안 들어요…….

머릿속에 떠오르는 그 여름날의 기억.

마찬가지로 사람들의 기억에서 잊힌, 무인도 지하에 세워진 괴이한 신전. 파란색으로 흐릿하게 빛나던 모독적인 건축물과 비교한다면 이건 지극히 평범한 모양새였다.

그, 인외적 의지의 개입을 의심하고 싶어질 만큼 이질적인 건물과 눈앞의 성은 명백하게 다르다. 이건 어디까지나 인간의 집념이 만들어낸 성과에 불과하다. 따라서 그곳에 있는 건 불길함이 아니라……. 정적 속에 감도는 것은 살아남은 패배자들의 더없이 슬픈 잔향뿐……

──하지만 어쨌거나 그리 멋지다고는 할 수 없는 성이에요. 썩 오래 있고 싶은 장소는 아니지만…… 저곳에 리나 양이 있는 걸까요?

"미아 황녀! 무사히 도착했나?"

갑작스러운 목소리. 직후 길 안내 담당인 우투가 달려나갔다. 꼬리를 흔들며 달려가는 방향, 성문 앞에 후이마가 앉아 있었다.

미아 일행을 발견한 그녀는 일어나서 잰걸음으로 다가왔다.

"후이마 양, 어땠나요?"

"잘 풀렸다. 미아 황녀 덕분이야. 우리 일족의 전사들은 다른 자들과 함께 지금 마을로 돌아가는 중이다. 이 성에 있는 건 무녀와…… 내 오라버니인 휘 마취뿐이지."

후이마는 살짝 입술을 깨물었다가 말했다.

"오라버니는 설득하지 못했다……. 내 말은 오라버니에겐 닿지 않았어……. 하지만 이상하더군. 오라버니는 일절 방해하지 않았다. 덕분에 남자들은 전부 우리가 되찾을 수 있었지."

후이마의 말에 루드비히가 고개를 끄덕였다.

"실제로는 불꽃 일족이 아닌 뱀이 있을 테니까 안심할 수 없지만, 덕분에 적의 선택지는 상당히 줄어들었을 겁니다."

그 말에 후이마는 조용히 고개를 끄덕였다.

"남자들에게 들은 이야기로…… 아무래도 정말 뱀의 수하는 안에 없다더군. 딱 한 명, 무녀에게 충성하던 쉰랑이라는 남자가 있었지만 그는 이미 이곳을 떠난 뒤였다고 해."

"그럼 정말로 여기에 있는 건 무녀와 늑대술사뿐인 거군요……."

미아의 중얼거림에 동의한 뒤 후이마는 한 장의 종이를 꺼냈다.

"이것을 건네라고 했다."

후이마에게서 받은 편지를 읽은 미아는 눈썹을 찌푸렸다.

"적절한 호위와 함께 예배당으로 와 주시길…… 이라."

옆에서 편지를 본 디온이 깊은 한숨을 쉬었다.

"적절이라고……. 뭐, 처음부터 알고 있었던 일이긴 하지만 이쪽의 전력도 덜어내고 가지 않으면 슈트리나 아가씨의 목숨은 없다는 종류의 협박인 거겠지."

"역시 소수 정예로 성에 들어갈 수밖에 없는 거군요⋯⋯."

한숨을 쉬는 루드비히. 그때,

"저는 꼭 따라갈 거예요!"

"이번에야말로 미아 님 곁에 있게 해주세요."

벨과 안느가 힘차게 소리쳤다.

"아니, 하지만⋯⋯."

"오래 고민할 시간은 없을 거다. 오라버니의 말로는⋯⋯ 슈트
리나 양에게 독을 먹였으니 빨리 오는 게 좋을 거라고⋯⋯."

이로써 동행자가 바로 정해졌다.

아벨, 디온, 기미마피아스, 루드비히, 안느, 벨. 그리고 후이마
와 근위병 한 명을 데리고 미아는 성으로 발을 들여놓았다.

# 제35화 너무한 친근감

본래 굳게 닫혀있을 터인 성문은 활짝 열려 있었다.

일행은 디온과 기미마피아스를 선두에 세우고 성 안으로.

다행히 어디선가 화살이 날아오는 일은 없었다.

"함정이라도 설치해놨을지도 모르니까 괜히 주변에 손을 짚거나 하지 마십쇼."

디온의 말에 얌전히 고개를 끄덕이는 미아.

참고로 괜히 건드리지 말라는 소릴 들으면 무심코 건드리고 싶어지는 청개구리 심보는…… 미아에게는 없다. 오히려 벌벌 떨면서 손을 움츠리고 발밑에 세심한 주의를 기울였다.

생각 없이 밟은 바닥이 내려가며 무언가 함정이 발동하지는 않을까? 머리 위에서 단두대의 칼날이 떨어지진 않을까? 그런 느낌으로 경계심을 최대치까지 끌어올리며 나아갔다.

그리고 당연히!

"벨, 알고 있을 테지만 함부로 무언가를 건드리면 안 됩니다."

호기심 왕성한 손녀에게 잔소리도 잊지 않았다. 할머니의 귀감이다.

성문을 지나자 전방에 조금 전에 보았던 탑과 본관이 있는 게 보였다. 그리고 오른쪽 앞에 문제의 예배당으로 추정되는 건물이 있었다.

어디까지나 추정이었다. 왜냐하면 그 건물 지붕에는 걸려있는 건 성스러운 상징이 아니라 날개를 펼친 으스스한 괴물의 조각상이었기 때문이다.

건물 전체의 모양도 중앙정교회의 것과는 묘하게 구조가 달랐다.

입구에는 이쪽을 위협하듯 두 마리의 괴물 조각상이 노려보고 있었다.

"이건 사신(邪神)의 사도인 악마인 건가요?"

그쪽 관련으로는 그리 해박하지 않은 미아였다. 여기에 라피나가 있었다면 자세한 해설을 들을 수 있었을지도 모르지만……

"아무래도 그런 것 같습니다. 이 건물은 사신을 숭배하던 일파가 세운 성이겠죠."

루드비히의 말에 고개를 끄덕인 디온은 다시금 예배당을 보았다.

"자 그럼…… 붙잡힌 히로인을 구하러 가보실까."

작게 중얼거린 디온이 기미마피아스 쪽으로 시선을 돌렸다.

"어느쪽이 선두를 담당할까요?"

"후후후. 노병을 염려해주다니 면목이 없구려."

기미마피아스는 조용히 검을 빼 들고 두 손으로 잡은 뒤…….

"그럼 외람되오나 내가 돌격대장의 명예를 누리도록 하리다. 하압!"

강검일섬(剛劍一閃)! 예배당의 문을 흔적도 없이 날려버렸다.

뭉게뭉게 올라오는 흙먼지를 가르며 일행은 안으로 발을 들여놓았다.

건물은 직사각형으로 길쭉한 구조였다.

예배당 전방에는 반쯤 무너진 사신의 조각상이 실내를 내려다보고 있었다.

전혀 손질되지 않고 엉망인 조각상을 보면 역시 뱀은 사신을 숭배하지 않는 모양이었다.

으스스한 조각상은 그것만이 아니었다. 예배당의 좌우로 포위하듯이 쭉 늘어서있는 수많은 조각상이 흔들리는 횃불을 받으며 모습을 드러내고 있었다.

조각상의 으스스한 시선은 예배당 중앙의 살짝 앞쪽에 모여 있다.

그리고 그 시선 끝…… 커다란 식탁처럼 생긴 것 위에 한 명의 소녀가 누워 있는 게 보였다.

"저건……."

눈에 힘을 주자 서서히 그 모습이 뚜렷하게 보였다.

틀림없다. 납치당한 슈트리나였다.

죄수가 입을 법한 관두의를 입은 슈트리나. 두 팔과 두 다리를 대(大)자로 벌리고 굵은 밧줄에 묶여있는 그 모습은 참으로 안쓰러워 보였다.

"리나!"

벨의 비통한 목소리가 울렸다.

하지만 그게 들리지 않았을 리가 없는데…… 슈트리나는 꼼짝도 하지 않았다. 그 사실에 새파랗게 질린 미아였으나…….

"으…… 응……."

직후, 슈트리나가 희미하게 신음하며 몸을 꿈틀거렸다. 묶여있기 때문에 움직임은 제한되어있으나 우선 그녀가 살아있다는 걸 알게 된 미아는 안도하며 가슴을 쓸어내렸다.

"······너무해."

슈트리나의 비참한 모습에 벨이 입을 틀어막았다. 그런 벨의 감상에 미아도 대략 동의했다. 동의했지만······ 다음 순간, 미아는 깨달았다.

냉정하게 슈트리나의 얼굴을 보고······ 팔을 보고!

──흠······ 독을 먹었다는 정보대로 안색은 좋지 않지만, 뺨은 그리 야위었다는 느낌은 아니네요. 아니, 오히려······.

······미아는 딱히 이유도 없지만, 아니, 정말로 딱히 이유는 없지만······ 슈트리나에게 조금 친근감을 느꼈다. 참으로 너무한 친근감이다!

──그러고 보면 리나의 아버지인 로렌츠 공은 풍채가 좋은 분이었으니······. 감옥에 갇히면 당연히 운동 부족일 수밖에 없었겠죠. 그렇다면 이 일이 끝난 뒤에 같이 승마하자고 권유해볼까요.

그렇게 조용히 기합을 넣었다. 반드시 슈트리나를 무사히 구해내야만 한다.

그러기 위해서는 먼저 독을 먹었다는 그녀를 치료해야만 하는데······. 십중팔구 그 전에 적이 움직일 것이다.

적은 자신들을 이곳에 불러냈다. 대체 무엇을 할 생각인 걸까? 의문에 고개를 갸웃거리려던 찰나.

"잘 왔습니다. 미아 루나 티어문 황녀 전하. 환영해요."

예배당 안에 목소리가 울렸다.

목소리는 기묘하게 메아리쳐서 어디에서 들리는 건지 잘 알 수 없었다.

"자, 어서 독을 먹고 잠든 불쌍한 소녀를 구해줘야지?"

마치 자신을 찾는 미아 일행을 비웃는 것처럼 노래하듯이 울려 퍼지는 목소리.

미아의 귀에 그것은 마치 사신에게 바치는 찬송가처럼 아름답고 불길한 음색으로 들렸다.

# 제36화 또 한 명의 왕자

　시간은 조금 거슬러 올라간다.

　렘노 왕국의 왕성 페데스쿠드 성의 한 곳. 왕가의 남자들이 검술을 단련하는 연무장에서 게인 렘노가 열심히 검을 휘두르고 있었다.

　게인을 포위하듯이 서 있는 건 굵은 나뭇가지를 엮어서 만든 모의전용 인형이었다. 진검을 사용해 차례차례 표적을 베어 넘긴다. 얼핏 보면 힘으로 밀어붙이는 것 같지만 보는 눈이 있는 사람은 깨달을 수 있다.

　그 검술은 뜻밖일 정도로 정직하고 세련되었음을.

　최근 그는 사람을 상대로 한 연습을 하지 않고 있다.

　검술 스승인 기미마피아스가 없다는 것도 큰 이유였으나, 그이상으로 왕자의 비위를 맞추려는 상대는 자신의 검을 약하게 만드는 원인이 된다는 걸 깨달았기 때문이다.

　"약한 것들을 아무리 쓰러트려봤자 무의미하지."

　그것을 깨달은 뒤로는 그저 혼자서 검을 휘두르게 되었다.

　그런 게인의 눈에 보이는 환상 속 적, 그것은 동생인 아벨……이 아니었다. 그보다 키가 크고 몸이 가느다란…….

　"하압!"

　잡념을 털어내듯이 횡으로 긋는 검.

　마지막 표적을 두 동강 낸 뒤 검집에 검을 돌려놓은 게인은 크게 숨을 내쉬었다.

어느새 이마에는 굵은 땀방울이 맺혀 있었다. 그걸 소매로 훔치며 게인은 복도로 나왔다. 그러자 마침 그곳을 지나가던 메이드 소녀를 발견했다. 아직 어린, 일을 시작한지 얼마 지나지 않은 메이드였다.

"거기 너. 물 가져와."

게인의 목소리에 소녀의 등이 흠칫 떨렸다.

"……네, 넵. 즉시 다녀오겠습니다."

순간 난처한 표정을 지었던 소녀는 바로 발걸음을 돌리려 했다. 그 반응에 게인은 살짝 눈썹을 찡그렸다.

이 성의 메이드들은 게인을 무서워해서 바로 명령을 따른다. 그런데도 잠깐이긴 하나 망설임을 보인 메이드를 보고 의심이 들었다. 그녀는 반듯하게 접힌 얇은 종이를 소중히 들고 있었다.

"잠깐. 그건 뭐지?"

"아, 그…… 이것은, 국왕 폐하께……."

"헛소리는. 그런 조잡한 친서가 어디 있다고."

게인은 코웃음을 치고는 소녀를 노려보았다.

"히익, 거, 거짓말이 아닙니다. 그저…… 그게."

"답답하군. 내놔."

말이 마치기도 전에 게인은 메이드의 손에서 종이를 빼앗았다. 그 속도에 메이드는 저항하지도 못했다.

"앗……."

오히려 맞을 줄 알았던 건지 메이드는 눈을 꾹 감고 몸을 움찔 떨었다. 뒷걸음질 치려고 한 순간 발이 미끄러져서 뒤로 쓰러질 뻔했다.

게인은 한숨을 쉬며 그녀의 팔을 잡고 부축해주었다. 그 순간.

『안 된다고 했지? 게인. 여자아이를 겁주지 마…….』

머릿속에 울리는, 자신을 타이르는 여성의 목소리. 어린아이를 대하는 듯한 목소리가 불쾌해서 게인은 혀를 찼다.

"뭘 하는 거냐? 물. 이건 내가 아바마마께 드리마."

"힉, 하, 하지만……."

"혼나면 나한테 맞아서 빼앗겼다고 해. 그럼 더 이상 뭐라고 할 사람도 없을 거다."

그 말을 끝으로 게인은 빠르게 종이를 펴 내용을 읽어 보았다.

"뭐지……? 기미마피아스가……? 그러고 보면 녀석은 아벨을 호위하러 외국에 나가 있었던가. 선크랜드에서 댄스파티라. 하찮군."

코웃음을 쳤다.

그 순간 다시 뇌리에 목소리가 들린 것 같은 느낌이 들었다.

『툭하면 상대방을 내려다보는 건 지는 게 무서워서 그래? 동생에게 진 게 그렇게 분하니?』

놀리는 듯한 웃음소리에…… 게인은 저도 모르게 쓴웃음을 지었다.

"흥, 그 여자라면 확실하게 그렇게 말하겠지……."

아벨에게 진 뒤로 어째서인지 떠올리는 일이 많아진 누나. 제1 왕녀 발렌티나 렘노.

『명심해, 게인. 만약 허세를 부리고 싶을 땐…… 뭐, 허세 자체도 썩 좋은 건 아니지만……, 하다못해 힘을 보여줘. 아무런 힘도, 뛰어난 능력도 보여주지 않고 그저 혈통, 장남, 남자…… 이런 이유로 거들먹거리는 건 아주 추악한 짓이란다.』

그렇게 설교를 늘어놓았던 누나에게, 얄미운 누나에게…… 게인은 끝내 검으로 이긴 적이 없었다.

『비겁한 검을 쓰지 마……. 제대로 정면에서 맞대란 말이다!』

그렇게 항의하자,

『어머, 전장에서도 그런 말을 할 생각이야? 어째서 적이 제대로 검을 나눠줄 거라고 믿는 거니? 상대를 쓰러트리고 살아남는 사람이 승자. 네가 왕으로서 서는 전장은 그런 장소라고 보는데?』

그런 궤변을 천연덕스럽게 돌려주었다.

그때의 시원스러운 미소는 아직도 망막에 달라붙어 떨어지지 않는다.

그, 모든 공격을 피하고 흘려보낸 뒤에 날카롭게 날아오는 반격……. 물이 흐르는 듯 아름다운 그 검. 게인이 진심으로 쓰러트리고 싶다고 바랐던 상대는 한 번도 승리를 양보하지 않고 그의 눈앞에서 사라졌다.

"전장에서, 왕족은 죽어서는 안 된다고. 으스대며 그런 소릴 늘어놨으면서 전장에 서지도 않고 죽어버린 당신은 패자 아닌가."

이 나라를 바꾸겠다고 호언장담하던 누나는 어느 날 갑자기 숨을 거두었다.

"쯧, 쓸데없는 일을 떠올렸군."

고개를 절레절레 내저은 게인은 기미마피아스가 보낸 보고를 마저 읽어나갔다. 그리고…….

"……!"

익숙한 이름을, 발견하고 말았다…….

"발렌티나…… 누님."

아버지에게, 왕에게 반항하고 대귀족들의 반감을 사면서도 나라를 바꾸려고 한 누나.

죽은 줄 알았던 누나의 이름이 그곳에 적혀있었다.

그 누나가 사실은 살아있었고…… 악행에 가담했다고…… 분명히 적혀있었다.

"뭘 하는 거야, 누님……."

무심코 중얼거린 그는 깜짝 놀랐다.

자신의 마음이 뜻밖에 흔들리고 있다는 사실에…….

항상 자신을 이겼던 누나가 하찮은 악행에 가담했다…… 그 사실을 무엇보다 용서할 수 없었다.

"뭘 하는 거냐……, 나도……. 젠장……."

게인은 검을 움켜쥔 채 마구간 쪽으로 발을 옮겼다.

이리하여 배우가 모두 모이고, 이야기의 무대는 다시 뱀의 거성으로.

# 제37화 이정표의 소녀 I ~제도의 하늘에 달은 빛나고~

——아무튼 리나 양에게 가야만 해요. 으음, 주변을 조심하면서 함정을 밟지 않도록……. 첫발의 무게가 실리기 전에 두 번째 걸음을 내디디는 것 같은, 물 위를 걷는다는 느낌으로 가면…….

미아가 그런 생각을 하던…… 다음 순간!

별안간 천장 쪽에서 훅 떨어져 내린 칠흑의 그림자. 그 손에 들린 검에서 번뜩이는 빛…….

그림자는 착지와 동시에 한걸음에 미아를 향해 달려들었다.

가냘픈 목으로 육박하는 한 줄기의 섬광! 그것을…… 미아는 전혀 눈치채지 못했고, 당연히 반응도 하지 못했고!

카앙! 하는 묵직한 금속음. 직후.

"저런…… 그렇게 쉽게 허락할 줄 알았나?"

디온의 목소리가 예상치 못하게 가까운 곳에서 들리자 미아는 놀라서…… 굳어버렸다.

아무래도 시야 구석에 금속 빛이 보인 것 같은 느낌이 들어서…… '아, 이거 지금 막 목이 날아가 버릴 뻔했던 거군요?' 하고 알아차린 미아는 일부러 그쪽으로 시선을 주지 않았다.

왜냐고? 당연히 무서우니까!

키기긱, 금속이 맞물리는 무서운 소리가 귓가에서 들렸으나 일부러 그쪽을 보지 않았다.

그것은 말하자면 유령과 마찬가지다.

있다고 생각하니까 무서운 거다. 그런 건 착각이다. 없다, 안 보인다, 안 들린다고 생각하면 무섭지 않다. 암살자의 칼날도 마찬가지…… 정말로?

"무반응이라. 역시 제국의 예지라는 건가……."

감탄하는 늑대술사에게 디온이 사나운 미소를 지었다.

"본인이 지닌 자랑스러운 검을 믿는다는 거지. 읏챠."

직후에 들린 파공음. 디온은 한 손으로 검을 하나 더 빼 들고는 허공을 휙 갈랐다.

툭, 소리를 내며 화살이 하나 떨어졌다.

"저런, 리나 양에게 실컷 떠들어놨는데 이래서야 망신이네."

기가 막힌다는 목소리가 들렸다. 화살이 다시 날아오는 일은 없었지만…….

"기미마피아스 경, 늑대가 있을 거야. 경은 왕자님하고, 겸사겸사 우리 황녀님을 호위해줘."

검을 들고 가세하려던 기미마피아스에게 디온이 말했다.

"호오. 늑대라. 그것참……."

"평범한 늑대가 아니야. 상당히 강할 거다. 조심해, 기미마피아스."

아벨 또한 날카롭게 경고하며 검을 들었다.

"자, 기습은 실패한 것 같은데 이제부터 어떻게 할래? 뱀의 무녀님?"

검과 검을 맞댄 채 도발하는 듯한 어조로 디온이 말했다. 하지만 무녀의 목소리에 초조함은 없었고…… 마치 노래하듯이 말했다.

"리나 양은 내버려 둬도 괜찮겠어? 서두르지 않으면 늦어버리지 않을까? 모처럼 서비스로 해독약을 줬는데 말이야."

──해독약……? 무슨 소리죠……?

고개를 갸웃거린 찰나 겹치듯이 목소리가 울렸다.

"당연히 가져왔겠지? 리나 양의 소중한 것……. 트로이야를……. 자, 어서 '친구'를 구해주렴."

"앗……."

그 순간 미아의 뇌리에 날카로운 경종이 울렸다.

빠르게 시선을 돌린 그때, 달려나가는 벨의 등이 보여서…….

"벨! 멈춰요!"

제지했지만, 그녀는 멈추지 않았다.


──기다려주세요! 리나!

벨은 달렸다. 조용한 결의를 가슴에 품고…….

그녀는 결코 생각 없이 달린 게 아니었다. 오히려 이때 가장 상황을 잘 이해하고 있었던 건 기묘하게도 벨이었다.

'친구를 구해주렴'이라고, 자신을 불러들이는 듯한 적의 말.

어째서 슈트리나가 움직이지 못하도록 묶여있는가?

어째서 독을 먹였는데 움직이지 못하게 할 필요가 있는가?

어째서 제국 최강인 디온 알라이아가 있는데 굳이 '활'을 쏘았는가……?

이것은 함정이다. 지극히 악랄한 뱀의 함정.

슈트리나를 구하러 가지 않으면 슈트리나는 독이 퍼져 죽는다.

슈트리나를 구하러 가면 구하러 간 사람 또한 죽는다.

그리고 해독약을 들고 구하러 가야 할 사람이 적의 의도와 맞지 않는 사람이라면 슈트리나는 활에 맞아 죽는다.

이것은 그런 함정이다. 슈트리나를 구하기 위해 누구의 목숨을 내놓을 것이냐는 덫.

적의 첫번째 목표가 미아라는 건 명백하다. 따라서 적이 상정한 '구하러 올 인간'은 미아가 베스트. 하지만 벨은 알고 말았다.

무녀는 타협한다는 사실을.

사전에 호위를 데려와도 된다고 일러주었기 때문에 알고 만 것이다.

적은 참으로 쉽게 타협한다.

미아와 슈트리나의 목숨으로는 급이 맞지 않는다. 따라서 타협한다.

그럼 누구라면 슈트리나와 급이 맞을까.

적은 제대로 지명했다.

트로이야를 지닌 자…… 가지고 있을 가능성이 가장 큰 슈트리나의 '친구'.

무녀는 대놓고 불렀다.

'자, 친구를 구해주렴'이라고.

벨 앞에 들이민 잔혹한 선택지.

자신의 목숨인가. 친구의 목숨인가.

이미 벨은 언제 죽어도 괜찮다고 생각하지 않는다.

쉽게 포기하지 않는다. 포기하지 않고, 이 세계에 매달려있으려고 했다.

왜냐하면 벨은 이 세계를 좋아하니까.

이 세계를 진심으로 사랑하니까…….

……하지만, 그래도…… 벨은 선택했다. 슈트리나를 구하겠다고.

그 작은 가슴에는 결코 사라지지 않는 마음이 있었기에.

그 세계…… 벨이 있던 그 미래는 아마 이제 없을 것이다.

미아가 비극을 회피하기 위해 싸웠으니, 아마 그 세계는 사라졌을 것이다. 그런 막연한 예감이 있었다.

하지만, 그래도…… 결코 사라지지 않는 말이 있다.

사라지지 않는 마음의 불꽃이 있다.

제국의 예지의 피를 이어받은 마지막 후예로서, 그 긍지를 가슴에 품고 살아가라는…….

그 이름에 부끄럽지 않게 살아가라는…….

친구의 목숨이 사라지려 하는데, 친구가 괴로워하는데 자신의 목숨을 아끼는 것. 그것은 제국의 예지의 피를 이어받는 자에 걸맞은 모습이 아니다.

"리나를, 구할 거야…….”

자신의 목숨을 가벼이 여기는 게 아니다.

하지만 무거운 목숨을 던져서라도 지키고 싶으니까.

벨은 주저 없이 슈트리나를 향해 달려갔다. 그 옆으로 다가가 외쳤다.

"리나!"

괴로운 듯 창백한 안색의 슈트리나. 그 하얀 입술을 억지로 벌린 뒤 벨은 트로이야의 배 부분을 벌렸다.

부자연스럽게 딱딱했던 그곳에는 작은 병이 들어 있었다. 병을 꺼낸 뒤 슈트리나의 입에 전부 흘려 넣었다.

"응……, 으응……."

슈트리나의 미간이 고통스러운 듯 일그러졌다. 그 직후, 슈트리나가 작게 콜록거렸다.

눈물이 맺힌 그 눈동자가 희미하게 뜨이고…….

"벨……?"

슈트리나는 갈라진 목소리로 말했다.

"리나…… 다행이다……."

벨이 작게 숨을 내쉰 순간…… 날카로운 파공음이 울리고……, 그리고…….

바람을 가르는 소리는 표적을 놓치지 않고…… 벨의 목을 뚫었다.

"앗……."

벨의 몸이 균형을 잃고 휘청거렸다. 그대로 슈트리나 옆으로 쓰러졌다.

한 번 더 들리는 파공음. 확실하게 숨을 끊어놓으려던 화살은 벨의 몸에 닿지 않았다.

그 사이를 가로막듯이 파고든 소년, 아벨의 오른팔에 박혔기 때문이다.

"큭……."

휘청거리면서도 그 자리에 멈춰선 아벨은 누나를 노려보았다.

"누님, 어째서……. 어째서 이런 짓을!"

피를 토하는 듯한 외침. 그 시선이 향하는 곳에는 활을 든 발렌티나의 모습이 있었다.

"아, 실패했네. 하지만 됐어. 목적은 달성했으니까."

그런 발렌티나 옆으로 파고든 기미마피아스가 검을 휘둘렀다.

"아, 오랜만이야. 스승님. 여전히 실력이 대단하네."

순식간에 활을 버리고 검을 든 발렌티나. 간발의 차이로 기미마피아스의 일격을 흘려넘겼다.

그대로 기미마피아스와 검을 맞대며 발렌티나는 밖으로 나갔다.

그 뒤를 쫓아 늑대술사, 그리고 아벨도 예배당 밖으로 갔다.

정신없이 전개되는 광경. 미아는 그저 그것을 멍하니 지켜볼 수밖에 없었지만…….

"아, 디, 디온 씨, 가세요!"

달려온 디온이 딱딱한 표정으로 말했다.

"……가는 건 상관없지만요. 아벨 왕자 전하를 지키면 되는 겁니까? 아니면 기미마피아스 경과 협력해서 무녀를 치면 됩니까? 그야 늑대술사는 실력이 좋으니까 노인에게는 버거울 테지만요……."

"……아무도 죽지 않게 하세요."

"황녀님, 그건…… 아벨 왕자님과 기미마피아스 경을 말합니까? 거기에 늑대술사는 포함할 수도 있지만…… 설마 그 여자도 포함하라는 건 아니죠?"

디온이 얼굴을 찌푸리고 물었다.

"그건 사람이 너무 물러터진 거 아닌가……."

"부탁이에요. 디온 씨."

그 목소리는 작게 떨고 있었다.

디온은 미아의 얼굴을 보고는 살짝 한숨을 쉬었다.

"하이고……. 이해는 안 가지만…… 뭐, 렘노의 검성과 검을 나눠볼 기회도 별로 없으려나."

어깨를 으쓱한 디온이 예배당을 나섰다.

사실 미아에겐 딱히 깊은 생각이 있었던 건 아니었다.

그저 시간이 필요했다. 머리를 정리할 시간이…….

지금은…… 아무것도 생각할 수 없다는 걸 알고 있었으니까.

"벨……."

터덜터덜 걸어간 곳에 그녀가 쓰러져있다.

목에 화살을 맞은 소녀, 미아벨이 바닥에 쓰러져 있었다.

두 번째 화살은 맞지 않았다. 하지만 첫 번째 화살이 이미 치명상이었다는 건 보기만 해도 바로 알았다.

"벨……. 시…… 싫어. 싫어!"

루드비히가 구속을 풀어준 슈트리나가 친구를 향해 허겁지겁 기어 왔다. 힘없이 늘어진 몸을 껴안자 그 손이 붉게 물들었다.

세상이 붉은색에 파묻힌다.

그것은 언젠가 미아가 봤던 광경.


……붉은색, 타오르는 듯한 붉은색이 시야를 뒤덮었다.

저주받은 사악한 예배당, 산제물을 바치는 제단은 소녀의 선혈로 물들어 있었다.

황폐한 바닥 위에 쓰러진 티어문 제국의 마지막 황녀, 미아벨 루나 티어문은…… 온화한 미소를 짓고 있었다.

행복이 그 마음을 채워주었다.

귓가에 들리는 건 다정한 사람들의 목소리, 목소리, 목소리.

루드비히 선생님이 있다. 안느 어머니가 있다.

친구인 리나, 그리고 존경하는 미아 할머니가 있다.

계속 듣고 싶었던, 함께 있고 싶었던 사람들의 따뜻한 목소리.

꿈 같은 마지막 광경이 그곳에 있었다.

그러니 더는 아프지 않았다. 무섭지도 않았다.

숨이 막히는 괴로움마저도 사라지고…… 세상은, 어느새 황금색으로 물들었다.


"벨……?"

슈트리나가 멍하니 중얼거렸다.

그 손바닥에 진득하게 달라붙었던 피가 별안간 금색으로 빛났기 때문이다. 빛은 피에서 벨의 몸으로 흘러가더니 전신을 밝은 빛으로 가득 채웠다.

그 황금빛 광휘를…… 미아는 본 적이 있었다.

──이건 벨이 나타났을 때의 그……?

미아는 아무 말도 없이 그저 그 광경을 바라보았다.

"죄송해요, 리나. 헤어질 시간이 와 버렸나 봐요."

벨의 목소리가 들린다. 조금 전까지는 말을 할 수 없는 상태였는데 그 목소리는 유난히 뚜렷하게 들렸다.

그게 오히려 그 순간이 왔다는 걸 선명하게 느끼게 했다.

"벨…… 안 돼. 싫어, 이런 건…… 싫어!"

눈물에 젖은 목소리로 벨에게 매달리는 슈트리나. 그 눈동자에서는 뚝, 뚝, 눈물이 끊임없이 흘러내렸다.

벨은 난처한 듯 웃고는 손을 들어 슈트리나의 눈가를 닦아주었다.

"죄송해요, 리나. 약속 많이 했는데, 못 지킬 것 같아요. 음, 제 비밀은 미아 언니에게 들어주세요. 들으면 분명 알 거예요. 괜찮아요. 다시 만날 수 있으니까……. 반드시, 또……. 그러니까, 괜찮아요……."

안심시켜주듯이 말한 뒤 벨은 미아에게 시선을 돌렸다.

"미아 언니, 지금까지 감사했습니다. 이렇게 되어버려서…… 죄송해요."

그러고는 살며시 고개를 숙였다.

"린샤 씨에게도 감사했다고 인사 전해주세요. 그리고 에리스 어머니하고, 미아 언니의 아버지하고, 시온 왕자님이랑 키스우드 씨에게도……."

"벨……."

그 빛이 한층 더 강해졌다. 어느새 벨의 몸은 끄트머리 쪽에서부터 조금씩 빛의 입자로 변해갔다. 어째서일까, 미아에게는 그 모습이 흐릿하게 얼룩져 보여서…….

그런 미아를 향해 벨은 조금 장난기 어린 미소를 지었다.

"미아 할머니…… 미루지 말고, 제대로 제 어머니를 낳아주세요. 아벨 할아버지와 꼭 잘 지내셔야 해요. 제 어머니는 여덟 명의 아이 중에……."

직후, 팟…… 하며 빛이 작게 깜빡이더니…….

벨의 모습이 흩어지며 사라졌다.

거짓말처럼, 아무런 흔적도 남기지 않고…… 사라져버렸다.

그것은 마치 꿈이 끝나는 것처럼…….

행복한 꿈이 끝난 것처럼…….

그저, 작은 말 모양의 부적만이 그 자리에 홀로 남아 있었다…….

그것은 얕은 졸음 속에서 벨이 본 광경.


눈을 한 번 깜빡인다.

그곳은 파괴된 잔해에 파묻힌 제도.

하늘 전체를 뒤덮은 증오의 먹구름. 소용돌이치는 복수의 연쇄가 하늘을 검게 물들인 세계.

그곳은 뱀의 세계. 파괴와 혼돈의 세계.

그 광경을 보고 벨은 생각했다.

——역시…… 그건 꿈이었던 걸까……. 그렇겠지……. 그런 식으로 따뜻한 세계가 있을 리 없어. 그건 꿈이야. 내가 긍지를 잃지 않았으니까, 죽기 전에 신께서 보여주신 꿈인 거야…….

체념과 실의에 살며시 눈을 감으려고 한 그 순간…… 어디선가 목소리가 들렸다.

그리운 그 목소리가…….

"당신의 꿈은 제가 끝나지 않게 하겠어요."

그것은 벨이 계속 가슴에 품고 있었던 자부심.

제국의 예지, 존경하는 할머니…… 경애하는 미아 언니의 목소리…….


눈을 한 번 더 깜빡인다.

그 순간, 세상이 일변했다.

하늘을 달리는, 파문과도 같은 충격.

거대한 파도에 휩쓸려 증오의 먹구름이 순식간에 흩어진다.

가득 뒤덮고 있던 어둠이 일소된 하늘에 찬연하게 빛나는 달.

밤의 어둠을 가르고 그 존재를 과시하는 휘황한 광채는 세상 모든 것을 황금색 빛으로 태웠다.

무너진 제도. 모든 것은 황금색 빛으로 화하여 그 모습을 바꾸어간다.

그것은 마치 꿈인 것처럼.

고통스럽던 이 세상조차도 꿈이었던 것처럼.


눈을 한 번 더 깜빡인다.

그렇게 벨이 본 광경…… 그것은.

# 제38화 이정표의 소녀 II ~미아가 해야 할 일~

"벨…… 가장 중요한 걸 말하지 않고 가버렸군요……."

미아가 툭 중얼거렸다. 그 목소리는 작게 떨리고 있었다.

"이래서야, 전부 낳을 수밖에 없잖아요……. 여덟 명은 너무 많다고요."

과거에 문득 생각했던 추론이 뇌리를 스쳤다.

역사를 개변했을 때, 왜 벨과 황녀전 사이에 차이가 발생했는가.

그건 글은 바꾸기 쉽고, 기억은 바꾸기 어렵기 때문에.

그 일기장이 사라졌는데도 벨은 사라지지 않았던 것도, 그래서…….

즉 개변의 영향을 받기 쉬운 것과 받기 어려운 게 있다는 것.

생명을 지닌 자는 역사를 바꿨을 때 영향을 받기 어렵다. 그렇다면 벨이 사라져버렸다는 건, 즉…….

미아는 조용히 눈을 감았다

눈꺼풀 뒤에 손녀의 낙천적인 미소를 떠올리고…….

불현듯, 밖에서 검이 부딪치는 소리가 들렸다.

"아아, 그래요……. 저는 아직 해야만 하는 일이 있었죠."

벨이 사라져버렸으니까……. 더욱, 해야만 하는 일이 생겼다.

미아는 눈을 슥 훔치고는 일어났다.

지금 자신이 해야 할 일은 무엇인가…….

신기하게도 미아는 그것을 알고 있었다.

벨이 제시해준 답이 보였다. 그것은 마치 이정표처럼…….

그렇다. 미아는 아직도 두려워하고 있다. 적이 죽고, 자신과 마찬가지로 과거로 돌아가 수정할 기회를 손에 넣는 것을.

그리고 그렇기에…… 희망도 갖고 있다.

벨이…… 자신처럼 과거로 돌아가 수정할 기회를 얻는 것. 그 가능성이 있지 않은가.

──뭐니 뭐니 해도 벨은 제 손녀니까요. 게다가 치명상은 두 사람 모두 목. 게다가 그렇게 의미심장하게 사라진 이상 가능성은 아주 크지 않을까요……?

그렇다면 문제는 과거로 얼마나 돌아가는가.

며칠 전이라면 괜찮다. 요령이 좋은 벨이니까 분명 잘할 것이다. 하지만 만약…… 만약 자신처럼 8년 전으로 돌아간다면?

벨에게 8년 전이라면 지금의 미아에게는 미래…….

──내전으로 엉망이 된 제도에서 눈을 뜨다니, 그건 너무 불쌍하잖아요.

여기서 발렌티나가 죽는다면 분명 아벨과의 관계가 어색해질 것이다. 그러면, 어쩌면 벨은 태어나지 않을지도 모른다. 만약 태어난다고 해도, 분명 미래의 제국에 좋지 않은 영향을 미칠 것이다.

그건 곤란하다. 잠자리가 아주 뒤숭숭해지는 일이다.

벨은 지금보다 더 나아진 상태의 제도에서, 다정한 사람들 속에서 눈을 떠야 한다.

벨이 다음에 눈을 뜰 장소를 행복한 꿈의 미래로 만드는 것…….

그것이야말로 미아가 해야 할 일이자 나아갈 방향이었다.

──아아, 벨은 정말로 저의 이정표가 되었군요…….

조용히 숨을 내쉰 뒤 미아는 루드비히에게 시선을 주었다.

"루드비히, 리나 양을 부탁드릴게요."

미아 이상으로 상황을 이해하지 못하고 멍하니 있는 종자들에게 지시를 내린 뒤 예배당 밖으로 달렸다.

밖에서는 복잡한 전투 양상을 보이고 있었다.

무릎을 꿇고 움직이지 못하고 있는 발렌티나. 그 손에는 이미 검이 없었고, 옷이 피로 물들어 있다.

렘노의 검성 기미마피아스와 싸웠기 때문인지 상처는 깊어 보였다.

그런 발렌티나를 공격하기 위해 기미마피아스가 돌진했다. 하지만 그 전에 제국 최강, 디온 알라이아가 가로막았다.

"방해하지 마시오."

기미마피아스가 소리친 뒤 일섬! 눈에 보이지도 않는 속도로 검을 내리그었다.

그건 아벨의 내려치기를 한층 무겁게, 빠르게 만든 일격. 디온은 그것을…… 일부러 정면에서 받아쳤다.

강(剛)과 강(剛). 한 걸음도 물러나지 않는 참격의 격돌.

맞닿은 검에서 불꽃이 튀고 두 사람의 기사를 물들였다.

맞물린 검 너머로 기미마피아스가 조용히 물었다.

"……어째서 막는 게요? 나와 그대의 목적은 일치하지. 같은 적을 두고 있지 않소이까?"

적의가 묻어나는 낮은 목소리. 반면 디온은 평소와 다름없이 유들유들한 목소리로 대답했다.

"이거 기묘한 대화인데. 보통은 한때 주군이었다거나 제자였다거나 하는 정 때문에 막으려고 하는 걸 내가 맞서는 흐름이 되지 않나. 괜찮겠어? 저기 무녀님이라는 양반은 당신이 섬기는 국왕의 딸이자 당신이 검을 가르친 제자잖아?"

"걱정하실 필요 없소. 나는 렘노의 검. 렘노의 기사. 나의 검은 국왕 폐하께 바친 것. 따라서 명을 받드는 것이야말로 기사의 명예. 우리나라에 해를 끼치는 자는 나의 모든 것을 걸고서 배제하리다."

"하하하, 마음이 맞네. 나도 그렇거든. 그럼 이제 질문은 필요 없지? 각자 주군의 명령을 수행할 뿐이야."

한 번 거리를 벌린 뒤 이번에는 디온이 파고들었다.

"솔직히 이해는 안 가지만 우리 황녀님은 아무도 죽지 않고 끝내는 걸 원하시거든. 귀찮…… 아니, 까다롭긴 한데…… 어쩔 수 없지. 가끔은 괜찮아."

"하하하, 귀찮다니……. 근면한 제국의 예지의 부하에 걸맞지 않은 말이로군!"

바닥을 기어가듯이 아래에서 일격, 이격, 삼격. 저마다 다른 궤도로 검을 날렸지만 기미마피어스는 그 모든 공격을 흘려넘겼다.

"하하하. 황녀님을 잘 모르시는 것 같으니까 알려주는 건데, 근면함이라는 단어는 황녀님에겐 가장 안 어울리는 말이야. 나중에 편해지기 위해 전력으로 노력하는 타입이거든. 웃차!"

디온은 날카로운 찌르기를 날려 기미마피아스의 어깨를 가격해 자세를 무너트렸다. 동시에 뒤로 뛰어 또 다른 실력자, 훠 마취를 베었다.

"큭……."

그 공격을 흘려내며 마취는 눈썹을 찌푸렸다.

"그쪽도 마음대로 도망치지 말아줄래? 이쪽은 희생자가 나와서 속이 뒤집어졌거든. 아무리 황녀님의 명령이라지만…… 깜빡 실수를 저지를지도 몰라."

혹독한 공격을 날리는 디온은 웃고 있긴 했으나…… 그 눈에는 차가운 살기가 깃들어 있었다.

미아의 명령과 무녀를 향하는 살의, 아슬아슬한 균형 속에서 그의 검기는 극한으로 예리해졌다.

"디온 씨! 아벨!"

미아의 목소리에 전원의 시선이 모였다.

"미아, 안 돼. 오지 마."

아벨은 제지했지만 그래도 멈출 수는 없다. 왜냐하면 아벨이 틈을 노려 발렌티나를 베려고 했기 때문이다.

"아벨, 제가 걱정된다면 제 옆에서 저를 지켜주시지 않을래요?"

뻔뻔한 얼굴로 말한 뒤 미아는 디온에게 시선을 돌렸다.

"디온 씨, 상황을 잘 막아주었습니다."

"엄청 고생이었거든요. 그래서 어떻게 할 겁니까? 렘노의 검성과 함께 적을 치라고 명령해주시는 게 제일 편해서 좋은데요."

"아쉽지만 생포해주셔야겠어요. 발렌티나 왕녀님도, 후이마 양의 오라버니도."

미아의 대답은 막힘이 없었다. 미아가 해야만 하는 일이 있었기 때문이다.

"곤란해졌군요. 저로서는 발렌티나 님이 살아서 그쪽의 손에 넘어가는 건 피하고 싶었습니다만……."

기미마피아스의 목소리가 낮아졌다.

"이렇게 된 이상 주군의 명을 지키기 위해 죽음을 각오해야겠소."

"무모한 짓은 안 하는 게 낫다고 보는데, 노익장."

디온은 마차 쪽을 힐끔 살핀 뒤 한쪽 검을 검집에 넣고 나머지 하나를 두 손으로 잡았다.

피부를 따끔따끔하게 찌르는 듯한 긴장감이 고양된 그때…….

"기미마피아스, 검을 거둬라."

상황은 다시 변화했다.

언짢다는 듯 눈썹을 찌푸린 렘노 왕국의 제1왕자, 게인 렘노가 천천히 걸어왔다.

"게인 전하……. 잘 지내셨습니까. 어째서 이런 곳에 오셨습니까?"

"아바마마께 수상한 밀서가 온 것 같아서 말이지. 조사하러 왔다."

그는 품에서 종이를 꺼낸 뒤 앞으로 던졌다.

"이런…… 실수였군요. 더 신중을 기해 보고했어야 하는 것을. 본래대로라면 더 일찍 행동했어야 하지만 호위와 암살을 겸임하는 건 이 늙은이에게는 짐이 무거웠던 모양입니다."

"암살……. 그럼 역시…… 전에 누님을 죽이려고 한 것도 아바마마인가."

"그건 저도 아는 바가 없습니다. 다만 한가지 말씀드릴 수 있는 것은, 국왕 폐하께선 이러한 모략에 그리 익숙하지 않다는 점일까요."

"그래서 누님 암살에 실패했다고 말하고 싶은 거냐, 아니면 애초에 암살을 꾀하지도 않았다는 말이냐."

"상상에 맡기겠습니다."

정중한 듯 무례하게 예를 차리는 기미마피아스의 태도에 게인은 작게 한숨을 쉬었다.

"하지만 우리나라 바로 옆에 이러한 장소가 있었다니. 견문이 좁아서 들어보질 못했군……."

"오래전에 사신을 숭배하는 자들이 세운 성인 모양이야. 신자 자체는 먼 옛날에 절멸한 모양이지만, 베이르가와의 국경에 있는 거점이라 어떻게 쓸 수 있을지도 모른다며 선대 국왕 폐하가 슬쩍 보수했던 것 같더라고."

가벼운 어조로 끼어든 사람은 발렌티나 렘노였다. 놀리는 듯한 말투로 말하며 시선을 굴렸다.

"그렇지? 나의 스승, 기미마피아스?"

"누님……."

게인이 괴로운 듯 노려보며 말했다.

"건강해 보이십니다."

"어머? 비꼬는 거니? 스승에게 당해서 만신창이인데."

"여전히 입을 나불나불……. 열심히 돌아와서 아바마마를 괴롭혀드리도록."

그리고 게인은 기미마피아스에게 시선을 돌렸다.

"뭘 하는 거지? 기미마피아스, 검을 거두라고 했다."

"아쉽지만 전하, 저는 부왕이신 폐하께 명령을 받았습니다."

그 대답에 게인의 얼굴이 꿈틀거렸다.

"호오. 이 나의 명령을 못 듣겠다……?"

그러더니 게인은 검을 들었다.

"그럼 나를 베어 죽여서라도 그 명령을 따를 것이냐?"

"흠, 그건 골치 아프군요. 그럼 전하의 의식만 꺾어서 목적을 이룰 뿐입니다."

"그래……. 그거 잘 됐군."

게인은 조용히 검을 겨누었다.

"실력을 시험해보고 싶던 차다. 대련을 받아주실까. 렘노의 검성."


"어라, 후후후. 동생들이 지켜주다니. 그럼 나는 이 틈에 도망칠까?"

비틀비틀 일어난 발렌티나는 마취를 향해 시선을 돌렸다.

"마취, 뒷일을 부탁해도 될까?"

"뭘 할 생각이지?"

눈썹을 찡그리는 마취를 향해 발렌티나는 즐겁다는 듯 미소 지었다.

"마무리를 좀."

노래하듯 말한 발렌티나가 발걸음을 돌렸다.

"놓치지 않을 거예요! 가요, 아벨!"

여기서 그녀를 놓칠 수는 없다. 미아는 발렌티나의 뒤를 쫓기 위해 달려갔다.

"하지만……."

망설이듯 형 쪽으로 눈을 돌리는 아벨. 그 시선을 알아차린 건지 게인은 비아냥거리는 미소를 지으며 말했다.

"가라. 아벨, 누님을 막아."

"형님, 하지만……."

"그 팔로는 기미마피아스의 일격에 검이 날아가고 끝나겠지. 게다가……."

게인은 검을 거머쥐고 기미마피아스를 보았다.

"제2왕자와 왕명이라면 왕명이 더 무겁겠지만, 제1왕자와 왕명이라면 네 안에선 어느 쪽이 더 무거울까?"

"…………."

침묵을 돌려주는 기미마피아스를 향해 게인은 웃었다.

"그런 거다. 스승에게 열심히 지도를 받도록 하지. 그러니 가. 반드시 생포해서 돌아와. 이런 추태를 보였잖냐. 실컷 비웃어주지 않으면 속이 안 풀려."

"형님……. 알겠습니다. 그럼 몸조심하십시오."

그렇게 아벨은 미아와 함께 달렸다.

"갈 수 없다."

그런 두 사람 앞을 휙 마취가 가로막으려고 했으나…….

"하이고, 얕보였구면. 제국 최강을 자부하는 몸으로서는 자존심에 상처가 나는데."

옆에서 디온이 검을 휘둘렀다.

"큭……."

"오라버니! 이만 검을 거둬주세요!"

어느새 온 건지 후이마가 비통한 목소리로 소리쳤다.

"그 디온 알라이아란 말입니다! 그 디온 알라이아라고요!! 죽을 거예요!"

"아니, 황녀님이 죽이지 말라고 명령했거든……."

쓴웃음을 지은 뒤 디온은 마취를 보았다.

"말 위가 아니라면 만에 하나라도 승산은 없다고 보는데, 그래도 할 거야? 아무래도 네 동생도 우리 황녀님의 친구가 된 것 같으니, 나로서는 그쪽이 다치기 전에 검을 거둬주면 편한데……."

"말도 안 되는 제안이다. 너를 죽이고, 렘노의 검성을 죽이고, 게인 렘노를 죽이고, 무녀에게 간다. 내가 해야 할 일은 아무것도 달라지지 않아."

절레절레 고개를 저은 디온은 어깨를 으쓱했다.

"아 그러세요. 그럼 신나게 죽여보자고."


격전을 벌이는 소리를 등지고 미아와 아벨이 향한 곳은 눈앞에 우뚝 서 있는 탑 쪽이었다.

"흠……. 함정이 있을지도 모르겠네요. 신중하게……."

"미아, 저기…… 그 아이는?"

조심스러운 질문에 미아의 발이 멈췄다.

"네……. 작별, 하고 왔어요."

미아는 아벨을 돌아보지 않은 채 그저 담담하게 말했다.

"그랬구나……."

딱딱한 목소리로 대답한 아벨은 깊게 숨을 내쉬었다.

"아, 그러고 보면…… 당신도 화살에 맞아서 다쳤잖아요."

미아는 아벨의 팔을 보았다. 화살이 반으로 부러진 그곳을 천으로 동여매고 있었다.

"죄송해요. 눈치채지 못했어요. 그거 괜찮은 건가요?"

손을 뻗으려던 미아가 도중에 멈췄다.

아벨의 비장한 목소리가 들렸기에…….

"……원수는 내가 갚을게. 형님께는 미안하지만 발렌티나 누님은 내 손으로……."

"그건 안 돼요."

그때 처음으로 미아는 아벨의 얼굴을 보았다. 울어버릴 듯한 얼굴인 아벨에게 단호한 어조로 말했다.

"발렌티나 형님은 반드시 데리고 돌아와야 해요."

"미아, 하지만……."

"반드시 살려서 데리고 돌아와야 합니다. 그래야 하는 이유가 있어요."

미아는 말했다.

드물게도 지금은…… 지금만큼은, 미아는 자신이 해야만 하는 일을 알고 있었다.

벨이 보여주었으니까.

"약속해주세요, 아벨. 발렌티나 님을 반드시 살려서 데리고 돌아오겠다고."

아벨은 이를 악물고 조용히 고개를 끄덕였다.


그렇게 두 사람은 탑의 정상으로 향했다.

"거기까지입니다. 발렌티나 형님."

파란 하늘 아래, 발렌티나는 조용히 서 있었다. 몸을 벽에 기대고 고통스러워하는 얼굴이었으나, 미아와 아벨이 온 것을 알아차리더니 바로 자세를 바로잡았다.

"아아, 드디어 왔구나. 한참 기다렸잖아."

"기다리게 해드려서 죄송합니다. 다시 인사드리죠. 미아 루나 티어문입니다."

스커트 자락을 살짝 들어 올린 뒤 미아는 조용히 발렌티나를 노려보았다.

"정중하기도 하지. 제국의 예지. 나는 발렌티나 렘노. 렘노 왕국의 제1왕녀이자 거기 있는 아벨의 누나야."

경국지색처럼 우아한 미소를 지은 발렌티나가 말했다.

그 몸은 피로 더러워져 있긴 했으나, 그 탓에 오히려 처절한 아름다움이 두드러져 보였다.

"발렌티나 누님……. 어째서죠? 왜 이런 지독한 짓을 하신 겁니까?"

가만히 있을 수 없었던 건지…… 아벨이 말했다. 피를 토하는 듯한 그 질문에 발렌티나는 어깨를 으쓱했다.

"계기는, 아바마마의 측근에게 살해당할뻔한 것이려나. 렘노 왕국을 조금씩 개혁하던 도중이었으니 나름 충격이 컸거든."

그녀는 난처하다는 듯 웃었다.

"렘노 왕국은 잘못되었어. 사람은 무엇으로 태어났는가가 아니라 무엇이 되었는가로 평가받아야 해! 그런 생각을 했었지. 모순된 소리지만 왕가에 태어난 몸으로서 성별이나 신분에 구애되지 않는, 능력에 따라 국가를 운영해나가는 모습으로 개혁해야만 한다고, 참 풋내나는 신념을 지니고 있었지만…… 훌륭하게 꺾이고 말았지."

"그렇다고 해도……."

항의하는 듯한 아벨의 목소리를 발렌티나가 가볍게 손을 흔들어 가로막았다.

"아, 됐어. 아벨. 나도 그렇게 생각해. 그렇다고 해도 이런 짓을 하는 건 이상하다, 잘못되었다. 맞아, 내 생각도 그래. 전부 동의해. 그러니까 내 좌절은 단순한 계기에 불과했던 거야. 아마도."

발렌티나는 무언가를 찾는 것처럼 옷 위를 더듬었다.

"아, 교전은 쉴랑 씨에게 줘버렸지 참. 뭐, 됐어."

마치 설파라도 하듯 여유로운 어조로 발렌티나는 말을 이었다.

"나 개인의 사정 같은 건 결국 사소한 거야. 내가 이렇게 된 건 부조리를 강요한 아바마마와 측근들 때문도 아니고, 패배했다는 감각 때문도 아니지. 아무리 필사적으로 노력해봤자, 설령 렘노 왕국에 변혁이 일어나 이상적인 국가를 만들었다고 해도 그런 건

100년도 지나기 전에 혼돈의 뱀에 삼켜진다는 현실에 직면했기 때문이야."

열에 취한 듯한 모습으로 발렌티나는 말했다.

"뱀의 유혹은 강력하지. 패배자에게는 절실하게 다가와. 그 힘을 실감하고, '땅을 기어가는 자의 서'를 읽어 보고……. 선대 무녀님들에게 대륙에서 반복되는 역사를 배우고…… 어쩐지 필사적으로 노력해온 게 다 허탈해졌어. 아무리 노력해봤자 사람은 사람이기에 결코 뱀의 주박에서 도망칠 수 없지. 어차피 뱀이 만들어내는 역사의 흐름에 삼켜지기만 할 뿐이라면…… 거역하는 의미도 없어. 오히려 그 흐름에 몸을 맡겨볼까. 그렇게 생각한 거야."

현란하게, 마치 사기꾼 같은 어조로 발렌티나의 목소리가 울렸다.

# 제39화 흔들림 없는 마이 퍼스트를 보아라

"그렇게 된 거니까…… 모처럼 기회가 왔으니 미아 황녀의 목숨도 가져가기로 할까?"

씩 웃은 발렌티나는 검을 들고 머리 위로 크게 들어 올렸다.

"하게 둘 것 같습니까? 누님."

바로 반응한 아벨도 검을 겨누었지만 발렌티나는 지극히 침착한 태도로 고개를 갸웃거렸다.

"어머나, 다정한 아벨. 제법 용감한 표정을 짓게 된 모양이네. 하지만 설마 나한테 검으로 이길 생각이야? 그 팔로?"

"누님이야말로 기미마피아스와 싸워놓고 만전의 상태일 리가 없죠."

"글쎄. 그럼 한 번 확인해볼까!"

발렌티나가 어마어마한 속도로 간격을 좁혔다.

똑바로 파고드는 공격은 아벨의 일격에도 뒤지지 않는 직선적인 일격이었고…… 미아는 거기서 위화감을 느꼈다.

그 뱀의 무녀가 직선으로 돌격한다? 그럴 리가 있나? 정말 그렇다면, 그 목적은?

"설마……."

퍼뜩 떠올리고, 달렸다. 직후 상황이 급변했다.

두 사람의 검이 매섭게 부딪쳤다. 그 충격에 아벨은 얼굴을 찌푸렸지만…… 이를 악물고 그 자리에서 버텼다.

한편 발렌티나의 몸은 기세를 죽이지 못하고 비틀거렸다.

아벨의 말이 옳았다. 기미마피아스와 싸운 그녀의 몸은 이미 한계를 맞았다.

……그대로 탑 끝으로 튕겨 나간 그녀는…….

"앗!"

발을 디디려고 했으나 실패. 그대로 허공으로 던져지고…….

"아아, 강해졌구나. 아벨. 후후, 그나저나 이건 아주 이상적……"

어딘가 황홀한 표정으로 그 운명을 받아들인 모양이었다.

그런 발렌티나의 모습에…… 미아는, 어째서인지 아주 열 받았다. 그래서!

"마음대로 죽는 걸 용서할 리 없잖아요!"

미아는 필사적으로 팔을 뻗어 발렌티나를 붙잡았다.

두 팔에 확 무게가 실렸다. 하지만 절대로 놓지 않았다. 춤과 승마로 단련한 근력을 총동원해서 어떻게든 버텼다.

그 행동에 발렌티나는 의외라는 듯 눈썹을 찌푸렸다.

"나를 구하려 하다니, 신기한 짓을 하네. 이해할 수 없어."

"어머, 그건 서로 마찬가지 아닌가요? 형님. 저도 당신의 행동을 이해할 수 없는걸요. 이런 장소에서 죽는 것에 무슨 의미가 있는 거죠?"

미아는 이를 악물며 물었다.

"후후후. 제국의 예지면서 참 귀여운 질문이구나. 당연한 거 아니겠어? 당신의 소중한, 다정한 아벨에게 상처를 남기기 위해서야."

한편 발렌티나는 노래하듯 경쾌한 어조로 말했다.

"앞날이 얼마 안 남은 노인에게 죽어봤자 별 의미는 없지만, 다정한 내 동생에게 죽으면……, 확실하게 마음의 상처를 남길 수 있잖아? 그건 다음 뱀이 움직일 때 도움이 되지."

"그런 이유만으로……?"

"물론 그게 전부는 아니야. 내가 죽으면 분명 리나 양도 타락할걸."

발렌티나는 화사한 미소를 지으며 말을 이었다.

"친구를 죽인 원한은 당연히 나를 향하겠지. 그런데 내가 죽으면? 아니면 사냥해야 할 뱀이 전부 사라지면 어떻게 될까? 그걸로 복수심이라는 게 치유될까?"

그녀가 작게 고개를 저었다.

"그렇지 않아. 그런다고 소중한 것이 돌아오는 것도 아니니까. 분노는 절대 사라지지 않지. 그렇게 사라지지 않는 원한은, 이번엔 신을 향하게 돼. 왜 그때 지켜주지 않았냐는 식으로. 봐, 뱀은 쉽게 되살아났지."

마치 무언가에 홀린 것처럼, 혹은 술에 취하기라도 한 것처럼 들뜬 목소리로 발렌티나가 말했다.

"그걸 내다보고 나를 구하려 하는 거라면 혜안이지만, 그건 그거대로 리나 양과 사이가 비틀리겠지. 왜 친구의 목숨을 빼앗은 상대를 몸을 날려서 구했냐고……. 그렇다고 지금 손을 놓으면 아벨과의 사이가 비틀릴 거야. 난감하게 됐구나."

그러고는 어딘가 개운한 듯 후련한 얼굴로 말했다.

"그러니까 어떻게 되든 마찬가지지만, 그래…… 세상을 위해서

는 나 같은 자는 죽게 두는 게 낫지 않을까? 내 머리는 '땅을 기어가는 자의 서'를 한 구절 한 구절 기억하고 있으니까. 제법 골칫거리지?"

자신의 목숨인데도 완전히 남의 일인 양 말했다.

반면 미아는…… 미아는…….

"세상 같은 건 알 바 아니에요. 발렌티나 형님."

조용히, 확고한 어조로 말했다. 흔들림 없는 말을 던진다!

"절대 당신을 죽게 두지 않겠어요……. 절대로."

……그렇다. 미아는 변함이 없다.

세상 같은 건 모른다. 어차피 뱀에 삼켜진다는 둥, 그런 건 알바 아니었다.

미아가 신경 쓰는 건 딱 하나. 그건…….

──벨이 태어났을 때 저와 아벨의 부부 관계가 나쁘다는 사태는 피하고 싶어요.

따뜻하고 다정한 가정으로 벨을 맞이하고 싶다. 그러기 위해서는 벨의 부모가 될 아이들에게도 아벨과의 러브러브한 관계를 보여줘서 모범이 되어야만 한다.

그렇기에 미아는 흔들림 없는 마이 퍼스트를 고집한다.

아벨과의 러브러브한 부부 생활을 위하여!

그리고 벨의 행복한 꿈을 끝내지 않기 위하여!!

그 약속을 지키는 것이야말로 미아의 미래로 이어지는 길이니까!!!

"……왜 그렇게 생각할 수 있는지 흥미로워. 내가 미울 텐데?

손을 놓으면 죽일 수 있는데, 왜 필사적으로 살리려 하는 거야? 꼭 가르쳐줬으면 하는데……."

신기해하는 발렌티나에게 미아는 혀를 삐죽 내밀고 대답했다.

"어머, 제가 친절하게 가르쳐드릴 이유는 어디에도 없죠. 왜냐하면 저는 당신을 미워하니까요."

미아는 승리에 찬 미소를 지었다.

"어때요? 이해할 수 없죠? 무녀, 발렌티나 형님. 세상에는 당신이 이해할 수 없는 게 얼마든지 있답니다. 뱀의 꿍꿍이에 사로잡히지 않는 것도 얼마든지 있어요. 뭘 세상의 섭리를 다 알았다는 듯이 구는 건지는 모르겠지만, 꼴 좋네요!"

떨리는 목소리로 소리쳤다.

그러고는 어안이 벙벙한 발렌티나를 필사적으로 끌어올리려 했다. 그때, 옆에서 다른 팔이 다가왔다.

붉은 피로 물든 그 팔의 주인은…….

"아벨!"

옆을 보자 아벨이 와 있었다.

그는 말없이 이를 악물고 발렌티나를 끌어올렸다.

# 제40화 조용히 침식하는, 태클이 부재한 세계……

발렌티나를 탑 위로 끌어올린 뒤 미아와 아벨은 그 자리에 주저앉았다. 발렌티나 쪽도 이미 저항할 기력은 없는 건지 그 자리에 쓰러진 채 일어나려 하지 않았다.

하지만 그 자세 그대로 지친 미소를 지었다.

"아벨, 너도 나를 구하려는 거니? 여전히 다정한 아이구나. 그래서야 게인에게 못 이길 텐데."

도발하듯 말을 던지는 발렌티나. 그런 그녀에게 미아는 승리자의 미소를 지었다.

"아무것도 모르시네요. 아벨은 이미 그분을 이겼는걸요."

그 말에 발렌티나는 조금 놀란 듯 고개를 저었다.

"어머, 그랬구나. 그건 의외야……. 너는 영락없이 여자아이에게 친절하기만 할 뿐인 시시한 남자로 자랄 줄 알았는데……."

그런 누나에게 아벨은 짧게 대답했다.

"미아가, 있어 주었으니까……."

그러고는 미아를 보았다. 그 시선에 어딘가 미안해하는 듯한 기색을 발견한 미아는 고개를 저었다.

"아벨, 당신이 속앓이할 필요는 전혀 없습니다. 저는 그저 제 마음대로…… 그래요, 제 기분이 나쁘니까 구한 것뿐. 당신 때문이 아니에요."

그런 미아에게 시선을 준 발렌티나의 얼굴에 처음으로 짜증 같은 표정이 번졌다.

"제국의 예지, 미아 황녀. 당신은…… 뭐지?"

짜증과…… 곤혹……. 솔직한 표정을 숨기지 않고 발렌티나는 말했다.

"당신의 방식은 어쩐지 일탈적인 것처럼 보여. 이 세상의, 역사의 흐름에서 일탈한…… 이질적인 자로 보여. 당신은 뭐야?"

"저는……."

미아는 잠시 생각했다. 그러고는 작은 결의를 담아 선언했다.

"미아 루나 티어문. 제국 최초의 여제가 될 사람이에요."

그 대답에 발렌티나는…… 희미한 조소를 지었다.

"그래, 평범하구나…… 아주 평범해."

실망을 드러내며 지루하다는 듯 중얼거린 발렌티나가 말했다.

"제국을 통치하겠다면 기억해두는 게 좋아. 뱀의 논리를. 옐로문 공작 로렌츠를 절망하게 만들고 내가 리나 양의 마음속에 심어놓은 것을."

그렇게 발렌티나가 설명한 뱀의 논리……, 그걸 들은 미아는 생각했다.

──아, 그건 정말 귀찮을 것 같네요…….

뱀의 논리는 통치자에게는 지극히 성가신 사상이었다.

그건 통치자가 의무를 소홀히 하고 백성을 짓밟았을 때 발아하는 것. 통치자를 규제하는 경고 같은 것이었으니까…….

하지만 뭐, 귀찮기는 해도…….

"그걸 방지하는 건 어렵지 않아 보이는데요? 약자, 패자에게도 먹을 것을 주면 되잖아요."

그건 미아가 해왔던 일이다.

하루하루의 안정과 행복. 그것만 잃지 않는다면 사람이 뱀에 매료되지는 않으므로……

"백성을 배부르게 만들면 되죠. 사람은 배가 부르면 움직이기 싫어하거든요."

미아의 주장에 발렌티나는 우습다는 듯 미소 지었다.

"재미있는 소릴 하네. 후후후, 확실히 그래. 먹을 것이 구석구석 다 퍼지면 혁명의 불길을 지피는 건 어렵지. 식량 부족은 죽음의 공포를 환기하고 백성들의 마음을 쉽게 불안에 빠트리니까. 그건 확실히 뱀이 파고들 여지이긴 해."

발렌티나는 작게 고개를 저었다.

"하지만 그것조차 영원히 이어지진 않아. 인간은 어리석어. 당신이 현명한 판단을 내린다고 해도 당신 뒤에 암군이 나타나지 않는다는 보장이 없어. 그때 잠들어 있던 뱀은 눈을 뜨고 당신들이 모처럼 구축한 나라를 손쉽게 집어삼킬 거야."

세상은 언젠가 뱀에 삼켜진다. 마지막 순간에는 뱀의 논리가 승리한다.

발렌티나의 주장에 미아는 미소를 돌려주었다.

"딱히 제가 영원히 승리할 필요는 없어요. 저는 손주들이 안심하고 살아갈 수 있을 정도로 번영하면 그걸로 충분하니까요. 그 다음 세상이 어떻게 되는지는 솔직히 제가 알 바 아니죠."

뱀과 마찬가지로 미아에게도 확고한 사상이 있다.

흔들림 없는 마이 퍼스트가 미아의 가슴이 항상 자리하고 있다.

자신이 죽은 뒤에 어떻게 되는지는 솔직히 다 관리할 수 없다. 벨이 사는 세상이 좋은 세상이면 좋겠다는 생각은 하지만, 벨의 자식이나 손주 세대쯤 가면 미아에겐 알 바 아니었다.

그들 또한 자신이 뿌린 씨앗을 자신이 거둘 뿐.

미아로서는 자신이 배운 법칙을 후세에 잘 전해주는 것 말고는 할 수 있는 일이 없다.

──제 자손이 저와 마찬가지로 신중하고 현명하고 자비롭게 제국을 통치하고, 다른 나라와 양호한 관계를 쌓아가면 오래오래 안녕할 거예요. 저처럼 지혜로운 사람이…… 지극히 우수한 지국의 예지가 미래에도 태어난다면, 분명…….

태클 거는 사람이 없는 세계가 조용히 침식하기 시작했다.

"그러니 저는 지금 발버둥 칠 뿐이에요."

"그래. 뭐, 그것도 괜찮겠지. 어차피 어느 쪽이든 마찬가지야. 하지만 당신에게 조금 흥미가 생겼어. 나는 당신이 어떻게 될지 지켜보도록 할게."

그렇게 말하며 발렌티나는 웃었다.

"미아 님!"

다음 순간, 황녀전속 근위대가 탑으로 밀려들었고…….

이렇게 무녀 발렌티나는 체포되었다.

# 제41화 싸움의 종언

탑 아래에서 이뤄지는 전투도 절정을 맞았다.

"그게 다냐? 휘 마취."

"큭……."

마취는 디온의 무거운 참격을 간발의 차이로 받아냈지만, 기세에 밀려서 두세 걸음 뒤로 물러났다.

반면 디온은 추가로 공격하지 않았다. 일부러 마취가 자세를 바로잡는 걸 기다려주었다.

"에휴. 기합 넣고 해 보니까 싱겁네. 그 정도였나."

전투가 시작된 이후 디온은 계속 마취만이 아니라 게인과 기미마피아스의 전투도 시야에 넣으며 싸웠다.

여차할 때는 언제든 막으러 갈 수 있도록 늘 의식하면서 어느 정도 여유롭게 결전에 임하는 중이었다.

물론…… 걱정할 필요는 별로 없어 보였지만…….

"왜 그러는 거지? 기미마피아스. 이래서야 훈련도 안 되는데."

도발하듯 말하는 게인이었으나 그 검은 말과는 정반대로 착실했다.

상단세에서 내리긋는 동작을 기본으로 삼는 공격적인 검술. 그것은 이전에 본 아벨의 검술과 비슷했지만…….

──아벨 왕자 같은 필사적인 느낌이 없는 만큼 안정적이야. 듣던 것보다 제법인데. 저 왕자 전하. 실력 차가 있으니 일부러

공세로 나가서 주도권을 잡고 있어.

기미마피아스가 주도권을 잡으면 당장에라도 무력화할 수 있다. 그걸 알기 때문일 것이다. 게인은 철저하게 공세일변도를 유지하여 주도권을 절대 넘기지 않았다.

결코 받아내지 못하는 맹공은 아니지만 여유롭게 반격할 수 있을 만큼 약하지도 않다.

아무리 기미마피아스라고 해도 상대하기 불편해 보였다.

——베어버릴 수 있다면 그렇게 하겠지만 상대는 왕위계승권 1위인 왕자. 차마 반격해서 죽일 수도 없겠지. 다치지 않게 조절하면서 무력화하는 건 확실히 어려워 보이지만…… 나이는 어떻게 할 수 없다고 봐야 하나. 나도 저만한 나이가 되면 몸이 둔해질 수밖에 없을 테니…….

그런 쓸데없는 생각을 하는 사이에 마취가 움직였다.

흔들흔들 흔들리는 듯한 불규칙적인 움직임으로 접근하자마자 일섬. 날카로운 참격을 날렸다.

자신의 목으로 육박하는 궤도에 검을 쑤셔 넣은 디온은 그대로 적의 칼날 위에 자신의 칼날을 미끄러트려 접근, 마취의 간격 안으로 파고들었다.

"슬슬 실력 차를 깨닫고 포기하는 게 낫지 않나……."

"이게!"

노성을 지르며 마취도 파고들었다. 서로 접근한 덕에 두 사람 모두 상대의 간격보다도 더 가까이, 근접거리에서 검과 검을 맞부딪친 교착 상황을 만들어냈다.

"이해가 안 가네. 불꽃 일족의 전사들은 투항했어. 그리고 뱀의 수하들은 이 땅을 떠났잖아? 숨어서 암약하는 것이 뱀의 기본 전술이라면 네가 이런 곳에서 싸우는 이유는 없지 않아?"

디온은 검 너머로 마취의 눈을 들여다보았다.

"설마 진심으로 무녀에게 반했다거나 하는 것도 아닐 테고."

반면 마취는…… 무의식인 듯 쓴웃음을 지었다. 동시에 디온을 걷어차더니 그 반동을 이용해 뒤로 크게 물러났다.

"반했다라. 글쎄……."

그는 자신의 검 상태를 확인한 뒤 작게 고개를 저었다.

"나라에 버려져서 마음이 꺾이고 뱀에 홀려버린 불쌍한 왕녀다. 같이 죽어줄 사람이 한 명도 없다면 너무 불쌍하다고 생각하지 않나?"

"흥. 그게 늑대를 쓰지 않고 혼자서 싸우는 이유냐? 네 개인적인 자긍심으로 싸우는 거니까 끌어들이고 싶지 않다는……."

"나의 개인적인 감정에 늑대들을 휘말리게 할 수는 없지."

마취의 감정이 애정인지, 순수한 충성심인지 디온은 알 수 없었다. 다만 파멸해가는 주인을 따라 죽겠다는 그 마음은 어딘가 공감할 수 있는 부분이 있었다. 하지만 어째서일까……? 조금 전부터 발렌티나가 죽인 소녀가 머릿속에서 떨어지지 않았다.

이유는 전혀 알 수 없지만, 그녀의 죽음에 주인인 미아의 죽음과 같은 느낌을 받아서 어째서인지 몹시 화가 났다.

"그러냐……. 뭐, 네 주장은 잘 알겠어. 그 마음은 이해할 수 없는 것도 아니지만── 아쉽게도 너희가 무슨 생각을 하는지는 알

바 아니거든."

디온은 조용히 검을 겨누며 마취를 노려보았다.

"그 아가씨를 죽여놓고…… 이상을 안고 아름답게 죽겠다는 뻔뻔한 생각은 하지 말도록."

고요한 디온의 목소리. 거기에는 분명한 감정이 있었다.

그것은 분노.

늑대의 긍지를 가볍게 짓밟고 굴복시키는, 압도적인 강자의 분노.

찰나의 발걸음과 동시에 휘둘러진, 제국 최강이 날리는 지고의 일격.

그것은 빼어난 전사인 마취조차 반응을 불허하는 절대적인 일격.

그래도 가까스로…… 말 그대로 간발의 차이로 검을 들어 올려 받아냈다. ……받아냈을 터였다. 하지만 직후, 딱딱한 것이 깨지는 메마른 소리가 울렸다.

디온의 강렬한 공격이 마취의 검을 뚝 부러트린 소리였다.

"무슨……."

그대로 디온은 물이 흐르는 듯한 동작으로 두 번째 공격을 날렸다.

검…… 의 측면으로 마취의 오른쪽 어깨를 후려팼다.

"크윽……!"

옆으로 휙 날아가는 마취. 낙법을 취하고 일어나려고 했으나 그 오른팔에는 힘이 들어가지 않았고…….

"오라버니!"

비통한 목소리와 함께 후이마가 달려왔다. 그녀를 곁눈질하며 디온은 어깨를 으쓱했다.

"옛날에 창날이 날아간 어딘가의 창병이 곤봉으로 쓰면 문제없다는 소릴 했었는데, 정말 그러네. 검이라고는 해도 쇳덩어리. 날이 없는 부분이라고 해도 패면 뼈를 부러트리는 법."

검을 검집에 넣으며 디온은 말했다.

"그 팔로는 당분간 검을 들지 못할 거다. 쓸데없는 저항은 포기하고 투항해. 아…… 하지만, 그래."

디온이 퍼뜩 떠올랐다는 듯 손뼉을 쳤다.

"만약 네가 직접 목숨을 끊으려고 하면 내가 직접 무녀의 목을 날려버리마. 너희가 좋아하는 인질인 셈이지."

"그건, 제국의 예지에 어울리지 않는 방식이군."

"어디까지나 내가 개인적으로 저지를 거야. 더불어 네 늑대들과 말도. 긍지 높고 충성스러운 전사를 따라 죽게 해주마. 네가 아름답게 죽을 수 있다고 생각하지 말라고."

그러더니 디온은 조용히 미소 지었다.

"히익!"

어째서인지 오빠 옆에 있던 후이마가 더 소스라치며 몸을 굳혔지만, 그건 그렇고.

디온의 말을 들은 마취는 말없이 쓰러졌다.


디온 알라이아의 혼신의 일격은 마취만이 아닌 기미마피아스의 마음도 후려쳤다.

"······훌륭하군."

자신은 이미 불가능해진 압도적인 일격.

그것을 목격한 노인의 가슴에 스치는 찰나의 동경.

한순간의 빈틈, 하나······.

"어딜 보는 거냐!"

게인 렘노는 그 한순간을 놓치지 않았다.

렘노의 검성과의 전투에서 한눈을 팔 여유는 전혀 없었기에 필연적으로 그의 집중력은 극도로 높아져 있었다. 하지만 그 이상으로······ 동생에게 진 뒤로 연마를 거듭해온 그의 집념이 그 일격을 이끌었다.

파고든다. 노리는 것은 팔.

본래 금속 갑옷을 베어버릴 만한 역량도 힘도 없다는 건 게인도 잘 알고 있었다.

따라서 팔에 혼신의 일격을 가해 검을 들 힘을 빼앗는다.

뻗어 나가는 참격은 수도 없이 반복한 동작. 그것은 일말의 오차도 없이 정확하게 노인의 팔에 적중하고, 그 손에서 검을 떨어트렸다.

"끄윽······."

신음하며 한 걸음 뒤로 물러나는 기미마피아스.

그대로 검을 들이민 게인이 얼굴을 찌푸렸다.

"설마 비겁하다고 하진 않을 테지? 전투 도중에 한눈을 판 네잘못이다, 나의 스승이여."

"아뇨, 훌륭하십니다. 게인 전하. 우리 렘노 왕국의 밝은 미래를 보여주신 듯한 기분이 듭니다."

"글쎄다……."

작게 중얼거린 게인이 검을 거두었다.


……이리하여 뱀의 거점에서 벌어진 전투는 끝났다.

뱀이 뿌린 악의가 어떠한 형태로 귀결되는지, 지금 시점에서 알고 있는 사람은 한 명도 없었다.


"후우……. 드디어 끝났군요……."

미아 일행이 탑에서 내려오자 전투는 이미 끝나 있었다.

게인과 싸우던 기미마피아스도 검을 거두고 게인 옆에 서 있었다.

그렇게 모든 게 끝난 광경을 바라보며 미아는 조용히 중얼거렸다.

"이번에는 조금 고생이었어요. 너무 피곤해요……."

깊이 한숨을 쉰 미아가 작게 손뼉을 쳤다.

"역시 이럴 때는 단것이 필요해요. 돌아가면 다 함께 다과회를 열어야겠어요. 라냐 양에게 부탁해서 달콤한 것을 다 먹을 수도 없을 만큼 많이 마련해달라고 하는 거예요."

미아는 세인트 노엘에서 보낼 극상의 시간을 상상했다. 맛있는 케이크와 버섯 냄비 요리. 무척 기대된다.

"과식해도 괜찮도록 운동도 해야겠네요. 오랜만에 춤도 추고 싶어요. 벨에게도 춤을 제대로 가르쳐줘야 하니까요. 그 애는 영 어설픈 구석이 있으니까, 철저하게 가르치지 않으면 안 되겠어요."

"미아⋯⋯."

"아벨도 댄스 파트너로 도와주실래요? 아, 그리고 공부도요. 그 애는 툭하면 도망치니까, 무언가 달콤한 것으로 유인하는 게 좋겠어요⋯⋯. 그리고⋯⋯, 그리고⋯⋯."

어째서인지 눈 앞이 일그러졌다. 마치 물속에 들어간 것처럼⋯⋯.

"벨⋯⋯ 가르쳐주고 싶은 게⋯⋯ 많이, 있었는데⋯⋯ 같이 먹고 싶은 게, 더 많이⋯⋯ 많이⋯⋯."

눈에 고인 뜨거운 눈물은 순식간에 무너져서 미아의 뺨을 타고 흘러내렸다.

뚝, 뚝, 바닥으로 떨어진 눈물은 멈출 줄을 모르고⋯⋯.

"어째서⋯⋯ 벨⋯⋯ 흐윽."

다음 순간⋯⋯ 누군가가 미아를 끌어안았다.

왼쪽 팔 하나를 어설프게 감은 포옹. 하지만 미아는 그 소년의 가슴에 매달리듯 얼굴을 파묻었다.

그렇게 미아는 아벨의 가슴을 빌려 울었다.

사람들의 시선도 아랑곳하지 않고, 그저 어린아이처럼 울었다.

그것을 말리는 사람은 아무도 없었다.


그 후의 일은 전부 루드비히가 맡았다.

초췌한 미아를 본 그는 미아를 안느에게 맡기고 각종 일거리를 척척 처리했다.

발렌티나의 신병은 성 베이르가 공국이 맡기로 했다.

렘노 왕국 측에겐 본의 아닌 일이었을 테지만, 각국에 걸친 파

괴 공작에 관련이 있는 인물이니 강하게 나갈 수도 없다.

한편 불꽃 부족의 족장, 휘 마취에게는 다른 처분이 기다리고 있었다…….

그날, 연행된 마취에게 베이르가 공작 영애 라피나는 무거운 어조로 말했다.

"휘 마취 씨, 단도직입적으로 말하죠. 당신은 사도사 토벌을 맡아줘야겠습니다."

"나에게……?"

"네. 동료였으니 그들을 추적하는 건 어렵지 않겠죠. 당신은 동료를 사냥해주세요. 아, 물론 죽일 필요는 없습니다. 아니, 죽이지 말고 생포해서 데려오세요. 당신은 앞으로 상대가 누구든 살인을 금지합니다."

"상당히 무르군. 성녀 라피나. 내가 배신하리라는 생각은 없는 건가?"

"네. 당신이 배신하면 무녀…… 발렌티나 씨를 처형할 거니까요."

"인질이라는 건가……. 디온 알라이아 같군. 제국의 예지에게서 받은 조언이라면 상당히 어울리지 않는 방식인 것 같다만."

마취의 조롱에 라피나는 고개를 기울였다.

"글쎄? 이것이 누구를 위한 조치인 건지 당신이 모르진 않을 텐데……. 늑대술사, 당신은 그렇게 우둔한 사람이 아니잖아?"

라피나의 목소리는 전에 없이 싸늘했다.

"나는 온정적인 처분이라고 느꼈지만 어쩔 수 없지. 미아 님의 부탁인 데다, 확실히 유효하기도 해. 당신 같은 우수한 추격자를 부릴 수 있다면 장래에 남은 화근을 최대한 배제할 수 있지. 게다가 당신이나 발렌티나 씨를 죽이지 않을 이유도 되고."

"나와 내 주군의 죄를 내 손으로 속죄하라는 건가……."

"아니, 틀렸어. 인간은 자신의 죄를 스스로 갚지 못해. 인간의 죄는 인간이 갚지 못하는 법. 그게 가능한 건 신뿐이야. 신 앞에서 뉘우치는 마음이 없다면 용서도 받지 못해."

성녀의 말은 더없이 청아하고 용서가 없었다.

"그러니 당신이 할 수 있는 건 그냥 시간 벌이지. 주군이 뉘우칠 기회를 최대한 늘리기 위한 발버둥. 그것조차 나는 지나치게 온정적이라고 느끼지만……."

"그렇군. 내 생각에도 그렇다. 그 온정에 순순히 고마워하지."

마취는 조용히 머리를 숙였다.

그를 바라보며 라피나는 무거운 목소리로 말했다.

"정기적으로 연락할 것. 그리고 베이르가의 감시도 붙이게 되지만, 우리나라에는 당신이나 제국의 디온 씨 같은 실력자는 없어. 그러니까 감시자도 당신이 책임지고 지키도록 해. 충실한 뱀의 검사여."

그 말에 말없이 고개를 끄덕인 마취는 라피나 앞에서 물러났다.

# 제42화 마이 퍼스트 탐구

그렇게 시간은 흐르고……. 반년 뒤.

세인트 노엘 학원에는 다시 봄이 찾아왔다.

"그럼 미아 님, 저는 학원 분들과 잠시 대화를 나누고 오겠습니다."

"네, 부탁할게요. 신입생 환영 무도회에는 직원들의 협력이 꼭 필요하니까요."

웃으면서 인사를 나누고 안느와 헤어진 미아는 혼자 도서실을 찾아왔다.

이제 곧 열리게 될 학생회 선거 공약을 만들기 위해서다.

"흐음, 작년에는 공약을 만드는 게 상당히 힘들었죠. 슬슬 라피나 님께 학생회장 자리를 반납하고 싶은데……."

작게 중얼거리면서도 머릿속으로는 학생회장에 입후보했을 때의 일을 떠올렸다.

"후후후, 생각해 보면 벨이 없었다면 제가 학생회장이 되는 일도 없었겠네요."

라피나의 요구를 받아들여 학생회에 들어갔을지도 모르지만…… 회장 자리를 두고 라피나와 선거전을 벌이게 될 줄은 상상도 못 했다.

"돌이켜보면 그 아이가 온 뒤로 많은 일이 있었어요……. 후후후, 벨이 없었다면 일어나지 않았겠죠……."

학생회장 건만이 아니다. 사대공작가 자제들과의 관계도 지금 과는 완전히 달랐을 게 틀림없다.

"사피아스 공자만 해도 어쩌면 정적이 되었을지도 모르죠. 정말로 앞날을 알 수 없었다니까요."

지금은 든든한 학생회 임원인 사피아스지만 처음 만났을 때는 허세만 부려대는 철없는 소년이었다. 그 학생회장 선거가 없었다면 사피아스와의 관계가 어떻게 되었을지 상상도 할 수 없다.

"게다가 옐로문 공작가. 그 가문과의 관계도 더 다른 모습이 되었을 테고…… 리나 양도……."

그 순간 미아는 최근의 고민거리를 떠올렸다.

"……리나 양, 겉으로는 평정을 가장하고 있지만 역시 무리하고 있는 거겠죠."

벨이 사라진 뒤 슈트리나는 약 일주일 정도 영혼이 나가버린 사람처럼 보였다.

말을 걸어도 표정 하나 움직이지 않았고 제대로 대화를 할 수도 없었다.

하지만 미아나 에메랄다 등 주변의 도움으로 한 달 정도 지나자 서서히 기운을 되찾아갔다. 지금은 가련한 미소를 지을 때도 있고, 다과회에도 참석한다. 그 행동거지는 얼핏 보면 예전 그대로였다.

하지만…… 그 얼굴에 진심에서 우러난 천진한 미소가 번지는 일은 없었다.

표면상으로는 평정을 가장하고 있으나 무리하고 있는 게 뻔히 보여서 미아도 그렇고 주변 모두가 슈트리나를 걱정했다.

"벨에 대해 제대로 이야기할 수 있다면 좋겠는데요……."

벨의 비밀을 슈트리나에게만은 이야기하려고 마음먹은 미아였으나, 슈트리나는 완강하게 들으려 하지 않았다.

"벨에게서 듣겠다고, 약속했으니까요……."

대답은 항상 같았다.

"괜찮습니다. 벨은 죽은 게 아니에요. 잘 모르겠지만 벨은 분명 천사 같은 거였다고 생각하기로 할게요. 지금은 한 번 하늘로 돌아갔지만, 반드시 다시 돌아온다고……. 그때가 되면 분명 전부다 말해줄 거라고, 생각하니까요……."

울음을 터트릴 것 같은 얼굴로 그런 말을 하는 바람에 더는 아무 말도 할 수 없었다.

"리나 양을 어떻게든 해야만 하지만……. 제법 큰일이란 말이죠. 역시 시간이 필요한 걸까요……."

게다가 루드비히를 비롯한 목격자들에게도 아직 설명하지 않았다. 이쪽은 언젠가 설명하겠다는 말로 넘어가 주고는 있지만, 뭐라고 설명해야 할까…….

"리나 양의 천사설로 밀어붙이는 것도 가능하겠지만…… 어쨌거나 고민이 끝이 없네요……. 흐아암."

그런 중얼거림을 흘리며 미아는 졸린 듯 눈을 깜빡였다.

"그나저나…… 조금 졸려요……. 요즘 꿈자리가 사나워서 그런 걸까요……."

안느와 둘만 사용하는 방. 그게 왠지 너무 넓게 느껴져서……

조금 쓸쓸하기도 했고……. 그래서인지 요즘 미아는 약간 잠을 잘 자지 못하고 있었다.

"신기하단 말이죠. 그전까지는 오히려 좁다고 느꼈는데……. 후후후, 떠들썩한 아이였으니까요……."

지금도 문득 방 안에서 벨의 모습을 찾을 때가 있다.

'할머니' 하고 부르는 목소리가 들리는 것 같은 느낌이 들어서…….

"그 아이를 위해서도 열심히 해야 하지만…… 흐아암……."

커다란 하품을 한 번 더.

"흠, 안 되겠네요. 너무 졸려요. 역시 졸릴 때는 자야겠어요."

미아는 도서실 책상에 얼굴을 묻고 살며시 눈을 감았다.

"그나저나 역시, 무언가 이정표가 필요해요. 생각의 힌트라도 있으면 좋겠는데…… 어딘가에 떨어져 있거나 하진 않으려나요……? 저 책꽂이 주변에 또 황녀전이나 일기라도 꽂혀있다면……. 아아, 미래의 역사서 같은 것도 좋고요……."

막연히 그런 생각을 하고 있을 때…… 문득 시야 한구석에 비친 저 안쪽의 책꽂이에서 황금색 빛이 흩어진 것처럼 보였다.

"벨……?"

고개를 들고 그쪽으로 시선을 준 미아였으나……. 착각이었던 건지 빛은 바로 보이지 않게 되었다.

작게 고개를 저은 미아는 쓴웃음을 지었다.

"저도 참. 후후후, 감상에 잠겨버렸네요. 열심히 해야겠어요. 그 아이의 자랑스러운 할머니가 되기 위해."

미아의 자식과 손주가 살아갈 세상을 조금이라도 좋게 만들기 위해.

벨이 눈을 뜰 세상을 다정한 세상으로 만들기 위해.

벨이 웃으며 눈을 뜰 수 있는 세상, 그 세상이야말로 미아 본인이 행복을 누릴 수 있는 세상일 테니까.

이렇게 미아의 '마이 퍼스트 탐구 여행'은 이어진다.

"하지만……. 열심히 한다고 해도 역시 무언가 이정표가 필요해요. 혹은 무언가, 단것이……."

미련을 버리지 못하고 중얼거리면서, 때로는 농땡이를 피우면서도 이어진다.

미아가 아닌 누군가가 되지도 않고, 어디까지나 미아답게 그녀는 걸어 나간다.

그 걸음이 도달하는 곳이 어디로 이어지는지, 그녀와 그녀의 제국이 어디로 향하는지…….

제국의 예지라는 달이 인도하는 내일이 어떠한 세계가 되는지…….

그것을 아는 사람은 아직, 아무도 없었다.

# 에필로그 행복한 꿈의 뒷이야기

깜빡…… 깜빡, 깜빡…….

흐릿한 시야.

그녀는 눈꺼풀을 문지르며 조용히 눈을 떴다.

제국의 황녀, 미아벨 루나 티어문은 흐암하고 하품을 하나 흘린 뒤 주변을 둘러보았다.

──어라? 여기는…… 어디지?

눈에 보이는 광경은 넓고 호화로운 방.

미아벨은 그 방에 놓인 커다란 침대 위에 누워 있었다.

푹신푹신하고 부드러운 침대와 이불 속에서…… 한 번 더 잘까…….

그런 생각을 하며 쓰러지려던 그때…… 별안간 떠올렸다.

오래된 뱀의 폐성, 사악한 예배당에서 자신은 화살을 맞고……!

"헉! 모, 목, 목이?!"

허둥지둥 목을 더듬어봤지만, 화살 같은 건 어디에도 박혀있지 않았다.

"어…… 어라? 어…….″

그렇게 다시금 주변을 둘러보고…… 미아벨은 깨달았다. 그곳이 어디인지…….

"여기는 백월궁전. 미아 할머니의, 방……?"

어릴 때부터 무슨 일이 있으면 몰래 숨으러 들어오곤 했던 그곳은 미아벨이 가장 좋아하는 비밀기지다. 여기로 도망치면 항상 다정한 할머니가 도와주었으니까.

"맞아. 나는 미아벨 루나 티어문. 제국의 황녀이자 영예로운 제국의 예지의 손녀……."

그녀에게는 선명한 기억이 있었다. 제국의 황녀로서 이 백월궁전에서 소중한 사람들과 함께하며 성장한 기억이.

이곳은 제도. 티어문 제국의 유일한 수도. 그러니 폐허가 된 제도의 기억 같은 건 존재할 리가 없고, 그곳의 빈민가에서 보낸 생활의 기억 같은 건 존재할 리가 없다…….

그러니까…….

"꿈…… 이었나? 하지만 그런 것치고는……."

"어머, 벨. 당신 역시 여기에 있었군요……."

문득 시선을 돌리자 방 입구에 여성이 한 명 서 있었다.

곧게 뻗은 등, 길고 아름다운 머리카락, 나이를 먹고도 찬란하게 빛나는 제도의 달. 제국의 예지 미아 루나 티어문, 미아벨이 사랑하는 할머니가…… 그곳에 서 있었다.

"루드비히가 찾고 있었답니다. 공부하던 도중에 도망치다니, 그러면 안 되죠. 공부는 물량이 생명이에요. 전부 암기해버리면 어떻게든……."

"아, 미아 언니…… 저는……."

그 목소리를 들은 미아는 어리둥절해서 고개를 기울였다.

"언니……?"

"앗……."

미아벨은 당황해서 입을 눌렀다.

"어, 어라…… 언니? 이상하네요. 아하하, 뭔가 꿈에서 아직 덜 깼나 봐요. '할머니'인데."

머릿속에 있는 기억과 꿈속의 기억.

신기하게도 둘 다 미아벨에게는 진짜 있었던 일처럼 느껴졌다. 둘 다…… 애틋함이 느껴졌다.

"있죠, 미아 할머니. 아주 신기하고 재미있는 꿈을 꿨어요. 미아 할머니의 젊은 시절로 가서 굉장한 모험을 하는 꿈이에요. 세인트 노엘 학원에서 생활하면서 젊은 시절의 미아 할머니랑 아벨 할아버지, 그리고 천칭왕 시온, 충신 키스우드 씨, 안느 어머니, 에리스 어머니, 루드비히 선생님…… 그리고, 그리고…… 리나……!"

흥분해서 말한 미아벨은 즐겁다는 듯 웃었다.

"아주 멋진 꿈이었어요. 우후후, 정말로 즐거운 꿈이라서…… 계속 그곳에 있고 싶다고……. 이상하죠, 꿈인데……."

그러더니 미아벨은 자신의 목을 쓰다듬었다.

"저 목에 화살을 맞고 죽었거든요. 황녀인데 그런 위험한 곳에 가다니 역시 이상하죠. 이상한 꿈……."

그때였다. 미아벨은 깨달았다. 자신의 목에 걸려있는 끈의 감촉. 그리고 가슴 부근에서 느껴지는 뻣뻣한 털 덩어리 같은 것…….

끈을 당겨 옷 속에서 끄집어낸 그것은…… 낡은 말 모양 부적이었다.

"……이…… 건……."

눈앞에 선명하게 되살아나는 풍경이 있다.

그것을 받고 무척 기뻐하며 웃는 친구의 얼굴이 눈앞을 스쳤다.

고개를 들었을 때 그녀는 깨달았다.

할머니가 무척이나 자상한 미소를 지으며 자신을 바라보고 있다는 걸…….

미아는 감개무량하다는 듯 눈꼬리를 휘면서 말했다.

"그렇군요……. 그날의 당신은 오늘로 이어진 거였어요……."

그러더니 할머니는 미아벨 옆에 살며시 앉았다.

"미아 할머니…… 저는……."

그때, 미아가 벨의 머리를 꽉 끌어안았다.

할머니에게 끌어안긴 적은 여러 번 있었지만…… 어째서일까. 벨은 그게 몹시 오랜만인 듯한 느낌이 들었다…….

"어서 오세요, 벨. 당신과의 약속을 잘 지켰을까요……?"

"약속……?"

"네. 약속이요. 먼 옛날의 약속……. 이 세상은…… 당신이 꾼 꿈의 다음 이야기가 되었을까요? 저는 당신의 꿈을 끝내지 않을 수 있었나요?"

"아……."

생각났다.

눈꺼풀 뒤로 떠오르는 풍경.

젊은 할머니의 얼굴.

가슴을 펴고 '당신의 꿈은 제가 끝나지 않게 하겠어요'라고 선언해준, 약속해준 그때의 목소리…….

"미아, 언니……."

"천천히 이야기하도록 해요. 그 후에 무슨 일이 있었는지. 그리고 앞으로의 일도……. 하고 싶은 이야기가 많이 있어요……. 하지만."

거기서 말을 멈춘 미아가 장난기 어린 미소를 지었다.

"그건 다들 부른 뒤에 하도록 할까요? 분명 다들 당신과 대화하고 싶을 테니까요."


이리하여 할머니에게서 손녀에게로…… 다정한 시간이 이어져 내려간다.

그것은 벨이 본 행복한 꿈의 뒷이야기.

단두대의 황녀 미아가 씨를 뿌리고 고이고이 키워낸 풍성한 열매의 형상이었다.

# 眞에필로그 느, 늘어났다?!

"······으응······. 하암, 너무 푹 잤어요······."

어느새 잠들었던 걸까······. 미아는 도서실 책상에 엎드려 있었다.

흐아암······ 하고 커다란 하품을 한 번. 그 순간 미아는 이변을 깨달았다.

뭘까······? 주변이 조금 밝은 듯한······?

너무 푹 자서 주변에 땅거미가 드리웠다는 거라면 이해한다. 하지만 반대로 밝아졌다는 건 대체 어떻게 된 일일까?

멍하니 주변을 둘러본 미아는······ 순식간에 머리가 맑아졌다.

그 광원, 그 황금색 빛이 책꽂이 한구석에서 흘러나오고 있다는 걸 깨닫고······.

"무슨, 저, 저건······ 설마!"

떨리는 목소리로 중얼거리면서도 미아는 조심조심 그곳으로 향했다.

기대는 하지 않았다.

그런 기적이 그렇게 쉽게 일어날 리 없다.

하지만······ 이렇게도 말할 수 있다. 두 번 일어난 기적은 세 번 일어난다고.

미아는 꾸벅꾸벅 졸기 전의 일을 떠올렸다.

상황은 비슷하다! 그때와······ 몹시 흡사했다.

미아는 그때 이정표를 원했고, 결과적으로 벨이 나타났다.

지금 미아는 또다시 원했다.

이정표…… 그리고 슈트리나를 다시 일어서게 할 수 있는 계기를.

그 답으로 주어진다면, 그건 '그녀' 말고는 생각할 수 없었기에…….

하지만 그런 일이 정말로 일어날까?

믿어지지 않는 기분과 기대했다가 배신당하는 게 두려운 마음…… 두 개의 감정 사이에서 흔들리는 미아의 복잡한 심경…… 같은 건 일절 배려하지 않은 채 황금빛 광채는 순식간에 인간의 형상을 만들어 나갔다.

반가운 그…… 소녀의 모습을.

허리 부근까지 내려가는 백금발, 호기심에 반짝이는 동글동글한 벽안, 어딘가 미아를 닮은 얼굴…….

미아가 멍하니 바라보는 가운데 빛 속에서 나타난 벨은 주변을 두리번거리더니…….

"앗! 미아 할머니!"

미아를 보고는 방긋방긋 환하게 웃었다.

"오랜만이에요. 미아 할머니…… 아니, 미아 언니."

그러고는 드레스 자락을 잡고 살짝 들어 올렸다. 그 동작에서 어딘가 황녀의 기품 같은 게 느껴졌기에…… 미아는 경악하며 입을 떡 벌렸다.

"벨…… 당신, 정말로 벨인 건가요? 건강한 거예요?"

너무나도 갑작스러운 사태에 미아는 혼란스러웠다.

이전에 벨은 파괴된 제도에서 왔었다. 자신의 목숨을 노리는 추격자에게서 도망치는 도중이었다고 들었는데……

아무래도 눈앞의 벨은 그렇게까지 가혹한 상황은 아닌 모양이었다. 제대로 바느질된 고급스러운 옷을 입고 있으며 무엇보다 몸짓에서 제국의 황녀다운 기품이 느껴졌다.

"덕분에요. 미아 언니가 열심히 해주신 덕분에 제국은 안정적이에요. 저도 어머니도 아주 행복하게 살고 있어요."

벨은 생글 웃으면서 말했다.

"미아 언니가 약속을 지켜주셨으니까요. 제 꿈이 끝나지 않게 하겠다고…… 열심히, 노력해주셨으니까요."

그 말에 미아는 후우 한숨을 내쉬었다.

"그랬군요. 그런 거라면 다행이지만…… 그럼 어째서 여기에?"

"앗, 네. 그건 그게, 루드비히 선생님에 의하면 미아 할머니 때문에……. 아, 나쁜 의미는 아닌데요……."

"저 때문이라고요? 루드비히가 그렇게 말했나요? 그건 대체…… 응?"

그 순간 미아는 위화감을 느꼈다.

그건 벨…… 이 아니고, 그 뒤에 있는 공간에서 느낀 것이었다.

벨이 튀어나온 황금색 빛은 사라지지 않고 계속 빛나고 있었다.

눈에 힘을 주자 그 빛 속에서 수수께끼의 그림자가…… 꿈틀거리더니……!

"히익!"

저도 모르게 숨을 삼킨 미아. 그 시선 끝에 나타난 건—— 어린 소녀였다.

아직 10살은 되지 못한 듯했다. 그 소녀는 미아의 얼굴을 보고 어리둥절한 듯 고개를 갸웃거렸다.

동방 국가의 전통 인형처럼 둥근 실루엣을 그리는 짧은 머리카락. 일자로 가지런하게 자른 앞머리. 그 색상은 미아과 같은 백금색이었다. 긴 속눈썹을 드리운 눈동자도 미아나 벨과 같은 파란색이고, 얼굴의 분위기도 어딘가 벨을 닮은 듯한 느낌…….

"…………?! 느, 늘어났어요?!"

미아는 무심코 태클을 걸었다! 참으로 드문 일이지만 마음은 이해하지 못하는 것도 아니었다.

벨이 나타나는 건 그래도 예상한 범주였지만…… 아무리 그래도 한 명 더 따라오는 건 상정하지 못했기 때문이다.

"벨, 그 아이는…… 대체…….."

너무나도 갑작스러운 전개에 눈이 핑핑 돌며 혼란에 빠진 미아였으나 바로 손뼉을 짝 쳤다.

"아하…… 혹시 그런 건가요? 즉 미래에서 또 무슨 일이 일어났고, 그 아이는…… 벨의 동생? 친척? 아무튼 무언가 문제에서 도망친 아이인 거죠?"

미아도 지난 반년 동안 겉으로만 노력한 게 아니다. 벨이 사라진 뒤로 미아는 열심히 그 예지(가칭)을 혹사해왔다. 단것을 연료로 풀가동해왔다.

눈앞의 상황에서 무슨 일이 일어난 건지 추리하는 것쯤은 어렵지 않았다.

그렇게 미아는 추론을 전개했다.

"그 문제의 원인이 지금 시대에 있었고, 그걸 어떻게 해 보려고 이렇게 넘어왔다. 맞았나요?"

'어떠냐!' 하고 외치듯 가슴을 펴고 결론을 내린 미아. 한편 벨은…….

"이 아이는…….."

무척 진지한 얼굴로 미아를 바라보고…… 옆에 서 있는 소녀에게 시선을 돌리고…….

"이 아이는…….."

꿀꺽, 침을 삼키고…… 그리고!

"……그, 누구죠?"

어리둥절한 얼굴로 고개를 기울였다.

"…………네?"

이리하여 손녀와 할머니의 이야기는 다시 움직이기 시작한다.


**To be continue 「제5부 황녀의 휴일」**

# 각자의 에필로그, 그리고……．

EPILOGUES, AND......

뱀의 무녀, 발렌티나와의 싸움 후 미아 일행은 세인트 노엘 학원으로 귀환했다. 사후 처리 등 온갖 일들에 쫓기다 보니 결국 돌아온 건 가을도 깊어진 시기였다.

얻은 것은 결코 적지 않았다.

선크랜드 왕국의 정세를 안정시켰고 기마왕국의 열세 부족이 화해했으며 뱀의 무녀를 생포했다.

풍성한 결실을 본 여행이었지만…… 돌아온 일행의 얼굴에 미소는 없다.

잃은 것이, 사라져버린 소녀의 존재가…… 너무나도 컸기에…….

하지만 일상은 계속된다.

시간의 흐름은 잔혹하고 다정하다. 그들의 마음에 맞춰서 멈춰주진 않는다.

따라서 상실감을 맛본 그들은 한때는 아파서 발을 멈추었어도 언젠가는 제 마음에 매듭을 짓고 앞으로 걸어갈 수밖에 없다.

### 안느 리트슈타인 ~빈 침대를 정리하며~

세인트 노엘에 귀환한 안느 리트슈타인에게는 변함없는 일상이 돌아왔다.

"큭……. 쉬는 동안 나가버린 진도가 어깨를 무겁게 누르는 것 같군요."

그렇게 투덜거리며 수업을 받으러 가는 미아. 그녀를 배웅한 뒤 안느는 방으로 돌아왔다.

"먼저 침대를 정리하고……."

미아가 학창 생활을 만끽하는 동안 안느가 해야 할 일은 많다. 방 청소, 각 직원과 교류, 다른 귀족의 종자들과 정보 교환 등등. 일거리는 다방면에 걸쳐있다.

그리고 미아의 침대 정리도 안느의 중요한 일 중 하나였다.

미아가 푹 자서 몸을 쉬어줄 수 있도록 정성을 담아 제대로 정리해야 한다고 생각하며 방으로 돌아온 안느는 방 앞에 사람들이 모여있는 것을 발견했다.

"저기……?"

말을 걸자 남자들이 돌아보았다.

"아. 안느 씨, 마침 잘됐네요."

안느와도 친숙한 사이인 학생 기숙사 직원들이었다. 그들은 서글서글 웃으면서 방으로 시선을 돌리더니…….

"침대 빼야 하는 곳이 이 방 맞죠?"

변함없는 미소로 물었다.

그것은 별 뜻 없는 질문. 그냥 단순히 필요한 것을 물어보았을 뿐. 그런데도 그 질문을 들은 순간 안느의 가슴에 뭐라 말할 수 없는 고통이 퍼졌다.

벨의 침대를 빼내려고 한다는 걸 알았으니까…….

평소와 전혀 다를 게 없는 모습으로, 지극히 당연하다는 듯이 침대를 치우려 하고 있으니까…….

안느는 그게 충격이었다.

"저기⋯⋯?"

의아해하는 시선을 받은 안느는 퍼뜩 정신을 차렸다.

그리고 얼버무리듯이 웃으면서 대답했다.

"네. 이 방이 맞습니다. 저쪽, 가장 왼쪽에 있는 침대예요."

"알겠습니다. 그럼 내올 테니까 물러나 주세요."

안느의 지시를 받은 직원들이 바로 작업에 들어갔다.

그것은 지극히 사무적인 작업이었다. 사용하는 사람이 없어져서 불필요해진 침대를 치운다⋯⋯. 그저 그뿐⋯⋯.

고작, 그뿐인데⋯⋯ 그게 안느에게는 참을 수 없이 슬펐다.

얼마 전까지만 해도 저 침대에서 자던 아이가 분명히 있었으니까.

어딘가 미아를 닮은 그 아이는 종종 안느를 '어머니'라고 잘못 부르곤 했다.

미아에게 '할머니'라고 실수하는 건 아무리 그래도 고쳐야 한다 생각했지만, 그것도 웃으며 용서하게 되는 묘한 애교가 있었다.

그 명랑한 소녀는 이제 없다.

늦잠 자는 아이를 미아와 함께 깨울 일도, 차를 우려줄 일도, 옷을 입혀줄 일도⋯⋯ 이젠 없다.

그 벨이라는 이름의 소녀는 빛 속으로 사라져버렸으니까⋯⋯.

그것이 참을 수 없이 슬펐다.

"왜 그러세요? 안느 씨."

문득 고개를 들자 직원이 걱정하는 얼굴로 바라보고 있었다.

"아, 그. 아뇨, 아무것도, 아니에요. 작업, 마저 해주세요."

안느는 당황하며 문 옆으로 바싹 붙었다. 그러고는 밖으로 운반되는 침대를 지켜보았다.

그때였다. 침대에서 무언가가 굴러떨어지는 게 보였다.

"어……?"

데굴데굴 굴러떨어진 것── 그것은 조금 말라버린 쿠키였다.

쿠키는 그대로 복도 위를 구르고, 굴러…… 누군가의 구두 앞코에 부딪혀 툭 쓰러졌다.

그리고 그 쿠키를 주워 든 사람은…….

"……흠, 그렇군요. 침대 위에서 간식을 먹었던 거예요."

기가 막힌다는 표정을 지은 미아였다. 미아는 손가락으로 집은 쿠키를 바라본 뒤 절레절레 고개를 저었다.

"나 참, 그 아이는…… 어쩔 수 없다니까요……. 꼭 잔소리를 해줘야겠어요. 그런 예의에 어긋나는 짓은 하지 말라고 아주 단단히 말해놔야겠네요."

미아는 책상 위에 놓인 자신의 일기장 구석에 메모하며 중얼거렸다.

"침대 위에서 과자를 먹다니…… 말도 안 돼요! 정말이지!"

그러고는 작게 쓴웃음을 짓고…… 어딘가 아득한 곳으로 의식을 보내듯 살며시 눈을 감았다.

"하지만, 한참 나중에야 설교할 수 있겠네요……. 잊어버리지 않도록 조심해야겠어요."

그 모습을 신기하다는 듯 바라보는 안느에게 미아는 부드럽게 미소 지었다.

"나중에 이야기할 거지만…… 괜찮아요. 안느, 반드시 또 만날 수 있어요."

보통 그런 건 말이 안 되는 일이었다. 벨은 목에 화살이 꽂혀서 빛 속으로 사라졌으니까.

그러니 상식적으로 생각하면 미아는 그냥, 위로해주는 것뿐이다. 그런데도 안느는 그 말에서 구원을 보았다.

미아의 말이라면 믿을 수 있으니까…….

"어라? 그런데 미아 님, 수업은 어떻게 되신 거예요?"

"앗! 맞아요. 안느, 수업이 갑자기 변경되어서 고등산술 수업이 되었거든요. 당신도 같이 듣자고 부르러 왔답니다."

그렇게 미아에게 손을 붙들려 깜빡 넘어질 뻔하면서도…… 안느는 문득 뒤를 돌아보았다.

떠나가는 침대. 그 뒤에서 한순간, 웃고 있는 벨의 모습이 보인 것 같은 느낌이 들어서…….

"또, 언젠가……."

작은 목소리로 중얼거린 뒤 안느는 달려갔다.


그것은 먼 미래의 날. 축복으로 가득한 기쁨의 날.

그날…….

황제 미아 루나 티어문 치세의 23년째 되는 해.

백월궁전에는 뭐라 말할 수 없는 긴장감이 감돌았다.

미아의 셋째 딸인 제3황녀 패트리샨느 루나 티어문—— 트리샤 황녀의 첫 아이가 태어나기 때문이다.

과연 태어날 아기는 남자아이일지 여자아이일지……

처음 성에서 일하는 이들은 양쪽 모두 준비하기 위해 분주했다. 하지만…… 오랫동안 미아를 섬겨온 메이드장이자 황제의 전속 메이드, 안느 리트슈타인은 전혀 당황하지 않고 침착했다.

"태어날 아이는 황녀 전하입니다. 그러니 그에 맞춰 준비하세요."

"어째서 그런 걸 아시는 거예요? 메이드장님."

어린 메이드의 질문에 안느는 자신감 넘치는 미소를 지으며 당당히 말했다.

"……미아 님을 오랫동안 모셨으니까요."

또한 미아 황제도 그녀의 말을 지지하였기에 새로 태어날 아기의 방은 황녀의 방을 준비했다.

그렇게 언제 태어나도 괜찮도록 완벽하게 준비된 아기방으로 안느는 조용히 발을 들여놓았다.

──부족한 건 없나……?

태어날 아기를 위해 먼지 하나 없이 청소된 방. 다치지 않도록 모서리를 깎은 가구들. 그 하나하나를 확인하듯 둘러보았다. 그러던 도중 어떤 장소에서 문득 발을 멈췄다.

그곳에 있는 건 요람이었다. 옛날에 '그녀'가 쓰던 것과는 비교도 되지 않을 만큼 작은, 아기를 위한 침대.

당연하다. 갓 태어난 아기를 재우기엔 학생 기숙사의 침대는 너무 크다.

정성을 담아 요람을 정리하며 안느는 그 순간을 기다렸다.

"벨 님……. 드디어 다시 만날 수 있어……."

요람 주변에는 '그녀'의 탄생을 축하하기 위해 온갖 선물이 놓여 있었다.

그중에서 가장 눈길을 끄는 건 슈트리나 에트와 옐로문이 직접 만든, 망아지만 한 크기의 말 모양 부적이었다. 그 거대한 트로이야를 보고 안느는 다 함께 만든 말 모양 빵을 떠올렸다.

"우후후, 무척 즐거웠지. 미아 님도, 다른 분들도 아주 기뻐하셨고……."

지금은 쉽게 만달 수 없게 된 소중한 사람들. 그들의 얼굴을 한 명 한 명 떠올렸다.

그 추억의 중심에는 미아와 '그녀'의 모습이…….

"아아, 안느. 이런 곳에 있었군요."

목소리가 들린 쪽을 보자 미아가 방으로 들어오는 게 보였다.

"앗, 미아 님."

허둥지둥 자세를 바로 하는 안느에게 미아는 얼굴을 찌푸렸다.

"여기는 다른 사람에게 맡기고 트리샤에게 가주지 않겠어요? 어쩐지 불안해하고 있더라고요. 그 아이도 참. 묘하게 소심한 구석이 있는데 대체 누굴 닮은 건지……."

허리에 손을 짚고 고개를 절레절레 내저으며 중얼거리는 미아. 그 중얼거림에 안느는 무심코 웃어버렸다.

패트리샨느 황녀는 옛날의 미아를 쏙 빼닮은 사람이기 때문이다. 조금 겁이 많은 면도, 누구보다도 곧은 면모도…….

"어머? 무언가 재미있는 일이라도 있었나요?"

"아뇨, 아무것도 아닙니다. 그럼 미아 님, 저희도 가도록 하죠."

"아뇨, 그…… 저는 됐어요."

슬그머니 시선을 돌리는 미아. 아무래도 미아도 딸의 출산에 입회할 용기가 없었던 것뿐인 듯했다.

"괜찮습니다. 미아 님. 성의 의관은 우수하니까요. 게다가 모처럼 벨 님께서 탄생하시는 것이니……."

"으음…… 뭐, 그건 그렇지만요……."

우물쭈물하는 미아에게 안느가 재차 말했다.

"계속 그러시면 벨 님께서 웃어 버릴 거예요."

그러자 미아는 '으윽' 하고 말문이 막혀버렸다.

"네, 그렇네요. 그건 좀 화가 나요. 어휴, 어쩔 수 없죠. 그럼 소심한 딸을 위해 위대한 어머니가 가서 안심시켜줘야겠어요."

안느는 발걸음을 돌리는 미아의 바로 뒤를 따라 걸었다.

그것은 소녀 시절과 전혀 달라진 게 없는 풍경.

그것은 '그녀'가 아직 곁에 있던 시절과 아무것도 달라지지 않은── 그날에서 계속 이어져 온 풍경이었다.


### 루드비히 휴이트 ~미완성 교재, 틀린 답안~


세인트 노엘 섬에서 미아 일행과 헤어진 루드비히는 그대로 제도 루나티어로 돌아왔다.

여행의 피로를 느낄 새도 없이 그에게는 대량의 업무가 쏟아졌다.

루드비히가 없어도 큰 문제는 없도록 체제를 정비해놓기는 했으나, 그래도 그의 판단을 요구하는 일은 적지 않았다.

"이런……. 이거 어떻게든 하지 않으면 나중에 문제가 될 것 같군. 누구 좋은 인재가 있다면 좋겠는데……."

당장은 현자 갈브의 제자 중 누군가를 쓰거나 혹은 성 미아 학원의 인재가 자라는 걸 기다릴 수밖에 없다.

한숨을 한 번. 일단 안경을 벗고 눈두덩이를 문지른 뒤 다음 서류를 집으려고 손을 뻗었다가── 위화감을 느꼈다.

"……아아, 이건."

책상 구석에 치워놓았던 그것은 종이 다발이었다.

"이건, 소용이 없어지고 말았군……."

그건 미아에게 의뢰받아 만든 교재였다. 그 미아벨이라는 소녀의 교육을 위해 만든 전용 교재다.

"미아 님께서 부탁하셨다고는 하지만 꽤 고생이었지……."

그 아이는 공부와 담을 쌓은 소녀였다.

아니, 머리 자체는 나쁘지 않을지도 모르지만 요령 좋게 농땡이를 부리는 재주가 있었다.

어째서인지 자신의 추궁에서 도망치는 기술에도 능했고, 간파당하는 듯한 감각을 여러 번 받기도 했으나…….

"생각해 보면 신기한 소녀였지……."

만나자마자 선생님이라고 부르질 않나, 아무리 정정해줘도 고치려 하지 않았다.

점점 정정하는 것도 귀찮아져서 그대로 내버려 두었지만…….

"그녀는 뭐였던 걸까……?"

어딘가 미아를 닮은 분위기를 지녔지만, 또 조금 다른 매력을 지닌 소녀였다. 공부 측면에서는 한참 미숙하면서도 어딘가 사람을 끌어당기는 분위기가 있었다.

"미아 님의 핏줄이었던 걸까? 아니면⋯⋯."

문득 그녀의 마지막을 떠올렸다. 빛에 뒤덮여 사라지는 그 모습을⋯⋯.

평범한 소녀는 아니었을 것이다. 어떠한 사정이 있었을 것이다. 하지만⋯⋯ 그 이상으로.

"아쉬워⋯⋯."

툭, 중얼거렸다.

너무나도 아쉬워 견딜 수가 없었다.

"가르쳐줄 게 아직 많이 있었는데⋯⋯."

그녀에게 도움이 될 법한 것⋯⋯. 살아가기 위해 중요한 것⋯⋯. 부족한 자신이지만 아직 가르쳐줄 수 있는 게 많이 있었는데⋯⋯. 그랬는데⋯⋯.

콰직하는 소리. 정신을 차리고 보니 종이 다발을 움켜쥐고 있었다.

가슴에 소용돌이치는 감정은 끊임없는 후회. 그 비극을 막지 못했다는⋯⋯ 참을 수 없는 후회였다.

"젠장⋯⋯. 왜 그걸 예상하지 못한 거지⋯⋯?"

완전한 실책이었다.

적은 미아를 노릴 것이라고 굳게 믿었다. 그렇기에 방심했다.

혹은 미아라면⋯⋯ 제국의 예지라면⋯⋯ 맡겨도 아무 문제가 없을 거라고⋯⋯. 무책임하게도 그런 생각을 했던 게 아닐까⋯⋯?

후회는 치밀어오르는 분노로, 자신을 향한 분노로 변해갔다.

그 격정이 등을 떠밀리듯 일어난 루드비히는 구겨버린 교재를 쓰레기통에 힘껏 내던지려 했다.

하지만…… 그 손은 직전에 멈추었다.

"미아 님께선 한 번 더 만날 수 있다고 말씀하셨어."

솔직히 그건 단순히 위로하기 위한 말로 들렸다.

죽은 인간과 다시 만날 수 있을 리가 없다. 만난다고 해도 그건 자신도 생을 마친 뒤다.

하지만 미아는 말했다.

"괜찮아요. 그 아이와는…… 벨과는 반드시 한 번 더 만날 수 있어요. 그러니까 당신이 만들어준 교재는 소중히 보관해주세요. 그 아이도…… 어중간하게 끝난 채로는 꿈자리가 뒤숭숭할 거예요."

지극히 당연한 소리를 하는 것처럼 조용히 그렇게 말했다.

"한 번 더……."

루드비히는 종이 다발을 책상 위로 가져가 꼼꼼하게 폈다.

"미아 님께서 그렇게 말씀하셨으면…… 믿자. 아무리 말도 안 되는 일처럼 보여도……."

조용히, 조심스럽게 종이를 폈다. 마치 구겨진 부분이 사라지면 그녀가 돌아오기라도 하는 것처럼.

"그래……. 이대로, 이 종이를 그대로 남겨두기만 하는 건 성의가 없지. 아직 가르치지 못한 것들도 있어. 이렇게 된 거 수정하고 추가해서 책으로 만들어둘까……."

그것을 교과서 대신 삼아 다음에 만났을 때는 충분히 수업해줘야겠다고…….

조용히 결의하는 루드비히였다.


그것은 먼 미래의 날.

언젠가 온다고 약속했던, 기쁜 축복의 날.

미아벨 황녀가 태어난 날의 기록.


"실례합니다. 루드비히 님."

그곳은 재상의 집무실.

안에 들어온 사람은 재상의 오른팔이라고 불리는 재녀, 세리아였다.

성 미아 학원에서 현자 갈브에게 가르침을 받은 그녀는 그 재능을 유감없이 발휘. 그녀를 키워낸 성 미아 학원의 명성은 한층 눈부시게 빛났고, 그 학원을 세운 미아의 위광은 대륙 전체에 퍼져나갔다.

그런 세리아는 집무실에 들어오자마자 눈썹을 찡그렸다. 그 시선 끝에는 서류를 들고 미간에 주름을 만든 재상 루드비히의 모습이 있었기 때문이다.

"왜 그러지? 세리아 양. 무언가 보고라도?"

일벌레 재상은 세리아쪽에 시선을 주지도 않고 물었다. 그 모습에 쓴웃음을 지으며 세리아는 대답했다.

"네. 재상 각하. 궁정의관에게 보고가 들어왔습니다."

"궁정의관……? 아…… 그렇군. 오늘은 그 날이었던가……."

그제야 서류에서 시선을 올린 루드비히가 쓴웃음을 지었다.

"안 되겠군. 일하다 보면 자꾸만 시간이 흐르는 걸 잊어버려."

"일 중독인 것 아닙니까? 부인께서 화내실걸요."

"하하하. 아쉽게도 아내가 나보다 더 일을 열심히 하거든. 아이들이 걱정할 정도지."

그렇게 웃은 뒤 루드비히는 조용히 일어나 쭈우욱 기지개를 켰다.

"알려줘서 고맙다. 나도 준비한 뒤에 바로 가도록 하지."

세리아가 집무실에서 나가는 걸 배웅한 뒤 루드비히는 책꽂이 쪽으로 걸어갔다. 그곳에 있는 건 제국이 긴 역사 속에서 쌓아 올린 지식의 결정. 온갖 조약, 각 귀족의 역사. 국토 성립, 각지의 수확물……

제국 운영에 필요할 법한 온갖 정보가 그곳에 모여있었다.

한때 재상부가 화재를 입고 무너졌을 때 루드비히가 목숨을 걸고 운반해낸 그것은 제국의 보물이라고도 할 수 있는 정보였다.

그런 책꽂이 한구석에 조금 느낌이 다른 장소가 있었다. 오른쪽 아래, 가장 낮은 장소에 은근히 만들어진 구역. 그곳에는 루드비히에게 더없이 소중한 책이 꽂혀있다.

그것은 루드비히와 동료들이 협력해서 직접 만든 교재였다.

미아 황제의 자식들은 루드비히 재상의 교육을 받는다. 여기에는 한 명의 예외도 없었다.

다름 아닌 미아 황제가 직접 정한 절대적인 규정이었다.

처음 그 이야기가 왔을 때 루드비히는 주저했다. 스승, 현자 갈브에 비하면 부족한 자신이 제국의 예지의 아이들을 가르친다니 용서받을 수 있는 일일까…….

하지만 망설임은 한순간이었다.

미아 황제가 그러길 원한다면 온 힘을 다해 부응할 뿐…… 이라는 이유도 당연히 있었으나, 그 이전에 '그녀'를 이미 가르쳤기 때문이다.

그렇게 루드비히는 동료의 도움을 받아 황자와 황녀, 각자에게 맞는 교재를 만들고 책으로 엮어 수업을 진행했다.

그 정성은 미아 황제가 부러워할 정도였다.

"절 가르칠 때보다 훨씬 순해지지 않았나요? 치사해요."

그런 이해할 수 없는 말을 하는 미아에게 쓴웃음을 짓기도 했지만…….

그렇게 완성한 교재는 전부 9권. 미아의 여덟 아이를 위한 것과…… 그리고…….

루드비히는 그중에서 가장 오래된 책을 꺼냈다.

그것은 종이 다발을 끈으로 묶어놓았을 뿐인, 가장 간소한 모양새의 책이었다.

페이지를 펼치자 다른 교재와 마찬가지로 **마지막 페이지**까지 꼼꼼하게 답이 적혀있었지만…….

"이 마지막 문제…… 답이 틀렸지."

그리고 정답은 아직 가르쳐주지 못했다. 무심코 쓴웃음을 지은 루드비히가 고개를 저었다.

"드디어 정정할 기회를 얻는 건가……. 하지만 그건 앞으로도 더 시간이 지난 뒤여야겠지……."

그 책을 책꽂이에 돌려놓은 후 루드비히는 집무실을 뒤로 했다.

간절히 기다려온 그녀를 맞이하기 위해. 제국에 새 황녀가 탄생하는 것을 축복하기 위해.

## 디온 알라이아 ~장군이라 불리는 것~

제도 루나티어, 황녀전속 근위대의 대기소. 그 건물 밖에는 소규모 연병장이 딸려있다.

그곳에 제국 최강의 기사, 디온 알라이아가 서 있었다.

두 손으로 잡은 애검을 머리 위로 들어 올리고 아래로 내리긋는다.

밀짚으로 만든 인형 병사가 퍽 소리를 내며 두 동강이 났다. 주변에 세운 밀짚 인형 막힘없이 베고, 베고…….

그 움직임은 제국 최강이라는 이름에 걸맞게 군신처럼 흉흉했지만……. 그래도…… 그를 잘 아는 사람이 본다면 위화감을 느낄 수밖에 없었다.

마지막 밀짚 인형을 두 동강 낸 후 검을 거둔 뒤 디온은 자조 섞인 미소를 지었다.

"감정에 휘둘리고, 힘에 휘둘리고. 하아……. 이거 욕구불만이 쌓였나 본데……."

"디온 씨."

갑작스러운 목소리. 시선을 돌리자 연병장에 들어오는 사람의 모습이 보였다.

"오, 이거 루드비히 씨잖아. 밀린 서류는 다 끝났어?"

그 질문에 루드비히 휴이트는 작게 어깨를 움츠렸다.

"대강은."

그는 발치에 떨어져 있던 처량한 밀짚 병사를 들고 단면에 시선을 주었다.

"훈련하는 걸 봤는데, 여전히 훌륭한 솜씨더군."

"칭찬해줘서 영광이지만, 이 정도는 황녀전속 근위대 녀석들도 할 수 있어."

디온은 심드렁하게 대꾸한 뒤 주변을 정리하기 시작했다.

"게다가 이건 훈련이라고 할 정도는 아니야. 그냥 스트레스 해소지……"

그렇게 말하고서야 새삼 디온은 느꼈다.

──그래, 욕구불만이라기보다는……. 나답지 않게 화가 났었나 보군.

그 순간 지푸라기 잔해를 쥔 손이 멈췄다.

"그런데 황녀님은 이 문제를 어떻게 갚을 생각인 건지……."

디온은 루드비히 쪽을 보지 않고 물었다.

"갚다니……?"

"뭐야, 시치미 떼지 말고. 그 어린 아가씨 말이야."

벨이라는 이름의 소녀. 미아가 데려온 정체불명의 소녀는 뱀의 고성에서 숨을 거두었다.

전장에서 죽음은 흔한 일이다. 일일이 신경 썼다간 버틸 수 없다. 하지만 지금 그의 마음을 차지하고 있는 건 명확한 분노와 살의였다.

"뱀의 정보를 캐내기 위해서라면, 그건 괜찮아. 하지만 캐낸 뒤에는 살려놓을 필요 없지 않아?"

허리에 찬 검을 살며시 쓸었다. 하지만 루드비히는 말없이 그를 바라본 뒤 작게 고개를 저었다.

"그건 미아 님께선 원하지 않으시겠지."

조용하면서도 결코 흔들리지 않는 무거운 목소리. 검을 찬 자신과 대치하고도 조금도 동요하지 않는 그 배짱에 디온은 쓴웃음을 흘렸다.

"그래. 루드비히 씨는 기백만으로 내 발을 묶어놓겠다는 건가. 그 각오는 대단하지만······. 그래······."

잠깐 생각에 잠긴 뒤 디온은 방향을 살짝 틀기로 했다.

"적을 계속 살려놓는 건 장점만 있는 건 아니잖아?"

"그 말은······?"

"알면서. 부조리한 온정은 병사의 사기에 영향을 줘. 화내야 할 때······ 예를 들어 동료가 죽었을 때······. 그런 때는 제대로 분노를 보여주지 않으면 병사는 따르지 않게 되잖아?"

"그렇군······. 확실히 그런 측면은 있겠지만······ 그렇다고 해도 살려놔야 한다고 판단하신 거겠지. 게다가 굳이 따지라면 디온 씨는 억지로 이유를 가져다 붙이는 것처럼 보여. 그 검을 녀석들에게 휘두르기 위해······."

날카로운 지적에 항복이라는 양 디온은 어깨를 으쓱했다.

"실패했나······. 이유를 만드는 게 너도 받아들이기 쉬울 거라고 봤는데……. 게다가 무장도 안 한 주제에 나를 앞에 두고도 한 걸음도 물러나려 하지 않는 네게 경의를 표하고 싶었거든…….”

직설적인 말에 루드비히는 쓴웃음으로 대답했다. 그러고는 조용히 안경을 고쳐 썼다.

“뭐, 사실 개인적인 감정으로 말하라면 나도 굴러다니는 술병으로 머리를 깨버리고 싶긴 하지만…….”

차갑고 날카로운 목소리. 하지만 그 분위기도 바로 흩어졌다.

“아쉽게도 우리는 이미 개인적인 감정으로 움직일 수 있는 신분이 아니지.”

“뭐야, 잊어버렸어? 나는 딱히 무슨 일이 있어도 황녀님 편을 드는 건 아니야. 만약 황녀님이 내가 받아들일 수 없는 짓을 저지르면 그때는 인정사정없이 갈라설 거라고.”

“하지만 이번에는 아니지……. 안 그래?”

아픈 곳을 찔러댄다며 디온은 작게 한숨을 쉬었다. 그걸 긍정으로 받아들인 건지 루드비히는 가만히 말을 이었다.

“여태껏 미아 황녀 전하께서 보여주신 길은 현재 흠잡을 곳이 없어. 한두 개쯤 실수한다고 해도 그건 흔들리지 않아. 그렇지 않나? 게다가 미아 님께선 말씀하셨지. 여기서 뱀의 무녀와 늑대술사를 죽이는 건 벨 님에게 도움이 되지 않는다고. 그런 짓을 했다간 벨 님이 슬퍼하…….”

“그런 종류의 말장난은 안 좋아해.”

칼같이 말을 잘라버린 디온이 말했다.

“네 말, 앞부분은 동의해. 그 황녀님은 참 대단하지. 하지만 후

반은 아주 진부해. 죽은 사람은 돌아오지 않아. 다시는 만날 수도 없어. 그러니까 하수인들을 살려놓는 게 그 사람을 위한 것이다, 같은 말은 듣기 좋은 이상론이고 말장난이야."

전장에서 부하의 죽음을 겪은 적도 있는 디온이기에 그런 마음이 강했다.

죽음은 돌이킬 수 없다. 어떻게 할 수 없는 일이다. 그렇기에 용서할 수 없는 적이 존재한다.

반면 루드비히의 목소리는 어디까지나 담담했다.

"그런 걸까……."

"아니라고 하려고? 설마 죽은 사람이 되살아난다고 하게……? 하이고, 너는 조금 더 합리적인 인간이라고 생각했는데."

디온은 보란 듯이 눈썹을 들어 올렸다.

"아니면 시체가 빛나서 사라진다는 기묘한 광경을 봤으니 기적을 믿어볼 마음이 들었다……, 뭐 그런 거 아니지?"

"물론 그것도 있지. 하지만 그보다 중요한 건 미아 님께서 그렇게 말씀하셨다는 거다."

"황녀님의 말이라면 의심하지 않고 믿는다……?"

"물론 의심은 든다. 경직된 사고에 빠지지 않도록 조심은 하고 있지. 하지만 생각해도 답이 나오지 않는 일은 믿거나 믿지 않거나 둘 중 하나밖에 없잖아. 그러니 나는 미아 님을 믿고, 그것을 전제로 생각하려는 거야."

그후 루드비히는 장난기 어린 미소를 지었다.

"게다가 디온 씨. 이건 노파심에서 하는 말인데, 미아 님……

제국의 예지의 말을 표면적인 부분만 보지 않는 게 나아. 그분의 말씀에는 차마 다 헤아릴 수 없는 깊이가 있거든."

"그러냐. 뭐, 좋아. 그런 거라면 이번에는 루드비히 씨의 말을 믿어보기로 할까. 게다가 '황녀님의 깊은 말씀'이라는 것에도 관심이 있고. 과연 이번 일에 어떤 의미가 있는지……. 찬찬히 뜯어보기로 하마. 황녀님의 검으로서."

그렇게 대꾸했을 때였다. 불현듯…….

『역시 디온 장군님이에요.』

어딘가에서 '그녀'의 목소리가 들린 듯한 느낌이 들어 무심코 쓴웃음을 짓는 디온이었다.

──만약 정말로 한 번 더 만나게 된다면 나는 장군이 아니라고 또 정정해야만 하겠네…….


그것은 먼 미래의 날.

언젠가 온다고 약속했던, 기쁜 축복의 날.

디온이 '장군'으로 불리게 된 지도 오래된, 그런 어느 날의 일.


그날 흑월청에서는 정기 군사회의가 열리고 있었다.

"그럼 올해 미아 폐하 탄신제에도 성녀 라피나 님께서 오시는 겁니까……?"

회의에 처음 참석한 젊은 무관의 발언에 베테랑 무관이 웃으며 대답했다.

"그것만이 아니다. 선크랜드의 시온 폐하를 비롯한 주변 각국의 유력자가 한꺼번에 만나지. 제국이라기보다는 대륙 전체의 대형 행사라고 해도 과언이 아니야."

그 표현에 디온은 무심코 쓴웃음을 지으며 중얼거렸다.

"에휴, 매번 그렇다고는 해도 황녀님의 인망은 기세가 꺾일 줄을 모르는구만."

"네? 뭐라고 말씀하셨습니까? 디온 장군님."

"아무것도 아냐. 폐하의 위광이 얼마나 눈부신지 실감했을 뿐이지."

익살스럽게 말하자 쿡쿡 웃음소리가 들렸다. 그곳에 있는 건키가 훤칠한 여성. 흑월청 장관, 루비 에트와 레드문이었다.

"그래서, 음…… 경비 문제는 근위대와 여제 전속 근위대를 중심으로 편성하는 것에 이의는 없는 거고?"

디온의 물음에 루비는 우아한 미소를 지으며 대답했다.

"네. 하지만 현장에서 몇 가지 과제가 올라왔으니 그 부분을 의제로 놓으려 합니다. 다만 오늘은 경사스러운 날이니 너무 오래 끌지 않고 끝내도록 하죠."

──경사스러운 날……. 그러고 보면 아내가 뭐라고 소란을 피우던 것 같았는데……. 무슨 날이었더라……?

문득 생각에 잠길 뻔할 때였다.

"장군님? 저기, 디온 장군님?"

불현듯 들린 목소리. 영 익숙해지지 않는 그 호칭……. 그 순간, 벼락처럼 뇌리에 되살아나는 광경이 있었다.

"아……. 그렇구나."

"저기, 무슨……?"

의아한 듯 고개를 기울이는 젊은 무관. 그런 그에게 디온은 아무것도 아니라고 고개를 저었다.

"아니……. 그냥, 생각나서. 이제 그 호칭이 틀렸다고 지적하지 못하게 되었다는 걸……."

"네……?"

어리둥절해하거나 말거나 디온은 웃었다.

그 얼굴은 디온치고는 드물게도 무척 쾌활한 미소였다.

## 에리스 리트슈타인 ~계승되는 황녀전~

『황녀 미아의 방탕 축제……. 그것은 제국 역사에 남는 성대한 제전이었다.

제국의 모든 국민이 친애하는 미아 황녀 전하의 탄신일을 축하하기 위하여 다들 일을 던지고 모여서 축제 행렬에 참석한다. 그것은 마치…….』

거기까지 쓴 소녀, 에리스 리트슈타인은 작은 신음을 흘렸다.

"으음……. 조금 심심해……. 조금 더 아름답고 웅장한 표현을 쓰지 않으면 그때 그 축제의 열기가 전해지지 않을 거야. 게다가 미아 님의 매력도 전혀 못 담아내고 있어……."

자신의 문장을 다시 읽어 보며 에리스는 한숨을 쉬었다.

"그나저나 작년엔 참 즐거웠어……."

제도를, 아니, 제국 전역을 뒤덮은 그 열기는 지금도 잊을 수 없었다.

거리를 오가는 사람들의 얼굴에 번진 미소, 미소, 미소.

사이가 좋은 사람도 나쁜 사람도 모두 어깨동무를 하고 환하게 웃으면서 맛있는 음식을 함께 먹는다.

아무리 사이가 틀어졌어도 이날은 특별하다. 전부 잊고 함께 맛있는 것을 먹는다. 그것은 무척 즐거운 시간이었다.

미소로 가득한 즐거운 날을 떠올린 에리스는 작은 미소를 지었다.

"올해는 어떤 축제가 될까……."

작년만큼은 아닐지도 모르지만, 그래도 분명 즐거운 시간이 될 것이다.

미아가 있는 한 분명 그것은 변하지 않는다. 그런 확신이 에리스 안에 있었다.

게다가 에리스가 기대하는 건 하나 더 있었다. 그건…….

"또 와 줄까……."

미아 탄신제 조금 전. 미아와 함께 제도에 왔던 벨이라는 이름의 소녀와 보낸 나날도 에리스에게는 소중한 추억이 되었다.

"즐거웠어. 대화도 많이 하고……."

벨은 능숙한 청자였다. 에리스가 구상한 이야기도 생글생글 기뻐하며 들어주었다.

게다가 미아를 아주 잘 알고 있어서 많은 것을 가르쳐주었다.

아낌없이 공유해준 미아의 위업에 에리스는 때로는 놀라고 때로는 흥분하여 이건 반드시 후세에 남겨야 한다며 메모를 남겨놓았다.

지금은 그걸 책으로 엮어 세상에 내보낼 수 없을지 계획하고 있는데…….

"미아 님 이야기도 더 많이 듣고 싶고, 다른 아이디어도 많이 들려주고 싶어. 올해에도 와 주면 좋겠는데……."

그렇게 기대하고 있었다.

하지만…… 아쉽게도 언니는 혼자 돌아왔다.

──올해는 안 오는 건가.

조금 실망하며 언니에게 물어보자…….

"응……. 벨 님은, 올해엔 못 오셔."

안느는 살며시 시선을 돌리며 말했다.

"그렇구나. 조금 아쉽네……. 하지만 어쩔 수 없지. 내년도 있고, 딱히 우리집에 오는 건 겨울이 아니어도……."

"저기, 에리스……."

그때였다. 안느는 무척 진지한 얼굴로 에리스를 바라보며 말했다.

"벨 님은 멀리 가 버리셨어. 그래서 만날 수 없어."

"어……?"

그 말에 에리스는 무언가 불길함을 느꼈다.

멀리 가버렸으니까 이제 못 만난다……. 그 표현은, 마치…….

──죽은 것 같잖아…….

그 생각이 든 순간, 어째서인지 가슴이 무척 괴로워졌다.

벨과 보낸 시간은 그리 길지 않다. 많은 이야기를 했지만, 친구라고 부를 수 있을 만큼 관계가 깊어진 건 아직 아니었다.

하지만…….

——뭐지. 슬프다거나 허전하다거나…… 그것만이 아닌 느낌이야. 마치 소중한 사람이 나에게 맡긴 보물이 망가져 버린 것 같은……. 아주아주 소중한 것을 잃어버린 것 같아…….

어느새 자신의 옷자락을 꼭 움켜쥐고 있었다.

"언니, 그 말은……."

매달리듯이 언니의 얼굴을 보았다.

"괜찮아……."

안느는 다정한 미소를 지으며 말했다.

"괜찮아. 한참 나중이 되겠지만, 반드시 만날 수 있다고 미아 님께서 말씀하셨거든."

"미아 님께서……?"

제국의 예지이자 안느의 가족의 은인, 미아의 말은 믿어 마땅한 말이다.

따라서 에리스는 작게 안도의 숨을 쉬었다.

"그렇…… 구나. 미아 님께서 그렇게 말씀하셨다면……."

마치 스스로를 타이르듯 거듭 중얼거리고, 고개를 끄덕인 뒤…… 에리스는 말했다.

"그렇다면 다음에 만날 때를 위해 이야기를 많이 써 놔야겠네……."

자신의 이야기를 좋아한다고 말해준 '그녀'에게 최고로 재미있는 이야기를 보여주기 위해…….

"열심히 써야지……."

그렇게 에리스는 집필에 매진했다.


그것은 먼 미래의 날.

언젠가 온다고 약속했던, 기쁜 축복의 날.

제국의 겨울 행사, 미아의 탄신제를 수십 번이나 겪은 어느 날.


그날 에리스는 백월궁전의 대도서관에 있었다.

지금 작업 중인 원고 '가난한 왕자와 황금의 용~죽음의 사막을 넘어서~'에 필요한 자료를 모으기 위해서였다.

"사막은 어떤 곳일까……, 가 보고 싶어……."

그렇게 에리스는 살며시 눈을 감았다.

눈꺼풀 뒤에 펼쳐지는 모래 바다. 시야 안에는 아무것도 없고, 그저 하얀 모래와 파란 하늘에서 쨍쨍하게 내리쬐는 태양만이 존재하는 세계.

그곳을 사막 민족의 옷을 걸친 왕자와 커다란 용이 걸어간다.


『정말로 이 앞에 마을이 있는 거야?』

『전에 왔을 때는 있었어. 100년 정도 전이었지만…….』

담담한 얼굴로 말하는 용에게 왕자는…….


그렇게 이야기 속 세계로 날아가 있던 에리스를…….

"아, 에리스. 여기에 있었구나."

현실로 돌려놓는 목소리가 들렸다.

눈을 뜨자 언니, 안느가 걸어오는 게 보였다.

평소보다 조금 들떠있는 느낌이었다.

메이드장으로서 미아 황제를 섬기는 언니치고는 드물게도 탁탁 소리를 내며 조금 부산스러운 발걸음으로 다가왔다.

"안느 언니, 무슨 일이야?"

"슬슬 시간이 돼서 부르러 왔어."

"어? 벌써 그렇게 됐어……?"

눈을 깜빡이는 에리스에게 안느는 말없이 복도 쪽을 가리켰다.

어느새 복도에 드리운 햇빛은 붉은 저녁놀로 바뀌어 있었다.

"원고 구상, 잘 되고 있나 봐."

"에헤헤…… 응. 뭐…….."

에리스는 기지개를 켜면서 일어났다.

그 후 자료로 썼던 책을 원래 자리에 돌려놓았다.

그러자 책상 위에는 쓰다 만 원고와 한 권의 책만이 남았다.

"어라, 그 책은 돌려놓지 않아도 돼?"

"아, 응. 이건 괜찮아."

그렇게 말하며 에리스는 그 책을 껴안았다.

그것은 오직 한 권뿐인, '그녀'를 위해 적은 책. 중간까지 썼고 나머지는 아직 백지인 조금 특이한 책이었다.

안느를 따라 복도를 걸으며 에리스는 문득 생각했다.

"읽어주는 건 조금 더 기다려야겠지……. 게다가 완성은 훨씬 더 오래 기다려야 할지도……. 아무튼 아직 태어나지 않았으니까……."

그러고는 작게 쿡쿡 웃고는 그 책의 표지를 쓰다듬었다.

그곳에는 이런 글자가 적혀있었다.

'미아벨 황녀전 ~시간을 넘은 황녀의 기록~'이라고.

그것은 미아 황제의 명령을 받아 에리스가 쓰기 시작한 한 권의 기록이었다.

"우후후, 미아 님도 의외로 딸바보…… 아니, 이 경우엔 손녀바보라고 해야 하나? 설마 손녀의 황녀전을 쓰라고 하시다니……."

그런 식으로 조금 흐뭇한 기분에 잠겨있던 에리스는 몰랐다.

"후후후, 벨도…… 당해보면 알 거예요……. 황녀전이 만들어지면 어떤 기분이 드는지……. 그래요. 저와 마찬가지로 조금쯤은 부풀려도 되지 않을까요? 예를 들어 태어났을 때부터 반짝반짝 빛이 났다거나……."

……이렇게 자신이 보지 못하는 곳에서 미아가 조금 음흉한 미소를 짓고 있었다는 건, 에리스는 알 방도가 없었다.

그렇게 미아가 '태어났을 때부터 눈이 멀 정도로 귀여웠다 같은 내용을 적어도 된답니다' 같은 소리를 빙빙 둘러서 전달한 결과, 여제전은 한층 더 과장과 과장이 들어가게 되지만…….

뭐, 그건 됐고.

이리하여 미아벨 황녀전의 기록은 그날부터 다시 움직이기 시작했다.

황녀 미아벨이 태어난 그 날부터.

**라냐 타하리프 페르샹 ~제국의 예지의 오산~**

그해 여름은 라냐 타하리프 페르쟝에게 특별한 여름이었다.

티어문 제국의 황녀, 미아 루나 티어문이 페르쟝 농업국을 방문한 여름.

황금의 언덕을 둘이 함께 올라간 여름.

수확감사제의 춤을 다 함께 추었던 여름.

훗날 페르쟝의 새벽이라고 불리게 되는…… 페르쟝에게도 커다란 전환점이 되는 여름.

그런 인상적이고 기쁜 여름이 끝나고 세인트 노엘 학원에 돌아온 라냐는 조금 의기소침해 있었다.

당장에라도 만나고 싶었던 친구, 미아의 모습이 없었기 때문이다.

들어 보니 페르쟝을 방문한 뒤 선크랜드와 기마왕국을 순방하게 되었는데 그 여행이 길어지고 있다고 한다.

"분명 또 다양한 사람들과 관계를 맺고 오겠지……."

페르쟝에서 했던 것처럼……, 세인트 노엘에서 했던 것처럼…….

분명 미아는 계속해서 동료를 늘려간다. 그 즐거운 여로를 상상하며 무심코 부러움을 느끼고 만 라냐였으나…….

얼마 후 세인트 노엘에 돌아온 미아를 보고 라냐는 고개를 갸웃거리게 되었다.

미아가 어딘가 기운이 없어 보였기 때문이다.

그러고 보면 작년 가을 무렵에도 기운이 없었다는 걸 떠올린 라냐는 우선 신작 과자인 페르쟝 밤 설탕절임을 들고 미아의 방을 찾아갔다.

"잘 돌아오셨어요. 미아 님."

"아아, 라냐 양. 오랜만이에요."

인사하는 미아의 얼굴에는 기운이 없었다.

우선 과자를 건네보았지만…….

"어머, 무척 맛있어 보이네요……. 그럼 바로 먹도록 할까요."

그렇게 말하며 실제로도 맛있다는 말을 연발하면서 먹어주었으나……. 평소와는 다르게 더 달라고 하지 않았다.

한차례 차와 과자를 먹은 뒤 미아는 가느다란 한숨을 내쉬었다.

명백하게 상태가 이상했다.

불편한 침묵이 싫었던 라냐는 방 안을 둘러보았다.

"그런데 벨 양은 같이 돌아오지 않았네요."

미아와 안느의 침대는 사용한 흔적이 보였지만 가장 끝에 잇는 벨의 침대는 한동안 사용하지 않은 것처럼 보였다.

평소에는 저기에서 자고 있을 그 소녀의 얼굴을 떠올린 라냐는 무심코 미소를 지었다.

"괜찮다면 또 수확감사제에 놀러와 주세요. 물론 벨 양도 같이, 다 함께……."

그날의 즐거운 기억은 라냐 안에 특별한 추억으로 새겨져 있다.

미아네도 같은 마음이면 좋겠다고 생각하던 라냐였으나…….

미아는 그 말을 듣고 희미하게 슬픈 표정을 지었다.

"아……. 네. 그래요. 당연히 가야죠. 페르쟝은…… 소중한 나라고, 맛있는 것이 많이 있으니까요……. 하지만."

거기서 말을 끊은 미아의 눈이 어딘가 먼 곳을 보듯 스윽 가늘어졌다.

"벨은…… 내년엔, 어려울지도 모르겠어요. 그 아이는 멀리 가버렸으니까요……."

"네……?"

미아의 목소리, 표정, 그리고 곁에 있는 안느의 반응에서 라냐는 심상치 않은 것을 감지했다.

그 소녀, 벨은 왜 이 자리에 없는 거지?

항상 미아나 안느와 같이 행동했는데…… 어째서 그녀만이 여기에 돌아오지 않은 건지…….

──설마…….

말도 안 된다.

미아가 그런 실패를 저지를 리가 없다. 그러니까 그녀가, 벨이…… 어딘가 멀리 가버리는 건…… 죽어버리는 일은 말도 안 된다고, 그렇게 생각하지만…….

미아의 얼굴을 다시금 바라보았다. 미아는 쓸쓸하게 웃고 있었다.

"하지만 감사제에는 꼭 또 참석하고 싶어요. 무척 즐거웠거든요……. 후후후, 올해 여름은 무척 즐거웠어요……. 다 함께 춤도 추고. 네, 아주 즐거웠어요……."

그 중얼거림을 들은 순간, 명확한 건 아니지만…… 알아채고 말았다.

눈앞의 친구가 더없이 소중한 사람을 영영 잃어버렸음을…….

그때…….

"그러니까, 그래요. 아주아주 먼 미래가 될 테지만, 또 그 아이를 데리고 페르쟝에 가겠습니다. 약속할게요."

"먼 미래…… 예요?"

이해할 수 없어서 고개를 갸웃거리는 라냐.

"대충……, 저희가 할머니가 되었을 때가 아닐까요?"

그런 라냐에게 미아는 장난을 꾸미는 어린아이 같은 미소를 지었다.


그것은 먼 미래의 날.

언젠가 온다고 약속했던, 기쁜 축복의 날.

달콤한 케이크와 과자가 딱 어울리는 날이었다.


그날 페르쟝 농업국의 왕녀, 라냐 타하리프 페르쟝은 제도 루나티어로 서두르고 있었다.

흔들리는 마차 안에서 느긋하게 제국의 거리를 바라보았다.

"제국은 변함이 없군요. 아니, 미아 님의 치세가 된 뒤로 더욱 번영한 느낌이에요."

친구가 다스리는 나라의 발전이 기쁜 건지 라냐는 부드럽게 웃었다. 그건 학창 시절 미아를 만나기 전의 라냐에게서는 상상도 하지 못할 만큼 부드러운 미소였다.

"저기, 라냐 전하. 정말로 축하 선물이 이런 것이어도 괜찮았던 걸까요?"

마차에 동승하고 있던 어린 시녀가 눈썹을 구기며 뒤를 따라오는 마차에 시선을 보냈다.

"어머나, 그러면 안 돼. 모처럼 가져온 선물을 '이런 것'이라고 하면 못써."

그렇게 말하며 라냐도 뒤쪽 마차에 시선을 옮겼다. 그 마차의 짐칸에는 페르쟝에서 수확한 과일이며 과일을 가공한 벌꿀절임 등 극상의 디저트가 적재되어 있었다.

이것도 다 축하를 위해서다.

제국의 새 황녀, 미아 황제의 손녀가 탄생하는 걸 축하하기 위한 선물이다.

티어문 제국 황제의 손녀가 태어나니 속국인 페르쟝의 왕족은 축하 물품을 들고 찾아가는 것이 당연하다…… 같은 부조리가 통했던 것도 이제는 먼 옛날 일.

따라서 황족이라고는 해도 제3황녀의 아이가 태어나는 걸 축하하기 위해 바쁜 라냐가 굳이 찾아갈 필요성은 크지 않다. 하지만 라냐는 순수하게, 그리고 진심으로 그 황녀의 탄생을 축하하기 위해 티어문으로 향하고 있다.

왜냐하면 앞으로 태어나는 '그녀'와 페르쟝은 다소 연이 있었기 때문이다.

그날…… 새벽을 상징하는 듯한 이국의 황녀와 춘 연무는 지금도 페르쟝 사람들의 입에서 입으로 전해 내려오고 있다.

그리고 제국 황녀와 페르쟝 왕녀의 춤에 더해 그 뒤에서 즐겁게 춤추던 또 한 명의 소녀가 있었다.

당시 라냐는 그 정체를 몰랐지만…….

"아니, 지금도 쉽게 믿어지지 않지만……."

무심코 쓴웃음을 지었다.

대체 누가 쉽게 믿을 수 있을까? 그때 미아와 함께 춤을 춘 사람이 미아 본인의 손녀라는 것을.

"하지만…… 아무리 미아 님이라고 해도 그때는 상상하지 못하셨겠지. 그 뒤에 무슨 일이 일어날지……."

벨이 사라진 세계……. 그 후에 일어난 예상치 못한 사건들.

그건 미아 본인조차 당황하고 어안이 벙벙해질 만큼 터무니없고…… 무척이나 행복한 일들이었다.

"우후후, 즐거웠어……."

그때를 떠올리고 저도 모르게 미소 짓는 라냐.

"저기, 라냐 님?"

의아한 듯 고개를 갸웃거리는 시녀에게 고개를 저어 대답한 뒤…….

"그러고 보면 그 부분은 미아 님의 미래 예측이 드물게 빗나간 케이스였지……."

라냐는 문득 먼 곳을 바라보았다.

미아와 손녀 벨이 페르쟝에 오기로 한 약속은…… 미아의 예상보다 **훨씬 일찍** 이뤄졌지만…….

"우후후, 기대된다."

라냐는 웃었다.

아직 보지 못한 '그녀'와의 재회를 상상하면서…….

# 티어문 제국
## 이야기

# 미아의 재회 일기
(를 고대하는)

Mia's
# DIARY
In Anticipation of Reunion.

Tearmoon
Empire Story

1월 15일

오늘부터 일기장을 다시 쓰겠어요.

그 아이가 사라진 뒤로 많은 일이 일어났지만, 저희는 앞으로도 열심히 노력해야만 하니까요.

이 일기장은 재회하는 날까지 계속 쓸 생각이에요. 하루도 빠지지 않고 계속 써서 그 아이에게 말해주는 거죠.

이런 식으로 매일 일기를 쓰는 거라고요.

1월 16일

오늘은 고등산술 수업이 힘들었습니다. 안느와 함께 머리를 맞대고 숙제를 마쳤지만요. 달콤한 케이크가 그리워졌답니다.

그래서 오후부터는 거리로 나가 디저트 가게를 순회했습니다.

오랜만에 먹은 슈크림의 맛이 가슴을 찡하게 울리네요. ☆☆☆☆☆

1월 17일

오늘은 딱히 적을 만한 일이 없었지만…… 아무것도 적지 않을 수는 없으니까 오늘의 식단이라도 적을까요.

오늘은 황월 토마토 스튜. 제도의 주방장보다 조금 덜 끓였다는 느낌. 그만큼 산미가 강하지만 이건 이거대로 나쁘지 않음. ☆☆☆

1월 18일

오늘 저녁은 으깬 감자를 뭉쳐서 기름에 튀긴 것.

입에 넣으면 바삭하고 포슬포슬 무너지는 게 아주 맛있음.

그대로 먹어도 맛있지만 과일 소스에 찍어 먹으면 새콤한 맛이 기름을 씻어줘서 끝맛도 상큼.

맛의 조화가 절묘. 훌륭함. ☆☆☆☆

1월 19일

이상하네요. 어째서인지 또 식사 기록이 되어버렸잖아요. 이러면 제가 식탐 황녀처럼 보인다고요.

적을 만한 일이 아무것도 없던 날은 어쩔 수 없다지만 전부 식사 보고서가 되어버리면 벨에게 보여줄 수 없어요. 역시 제대로 일기의 형식을 갖춰야만 하겠네요.

하지만 우선 오늘은 쓸 일이 없었으니까 일단 식사에 대해 적기로 하고…….

1월 22일

어느새 사흘이 지나버렸군요. 어쩐지 최근에는 시간의 흐름이 빠른 느낌이 들어요.

그건 그렇고, 오늘은 라피나 님이 다과회에 불러줬습니다.

라냐 양, 티오나 양과도 함께 무척 떠들썩한 모임이 되었어요. 게다가 리나 양도…… 아주 잠깐이긴 하지만 참석해주었고요.

이 상태로 회복해주면 좋겠는데요…….

참고로 과자는 부드러운 크림이 듬뿍 놓려진 케이크였습니다. 달콤하고 입안에서 살살 녹는 게 최고였어요. 포인트로 올라간 딸기의 새콤함도 아주 훌륭하게 잘 어울리더군요.

☆☆☆☆☆ 이상!

……하지만 잘 생각해 보면 재회할 때까지라니, 대체 몇 년 뒤인 거죠?

그때까지 계속 쓰는 건 너무 힘들지도 모르겠네요. 쓰기는 계속 써도 하루도 빼놓지 않는다는 건……. 하루나 이틀 정도라면 건너뛰어도 괜찮을지도 모르겠어요. 그래요, 계속 쓰기 위해서는 조금쯤 어깨에서 힘을 빼 줘야겠죠.

2월 10일

묘하네요. 날짜가 날아가 버렸어요. 저는 어제까지 착실하게 썼는데, 왜 이렇게 된 거죠……. 설마 이 일기장, 그 피 묻은 일기장처럼 마음대로 기록이 사라지거나 추가되거나 하는 마법의 일기장인 거 아닌가요?

　그나저나 매일 일기를 쓴다는 건 역시 참 어려운 일이네요.

　아아, 빨리 벨과 재회하는 날이 왔으면 좋겠어요……. 정말로…….

# 후기~Fin이라는 글자를 걷어차고……~

독자 여러분, 오랜만입니다. 모치츠키입니다. 별일 없으셨나요?

초등학생 때 TV 게임을 소개하는 방송을 좋아해서 즐겨 봤었습니다.

어느 날 방송에서 소개한 게임에 저는 충격을 받았습니다. 제목이 뭐였는지는 잊어버렸지만, 엔딩롤이 끝나고 Fin이라는 글자가 나왔는데…… 놀랍게도 그 Fin을 캐릭터가 걷어차더니 아직 게임이 끝나지 않았다는 게 밝혀집니다.

지금은 흔한 연출인지도 모르지만 당시 저에게는 충격적이고 가슴이 설레는 연출이었습니다.

재밌게 놀던 게임을 클리어해버리고…… 이제 즐거운 시간도 끝인가…… 하며 아쉬움에 잠겨있던 바로 그 순간에 아직 안 끝났어! 하고 캐릭터들이 가르쳐준 거죠.

참으로 끝내주는 연출이라고 생각합니다. ……그런 고로 티어문 제국 제11권이었습니다. 끝날 것 같은 분위기였지만 미아가 상큼하게 Fin을 걷어차서 조금 더 이어질 것 같습니다.

그건 그렇고, 애니메이션 제작이 정해졌습니다! 무대화, 드라마 CD화에 이어 상당히 먼 곳까지 와 버렸다는 느낌이 듭니다. 이것도 모두 응원해주신 독자 여러분 덕분입니다. 정말 감사합니다!

미아 : 으음……? 애니메이션이라니, 그게 뭐죠?

루드비히 : 음, 그게, 애니메이션이란 간단하게 말하자면 이러 쿵저러쿵…….

미아 : 오호……. 뭔지 잘 모르겠지만…… 그래도 총명한 제가 움직이는 건 필시 가련하고 사랑스러울 테니……. 후후후, 기대 되는군요.

루드비히 : 들어보니 단두대에 팔과 다리가 달려서 달리기도 한다는 모양입니다. 어떻게 된 건지 흥미가 솟는군요.

미아 : 네?! 뭐, 뭐죠 그건! 공포 영화 같은 건가요? 그, 그런 무 시무시한 것에 제가 출연한다니 말도 안 돼요.

루드비히 : 공포 영화는 알고 계시는군요…….


여기서부터는 감사 인사입니다.

Gilse님, 예쁜 일러스트 감사합니다. 이번에는 특히 표지가 환 상적이었어요. 내지 컬러의 박진감도 멋집니다.

담당자 F님, 신세 지고 있습니다. 계속해서 여러모로 잘 부탁 드립니다.

가족에게. 항상 신세 지고 있습니다. 도와주셔서 감사합니다.

이 책을 읽어주신 모든 분께. 여기까지 함께 와 주셔서 감사합 니다. 미아의 모험은 조금 더 이어질 것 같습니다. 응원해주시면 좋겠습니다.

세 명의 소녀가 모인 순간
미래도 과거도 바뀌기 시작한다!
——저는 알고 있으니까요. 행복한 꿈의 다음 이야기를 만들어준 사람을.
끼의 소녀
의 정체는?

**TEARMOON EMPIRE STORY**

# 안느

CHARACTER
INTERVIEW — 02

*Mia's*
*exclusive maid*

**Q 미아 님과 있었던 일 중에**
**특히 기억에 남은 것을 가르쳐주세요.**

**A** 세인트 노엘에 입학하고 얼마 안 됐을 때,
같이 목욕한 적이 있었습니다. 그때 미아
님께서 저를 격려해주시고 등을 밀어주셨죠.
그리고 역시 처음 만나 뵈었을 때일까요?
케이크를 엎어버린 저에게 미아 님께서 무척
다정하게 말을 걸어주셨습니다. 둘 다 잊을 수
없어요.

| | |
|---|---|
| **좋아하는 음식은?** | 가족, 미아 님과 같이 먹은 얼음과자 |
| **싫어하는 것은?** | 미아 님에게 무례하게 구는 사람 |
| **특기는?** | 연애 조언 |
| **다음 생에 다시 태어난다면** | 루드비히 님으로 태어나서 두뇌로도 미아 님에게 공헌하고 싶음 |
| **휴일을 보내는 법** | 각종 메이드 기술 습득, 인맥 만들기 |
| **인생에서 가장 기뻤던 일** | 공중목욕탕에서 미아 님이 심복이라고 말해준 것 |
| **후회하는 일** | 어릴 때 요리 실력을 닦아놓지 않은 것 |
| **좋아하는 타입은?** | 딱 부러진 사람 |

Mia's comment

다른 사람을 인터뷰하겠습니다! 처음은 당연히 제 심복인 안느 양!
연애 군사 안느를 포섭한 것은 제 인생 최고의 나이스 플레이에요.

# 미아

CHARACTER
INTERVIEW — 01 *Mia*

**Q** 마지막 만찬을 먹는다면
어떤 메뉴를 원하시나요?

**A** 불길한 질문이 왔네요. 으음, 제 인생의
마지막으로 먹는 음식이라는 거죠?
그렇다면…… 먼저, 역시 황월 토마토 스튜는
빼놓을 수 없겠네요. 그걸 에피타이저로 먹고 갓
구워낸 빵과 기마왕국산 버터는 필수예요. 아,
그리고 빵 대신 페르쟝의 타코스도 필요하네요.
메인디시는 선크랜드 비프 스테이크. 그리고
버섯 냄비 요리를 잊어선 안 되죠. 흐음, 이건
하루 만에 도저히 다 먹지 못하겠는데요. 마지막
만찬을 일주일 정도 차려준다면 전부 소화할 수
있지 않을까요……? 어라? 듣고 계신 건가요?

| | |
|---|---|
| **좋아하는 음식은?** | 토끼 냄비 요리, 버섯 요리 전반, 카티라, 채소 케이크, 황월 토마토 스튜 etc… |
| **싫어하는 것은?** | 단두대 계열은 전부 싫어요 |
| **특기는?** | 춤과 승마. 수영도 특기(특히 누워뜨기) |
| **다음 생에 다시 태어난다면** | 야생마가 되어서 느긋하게 풀을 뜯으며 살고 싶음 |
| **휴일을 보내는 법** | 느긋하게 침대 위에 누워서 독서 |
| **인생에서 가장 기뻤던 일** | 일기장이 사라진 것 |
| **후회하는 일** | 어제 쿠키를 전부 먹어버린 것. 몇 개 남겨놓을걸. |
| **좋아하는 버섯은?** | 모든 버섯에 귀천은 없음 |

*Princess of the*
*Tear Moon Empire*

— Mia's comment —

먼저 저부터군요!
……어라? 저만 다른 질문이 섞여 있네요?

# 아벨

 **미아 황녀 전하와 데이트한 곳 중
인상적인 장소가 있나요?**

음, 발렌티나 누님과 대결을 앞두고 지붕
위에서 밤하늘을 바라본 것도
인상적이었지만…… 가장 큰 건 무인도에서
있었던 일들일까. 그때 나는 미아가 보호받기만
하는 영애가 아니라는 걸 새삼 느꼈고, 그래도
버팀목이 필요한 한 명의 여성이라는 것 또한
느꼈어. 그래서 나는 미아의 힘이 되어주고 싶어.
그건 데이트라고 하기는 어려울지도 모르지만.

| | |
|---|---|
| **좋아하는 음식은?** | 말 모양 빵 |
| **싫어하는 것은?** | 숙녀에게 무례하게 구는 자 |
| **특기는?** | 검술, 승마 |
| **다음 생에 다시 태어난다면** | 다시 태어나면 멀쩡한 인간이 되지 못할 것 같으니까 다시 태어나기 싫음 |
| **휴일을 보내는 법** | 검술 연습, 승마 연습, 최근에는 미아에게 추천받은 책 읽기 |
| **인생에서 가장 기뻤던 일** | 처음 미아가 춤을 신청했을 때 |
| **후회하는 일** | 체념에 사로잡혀 발을 멈추고 있던 시간 |
| **좋아하는 타입은?** | 미아 |

*Second Prince
of the Kingdom
of Remno*

Mia's comment

아벨…… 멋져요……! 하아아♡

# 루드비히

### CHARACTER
### interview 03

*Ludwig*

*Mia's civilian official*

## Q 미아 황녀 전하의 가장 뛰어난 시책은 무엇이라 생각하나요?

A 그건 무척 까다로운 질문이군요. 너무 많아서 하나를 꼽기 어렵습니다. 빈민가에 병원을 세운 수완은 훌륭했고, 고아들을 두텁게 지원하고 재능 있는 사람을 교육해주는 학교 설립도 훌륭했죠. 그래도 역시, 비축한 식량을 자국에만 한정하지 않고 주변 국가에 배부하는 것을 염두에 둔 그 '빵 케이크 선언'이 가장 훌륭하지 않았나 합니다. 자칫 잘못하면 각국이 무익한 전란에 빠질 수도 있었던 것을 그 선언 덕분에 오히려 우호 관계 강화로 이어졌다고 볼 수 있죠. 말 그대로 제국의 예지가 만들어낸 위업이라 할 수 있을 겁니다.

| | |
|---|---|
| 좋아하는 음식은? | 달바라기 씨앗 볶음 |
| 싫어하는 것은? | 세금 낭비, 오만한 귀족 |
| 특기는? | 암산 |
| 다음 생에 다시 태어난다면 | 선원이 되어서 세계를 여행하고 싶음 |
| 휴일을 보내는 법 | 문제집 만들기 |
| 인생에서 가장 기뻤던 일 | 미아 님과 금월청에서 만나 내가 섬길 주인을 찾아낸 것 |
| 후회하는 일 | 모든 왕후·귀족에 실망해서 포기했던 것 |
| 좋아하는 타입은? | 나의 부족한 면을 보완해주고 새로운 견해를 주는 여성 |

— Mia's comment —

문제집……? ……으쓱. 아, 벨을 위한 것이군요. 그런 거라면 더 많이 만들어주세요!

# 키스우드

## CHARACTER
## INTERVIEW 06

*Sion's faithful servant*

**Q** 미아 황녀 전하의 요리 중에서
좋아하는 것은 무엇인가요?

**A** 그건 가타부타 없이 샌드위치입니다.
그것 말고는 없습니다. 아무튼 샌드위치.
다른 건 만들지 않으셨으면 할 만큼 샌드위치가
좋습니다. 아니면, 흐음…… 손이 많이 가지
않는 간단한 것일까요. 버섯이 들어가지 않은
샐러드 같은 건 괜찮을 지도요. 버섯 샐러드는 안
됩니다. 그리고 달걀말이…… 아니, 불을 쓰는 건
어렵겠군요. 그렇다고 날것도, 하지만……
으으음.

| | |
|---|---|
| **좋아하는 음식은?** | 폐하께서 거두어 주셨을 때 먹은 부드러운 빵 |
| **싫어하는 것은?** | 썩은 왕후·귀족, 시온 님의 적, 각종 버섯과 덜 구워진 고기 |
| **특기는?** | 검술, 승마술, 격투술 등 전투에 필요한 기능 전반, 춤과 화술도 잘함 |
| **다음 생에 다시 태어난다면** | 제멋대로인 영애가 되어서 충실한 종자를 쩔쩔매게 하고 싶음(쓴웃음) |
| **휴일을 보내는 법** | 시온 옆에 있음, 직접 요리를 하기도 함 |
| **인생에서 가장 기뻤던 일** | 시온이 종자로서 필요하다고 해준 날 |
| **후회하는 일** | 처음에 미아의 요리를 도와줘서 성공을 경험하게 만든 것 |
| **좋아하는 타입은?** | 걱정하지 않아도 되는 야무진 여성, 포용력이 있으면 더욱 좋음 |

**─ Mia's comment ─**

키스우드 씨도 상당한 완벽 조인이지만 굳이 따지라면 나쁜 남자라는
인상을 지울 수 없단 말이죠. 벨에게도 조심하라고 해야겠어요…….

# 시온

## Q 티오나 양과는 평소 어떤 대화를 하나요?

A 둘 다 남동생이 있으니까, 동생 이야기나
가족 이야기, 그리고 영지민 이야기도
자주 해. 특히 루돌폰 변경백령에서는
영지민과의 거리가 아주 가깝지. 거기서 배우는
것이 아주 많아. 새삼 백성을 공정하게 다스리는
것이나 왕의 책무에 대하여 생각하게 돼. 그
책임의 무게와 거기에 짓눌리지 않으려면 어떻게
해야 하는가…… 하지만 어째설까? 그녀와
대화하면 처음 대화하는 것인데도 어딘가
그리운…… 그런 기분이 들어, 언젠가
어딘가에서…… 아니, 그럴 리 없지, 응, 아무튼
즐겁게 대화하고 있어.

| | |
|---|---|
| 좋아하는 음식은? | 말 모양 빵 |
| 싫어하는 것은? | 의무를 경시하는 왕족·귀족이나 권력자 |
| 특기는? | 검술, 춤, 승마, 수영, 공부, 예술 etc… |
| 다음 생에 다시 태어난다면 | 평민이 되어 사랑하는 가족만을 위해 살아보고 싶음 |
| 휴일을 보내는 법 | 백성들의 생활 시찰, 검술과 승마 연습, 키스우드와 테이블 게임 |
| 인생에서 가장 기뻤던 일 | 세인트 노엘에서 존경할만한 사람들을 만난 것 |
| 후회하는 일 | 에샤르와 제대로 대화하지 않았던 것 |
| 좋아하는 타입은? | 나를 그저 한 명의 인간으로 봐 주는 사람 |

*First Prince of the Kingdom of Sancland*

MIA'S COMMENT

끄으응, 특기의 가짓수가…… 여전히 귀여운 구석이 없는 완벽 초인이라니까요!

# 벨

Character
Interview — 08

**Q** 존경하는 미아 할머니와의
에피소드 하나를 소개해주세요

**A** 미아 할머니께선 춤을 자주 가르쳐주세요.
공부도 가르쳐주시지만, 너무
어려워서……. 10페이지 정도는 전부 외우라는
무모한 요구를 하셔서 힘들어요. 이만큼
노력하지 않으면 제국의 예지로서 위업을 이루지
못했다는 거라나 하고 매번 놀란다니까요. 아,
하지만 조금 장난꾸러기 같은 면도 있으세요. 제
케이크를 옆에서 몰래 먹으려고 하신다거나.
그런 친근한 부분도 포함해서 저는 미아
할머니가 정말 좋아해요!

| | |
|---|---|
| **좋아하는<br>음식은?** | 달달한 핫밀크 |
| **싫어하는<br>것은?** | 공부를 포함해<br>꾸준히 노력해야 하는 것 |
| **특기는?** | 소품 만들기, 승마, 춤.<br>(전부 본인 주장) |
| **다음 생에 다시<br>태어난다면** | 루드비히 선생님이나 갈브 님으로 태어나서<br>공부를 가르쳐주는 쪽이 되어보고 싶음 |
| **휴일을<br>보내는 법** | 독서! 모험! 탐험! |
| **인생에서<br>가장 기뻤던 일** | 한 번 더 과거에 와서 미아의<br>인연들과 재회한 것 |
| **후회하는 일** | 슈트리나의 눈앞에서 죽는 바람에<br>소중한 친구에게 상처를 준 것 |
| **좋아하는<br>타입은?** | 천칭왕! 출신 키스우드! 할아버지도 두<br>사람보다는 조금 말하지만 너무 좋아요! |

*Mia's granddaughter*

**Mia's comment**

제 자랑스러운 손녀…… 이긴 한데, 어째서일까요. 이 미묘한 어벙함이라고 해야 할지,
허술함이라고 해야 할지, 아무지지 못한 감이 있단 말이죠. 제 손녀인데 왜 그런 걸까요?

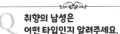

**Q** 취향의 남성은
어떤 타입인지 알려주세요.

**A** 자신에게 주어진 역할이나 책임에서
도망치지 않고 성실하게 맞서는 사람이요.
최근에 세로가 미아 님께서 맡겨주신 일을 열심히
노력하는 걸 보며 무척 흐뭇해하고 있습니다.

**Q** 그렇군요. 참고로 아샤 왕녀 전하를
어떻게 생각하시나요?

**A** ……? 무척 멋진 여성이라고 생각하는데요.
어째서 그런 질문을?

**Q** 아뇨, 그럼 됐습니다!

| | |
|---|---|
| 좋아하는<br>음식은? | 다 함께 만들었던 말 모양 빵 |
| 싫어하는<br>것은? | 오만한 제국 귀족 |
| 특기는? | 궁술, 검술, 춤, 공부.<br>특히 궁술 |
| 다음 생에 다시<br>태어난다면 | 동생으로 태어나서 언니나<br>오빠에게 어리광부리고 싶음 |
| 휴일을<br>보내는 법 | 활과 검술 연습.<br>숙녀로서 필요한 예법 공부 |
| 인생에서<br>가장 기뻤던 일 | 미아 님에게 총애의<br>대상이라고 들은 것 |
| 후회하는 일 | 미아 님이 벨을 잃었을 때<br>곁에 있어 주지 못했던 것 |
| 좋아하는<br>타입은? | 자신에게 주어진 역할에서 도망치지<br>않고 완수하려는 사람. 성실한 사람. |

*Count's
daughter*

MIA'S COMMENT

과거에는 제 숙적이었지만 지금은 완전히 친한 사이가 된 티오나 양이네요.
동생인 세로 군, 아버지인 루돌폰 백작 모두 오래오래 잘 지내고 싶습니다.

파아아아아앗

핫.

설마 이 빛은!

저건……
저와 같은 백은색
머린카라……
틀림없어요.

베……

두ㅡ둥

아니
누구
?!

?

척……!

오랜만입니다,
미아 할머……
언니.

벨?!

티어문
제국이야기
11권

구매해 주셔서
감사합니다!

# 만화판 제22화 미리보기

Comics trial reading

Tearmoon
Empire Story

클로에의 아버지와 교섭을 마친 다음 주.

그럼 황녀 전하의 경호, 잘 부탁한다.

네!

미아는 제도 루나티어의 빈곤 지역인 신월지구를 시찰하러 가기로 했다.

인기를 위해 세운 것만이 아니라 그 후에도 방치하지 않다니. 역시 제국의 예지야 철저하서.

당신께서 세우신 병원을 보고 싶은 거겠지.

수군···

황녀 전하도 참 괴짜셔······.

굳이 치안이 나쁜 빈곤 지구에 갈 필요는 없을 텐데······.

선배…….

너희들, 불손한 소리 하는 거 아니다!

움찔

하아…

가능하다면 성안에서 얌전히 계셔 주면 경호하기도 쉬운데…….

내 말이.

그분을 우롱하는 건 내가 용서하지 않겠다.

황녀 전하께선 적어도 너희가 생각하는 귀족과는 전혀 다른 분이시다.

나는 지난번 시찰 때 동행했었지.

황녀 전하께선…… 그런 게 아니야.

빈곤 지구에 필요한 병원을 세우는 현명함.

치안이 나쁜 지구라고 해도 필요하다면 주저 없이 발을 들이는 용감함.

정말로 대단한 분이다!

꾀죄죄한 어린아이를 거리낌 없이 부축해주는 자비로움.

그가 미아에게 내리는 평가는 루드비히 못지않게 인플레이션 상태였다.

혁명이 일어났을 때 대부분 배신하지 않고 저와 운명을 함께 해주었죠.

미소 정도는 얼마든지 보여드릴 수 있어요.

오늘 하루 잘 부탁해요.

싱긋

넵!

네.

속물들 이었다.

근위기사의 마음도 장악하셨군.

역시 미아 님이셔······.

그럼 같까요?

넵!

두리번

어머나……

맞습니다.

분위기가 조금 변한 것 같네요?

병원이 돌아가기 시작했으니까요.

두리번

그래요……

탓탓…

그거 다행이네요.

게다가 식량 배급도 예전의 두 배가 되었습니다.

길에서 죽는 자도 줄었고, 점점 활기가 돌아오고 있다는 보고를 받았습니다.

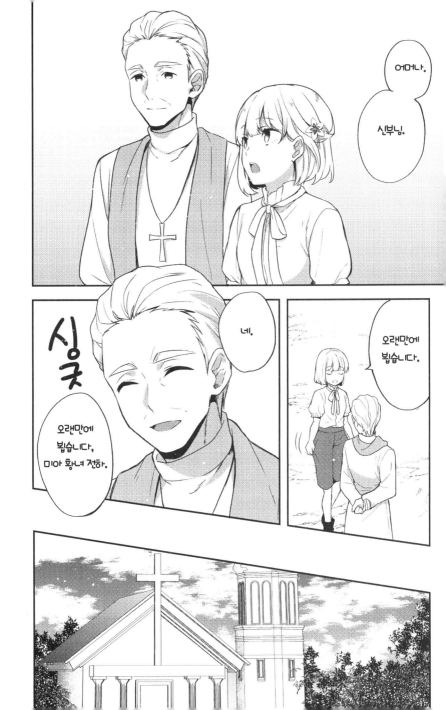

아무것도 없어서 죄송합니다.

이쪽으로 오십시오.

지원은 넉넉히 받고 있습니다만, 영 바빠서 마련할 시간이 없었습니다.

자신의 방을 뒷전으로 미루다니, 딱 신부님이 하실 법한 행동이에요.

……그런 것치곤 교회나 고아원의 외벽 보수 같은 건 진행된 것 같던데요.

황녀 전하께선 성녀님과 친분을 맺으셨다고 들었는데……

성녀님 ……?

나라의 지원을 목적으로 사리사욕을 채우려 하는 인간도 있다는데, 대단한 사람이라니까요.

그러고 보니!

아

별로
가까워지고
싶지
않았지만요…….

아, 라피나 님
말씀이군요.

네, 그분과
친구가 되었죠.

차마 답장을
안 보낼 수도 없고……

친구잖아요!

이유는 모르겠지만
제가 마음에 드셨는지
여름방학인데도
편지가 온단 말이죠.

파아

아아아

역시
소문이
사실이었군요!

아아,
우울해요.

그분은
무섭단
말이에요
…!

이상한 말을
적었다가
미움받기라도
하면
큰일이에요!

오오……
세상에나!

와아 아아

어쩐지 무대 배우의 팬 같은 반응인데요……?

저기, 만약 괜찮으시다면

중앙정교회에 소속된 신부님에게 라피나 님은 구름 위의 존재.

흥분하는 것도 이해하지 못하는 건 아니지만……

뒤적…

머뭇…

다음에 사인이라도……

정말로
팬이었잖아요!

Tearmoon Teikoku Monogatari 11~Dantoudai kara hazimaru hime no gyakuten story~
by Nozomu Mochitsuki

Copyright © 2022 by Nozomu Mochitsuki
Original Japanese edition published by TO Books, Inc.
Korean translation rights arranged with TO Books, Inc.
Korean translation rights © 2023 by Somy Media, Inc.

## 티어문 제국 이야기 11 ~단두대에서 시작하는 황녀님의 전생 역전 스토리~

2023년 7월 15일 1판 1쇄 발행

저         자 모치츠키 노조무
일 러 스 트 Gilse
옮 긴 이 현노을
발 행 인 유재옥
본 부 장 조병권
담당편집 정영길
편 집 1 팀 김준균 김혜연
편 집 2 팀 정영길 조찬희 박치우 정지원
편 집 3 팀 오준영 이해빈 이소의
편 집 4 팀 전태영 박소연
미         술 김보라 박민솔
라이츠담당 김정미 맹미영 이윤서
디 지 털 박상섭 김지연
발 행 처 ㈜소미미디어
인쇄제작처 코리아피앤피
등         록 제2015-000008호
주         소 서울 마포구 토정로 222, 403호(신수동, 한국출판콘텐츠센터)
판         매 ㈜소미미디어
마 케 팅 한민지 최정연 박종욱 최원석 박수진
물         류 허석용
전         화 편집부 (070)4164-3962, 3963  기획실 (02)567-3388
                 판매 및 마케팅 (070)4165-6888, Fax (02)322-7665

ISBN 979-11-384-1939-0 04830
ISBN 979-11-6507-670-2 (세트)

단두대에서 시작하는 황녀님의 전생 역전 스토리

# 티어문 제국이야기

## TEARMOON
## EMPIRE STORY
WRITTEN BY
NOZOMU MOCHITSUKI

11권 초판 한정
쇼트스토리 소책자

모치츠키 노조무 지음
Gilse 일러스트

# 미아벨 황녀의 모험!
## ~두근두근! 제도 탐방편~

티어문 제국의 황제, 미아 루나 티어문의 손녀 미아벨은 산책이 취미인 특이한 황녀로 유명하다.

미아벨은 어린 시절부터 성 밖에서 사는 사람들에 관심을 보이며, 틈만 나면 그들이 생활하는 장소에 발을 옮겼다고 한다.

백성을 가까이 여기고 자애로운 시선으로 보는 그 미덕은 할머니에게서 물려받은 '예지(叡智)'의 일부라고 할 수 있을지도 모른다.

이것은 그런 미아벨 황녀의 산책 이야기이다.


백월궁전. 한 명의 소녀가 책상 앞에 앉아 성실한 표정으로 공부하고 있었다. 나이는 10살이 될락 말락 하는 정도일까.

교과서를 들고 끙끙 미간에 주름을 만들며……. 성실하게 공부하는…… 척을 하고 있다.

그 눈이…… 힐끔 문으로 향했다. 목의 각도가 사알짝 바뀌면서…… 귀가 복도로 가까워진다.

복도에서는…… 아무 소리도 들리지 않았다.

소녀는 살그머니 일어나 발소리를 죽이고 문으로 향했다.

대담하게 귀를 붙이고 확인. 소리는…… 들리지 않는다!

거기서부터는 참으로 빠르게 움직였다.

소녀는 호화로운 드레스를 조용히 벗어 던지고는 곧바로 바지와 셔츠로 갈아입었다. 그건 숲을 걸어 다닐 때 입을 용도로 마련한 간소한 옷이었다. 보는 사람이 보면 고급스러운 옷임을 알아차릴 수 있으나 얼핏 보면 평민의 옷으로 보였다.

소녀는 모자를 눌러쓰고 만족스럽게 고개를 끄덕였다.

"후후후, 완벽한 변장이에요."

소녀…… 티어문 제국의 황녀, 미아벨 루나 티어문, 통칭 벨은 지금 있는 방에서 탈출을 꾀하려는 참이었다.

벨의 교육 담당인 재상 루드비히 휴이트는 바쁜 사람이다.

그래서 공부하던 도중 부하에게 상담을 받아 자리를 비울 때가 종종 있다.

그것을 아는 벨은 그 틈에 살그머니 문을 여…… 는 짓은 하지 않는다. 그렇게 쉬운 루트로 도망칠 만큼 벨은 초보가 아니었다.

이 백월궁전에 존재하는 비밀 통로를 제대로 파악하고 있는 것이다.

"어디 보자…… 이 옷장 안에……."

콧노래를 흥얼거리며 안쪽으로. 두꺼운 코트를 옆으로 밀어내고 드러난 벽의 아래쪽……. 어린아이가 네발로 기어야만 통과할 수 있을 만큼 작은 구멍에 머리를 처박았다!

그곳은 벽과 벽 사이의 공간이었다.

백월궁전이 여러 번 보수공사를 진행하면서 만들어진, 계획에 없는 비밀 통로였다.

그런 벽 뒤를 따라 복도 구석에 도착한 벨은 발걸음도 가볍게 폴짝거리면서 백월궁전에서 빠져나가려고…….

"벨 황녀 전하, 어디에 가시는 겁니까?"

갑자기 뒤에서 날아온 목소리에 벨은 펄쩍 튀어 올랐다. 그리고는 뻣뻣하게 돌아보고는…… 무의식중에 몸에서 힘을 뺐다.

그곳에 서 있던 건 잘 아는 위병의 모습이었기 때문이다.

"아, 오이겐 씨였구나. 깜짝이야……."

말을 건넨 노년의 남자, 오이겐은 미아 황제가 어릴 때부터 근위를 맡아온 베테랑 병사이다.

최근에는 살짝 눈이 침침해진 건지 소박한 안경을 쓰고 있었다.

여제전속 근위대의 일선에서 물러난 뒤에도 미아의 가족을 호위하는 임무를 맡을 만큼 황제의 신뢰가 두터운 충성스러운 근위병이다. 당연히 벨과도 아는 사이다. 아니, 이유는 모르지만 벨은 이 노병에게 그 이상으로 친근감을 느끼고 있었다.

"사실은 잠깐 성 밖에……."

그렇게 말하는 벨에게 오이겐은 얼굴을 찌푸리고 고개를 저었다.

"벨 님…… 그렇게 마음대로 밖에 나가시면 안 됩니다. 벨 님께선 이 제국의 황녀이시니까요. 그렇다는 자각을 제대로……."

오이간의 말을 들은 벨은 얌전한 표정으로 고개를 끄덕였다.

"물론 알고 있습니다. 제국의 예지, 미아 루나 티어문의 피를 이어받은 황녀로서 그저 놀러가는 게 아니에요. 미아 할머니께서도 말씀하셨습니다. 백성들의 생활을 제대로 봐 두라고요. 그러니 이렇게 거리로 나가서 백성들의 생활을 직접 보려는 겁니다."

빠릿빠릿하고 진지해 보이는 얼굴로 대답한 뒤, 벨은 순식간에 득의양양한 표정으로 바꾸고는…….

"……그런 이유로 할머니에 유래한 제도의 장소들을 돌아보려고 합니다!"

가슴을 펴고 말했다. 위대한 할머니 미아의 위신을 빌리는 손녀였다. 대체 누굴 닮은 걸까……?

그 모습을 보고 오이겐은 난처한 표정을 지었다. 그러나…….

"그렇군요. 확실히 필요한 일인지도 모르겠습니다."

온화하면서도 위엄에 넘치는 목소리가 벨의 주장을 인정했다. 그쪽으로 시선을 돌리자 마찬가지로 연로한…… 안경을 쓴 남자가 서 있었다.

"아니, 재상 각하……. 왜 이곳에……?"

"아뇨, 공부 도중에 학생이 도망치는 바람에요……."

루드비히 재상은 쓴웃음을 지으며 벨에게 눈을 돌렸다.

시선을 받은 벨은 움찔 튀어 올랐다.

"다만, 확실히 거리로 나가 백성들의 이야기를 듣는 것도 중요하다고 할 수 있으니……. 다행히 제도의 치안은 안정되어 있으니 네다섯 명 정도 호위를 수배하면 문제없으려나."

루드비히는 팔짱을 끼며 그런 소리를 꺼냈다. 만약 미아가 들었다면 '벨에게만 물려요!'라며 불만을 뱉었을지도 모르지만…….

"루드비히 님……, 하지만……."

무언가 할 말이 있는 듯한 오이겐에게 루드비히는 그립다는 듯 눈을 휘었다.

"옛날 생각나지 않나? 오이겐 경……."

"네……? 옛날, 말씀입니까……?"

"그래. 아직 미아 폐하께서 황녀였던 시절, 갑자기 신월지구에 가겠노라고 말씀하신 적이 있었지……. 그대도 당신에게 협력을 구하지 않았던가?"

그 말에 오이겐의 얼굴에도 부드러운 미소가 번졌다.

"아…… 네……. 그렇죠, 기억합니다. 잊을 리가 없습니다. 그때는 저와 몇 명의 근위만을 호위로…… 아아. 그립군요."

남자들의 이야기에 벨도 눈을 빛냈다.

"신월지구! 미아 할머니의 열광적인 지지자가 많이 있는 지역이죠? 미아 할머니가 세운 병원이 있다던……. 아, 그리고 성 미아 학원과 연계한 고아원도 있지 않았던가요?"

자신만만하게 소소한 지식을 뽐내는 벨에게 루드비히는 고개를 크게 끄덕였다.

"네. 바로 그 계기가 되는 순간에 저희도 같이 있었습니다."

루드비히는 안경을 슥 밀어 올렸다.

"그렇군요. 모처럼이니 오늘은 현장에서 미아 폐하의 공적을 배우는 것으로 할까요……."

그렇게 루드비히가 손을 써서 급속도로 벨의 제도 탐방이 정해졌다.


"에휴……. 재상 각하도 조금 더 일찍 말씀해주시면 좋았을 텐데요……."

벨의 유모 겸 보육 담당인 린샤가 불만을 흘렸다. 그녀는 세련된 안경을 슥 올리며 크게 한숨을 내쉬었다.

호위병 수배와는 별개로 만약을 위해서라며 린샤를 부른 루드비히였으나……. 투덜투덜 화를 내는 그녀를 보고 무심코 쓴웃음이 나왔다.

　——생각해 보면 그녀와도 제법 오랫동안 알고 지냈군······.

　그런 감회에 젖으며 루드비히는 살며시 머리를 숙였다.

　"면목 없군. 하지만 한 가지 변명을 하게 해준다면, 벨 님께서도 미아 님을 닮아 고집이 센 분이셔서······."

　"뭐, 그건 부정할 수 없지만요······."

　묘하게 대답이 떨떠름한 린샤였다. 아마도 그녀 본인도 몇 번씩 벨의 고집에 꺾여준 적이 있었기 때문이 아닐까.

　그런 두 사람의 대화는 조금도 신경 쓰지 않은 듯 벨이 환호성을 질렀다.

　"우후후, 역시 신월지구는 떠들썩해서 아주 즐거워요."

　생글생글 웃으면서 폴짝거리는 벨. 그걸 보고 린샤도 포기한 듯 웃어버렸다. 기본적으로 벨에게 무른 어른들이었다.

　제도 루나티어에서 제일가는 번화가인 신월지구는 오늘도 활기가 넘쳐흘렀다.

　길을 오가는 사람들의 얼굴에는 생기가 흘렀고, 홍보 멘트를 외치는 상인들의 얼굴도 밝다.

　"역시 미아 할머니께서 만든 경제지구예요. 우후후, 걷기만 해도 즐거워지는 거 있죠. 앗!"

　그때 벨이 환호성을 터트렸다. 그대로 달려가려는 벨을 린샤가 부리나케 붙잡았다. 그리고는 벨의 시선을 따라 무엇이 그녀를 유혹한 건지 파악했다.

　"아, 미아 구이로군요······."

길 옆에 상인이 노점을 펴놓고 있었다. 드레스를 입은 소녀의 모습을 한 구움과자를 파는 노점이었다.

미아 구이라고 불리는 그 과자는 이 신월지구의 명물이었다.

린샤는 빠르게 노점으로 다가가 미아 구이를 하나 사서 돌아왔다. 그것을 아주 자연스럽게 반으로 쪼개 입에 넣었다.

여차할 때를 대비한 기미다.

이래 봬도 벨은 황녀다. 그것도 이 제국…… 아니, 대륙 전역에 영향을 미치는 황제 미아의 손녀다. 만에 하나라도 독극물이 들어있으면 큰일이다.

입에 넣고 이상이 없는지 확인한 뒤 린샤는 남은 절반을 벨에게 건넸다.

벨은 익숙하게 그 과자를 받고는 싱글벙글 입에 집어넣었다.

"우후후, 저 이 미아 구이 너무 좋아요."

우물우물 오물오물 입을 움직이며 흡족해하는 벨. 린샤는 기가 막힌다는 듯 한숨을 쉬었다.

"그렇게 입에 가득 넣으시다니……. 보기 안 좋습니다, 벨 님."

벨은 목을 꿀꺽 울린 뒤 기쁨에 찬 웃음을 흘렸다.

"우후후, 이렇게 먹는 게 제일 맛있으니까 어쩔 수 없어요."

전혀 신경 쓰는 기색이 없는 벨이었다.

"정말이지……. 나중에 미아 폐께 혼나…… 시지 않겠네요."

"그래. 미아 폐하께선 분명 웃으며 용서하시겠지……. 어쩌면 폐하께서도 그렇게 드셔보시려고 할지도 모르고."

루드비히는 그렇게 말한 뒤 노점으로 시선을 던졌다. 그 얼굴에 걸린 안경이 햇빛을 받아 반짝 빛났다.

"미아 폐하께선 그릇이 무척 넓으시니 어지간한 일이 아닌 한 화내시지 않을 거다. 저 미아 구이도 마찬가지잖아?"

그 말에 린샤는 들고 있던 과자로 시선을 떨어트렸다.

"확실히 그렇네요. 이것도 참 불경한 이름의 과자니까요. 미아 구이라니……. 하지만 이런 걸 용서하시는 게 미아 폐하답나."

"다소 무례해 보이는 행동이라도 백성들의 친애에서 우러난 것이라면 불평 없이 받아들이시지. 그 결과 이 미아 구이는 제도의 명물이 되었다. 미아 님의 넓은 도량이 있었기에 가능한 거야. 시장의 활성화를 위해서라면 다소의 무례에는 눈을 감아주시다니. 역시 미아 폐하시지."

"그건 처음 신월지구에 오셨을 때와 달라지지 않은 부분인 건지도 모르겠네요."

루드비히의 말에 오이겐이 절절히 고개를 주억거렸다.

"미아 할머니, 대단해라. 존경받고 있구나."

감탄한 벨은 웃으면서 폴짝거리려다……

"꺅!"

자빠졌다.

"아아, 벨 님도 참. 그렇게 한눈을 파시니까…… 다치신 곳은요?"

허둥지둥 달려가는 린샤. 린샤의 부축을 받은 벨은 쓴웃음을 지었다.

"에헤헤. 조금 까졌어요."

그렇게 대답하며 일어난 벨의 어리고 약한 무릎에는…… 본인이 말한 대로 붉은 피가 묻어있었다……!

"크, 큰일이다!"

그걸 보고 호위인 오이겐은 비명을 질렀다. 안색이 바뀐 그는…….

"실례합니다. 벨 님. 최대한 다리를 움직이지 않도록 조심해주십시오."

말을 마치기도 전에 벨을 안아 들려고 했다.

"어? 어어? 아, 괜찮아요. 오이겐 씨. 그렇게 당황하지 않아도, 그냥 넘어져서 긁힌 것뿐이니까……."

벨은 당황하며 말했다.

기본적으로 벨은 이런 걸 별로 신경 쓰지 않는 성격이다.

밖에서 신나게 달리다 보면 넘어지기도 하고, 소소한 찰과상도 자연스럽게 생긴다. 그런 작은 상처에 겁을 먹고 살살 놀아야겠다는 생각은 눈곱만큼도 없었다.

고귀한 신분에는 어울리지 않는, 마치 평민 어린아이 같은 그 감수성은 벨이 타고난 천성인 듯했다.

"이런 건 침 발라놓으면 나아요!"

참으로 황녀답지 않은 소릴 했다거나 안 했다거나……. 그런 일화가 여럿 남아있다.

하지만 주변 사람들은 당연히 간과할 수 없었다.

"긁힌 것뿐이라뇨! 아아, 이럴 수가! 만약 황녀 전하의 다리에 흉터가 남기라도 하면……."

허둥대는 오이겐을 보며 루드비히가 쓴웃음을 지었다.

"오이겐 경, 그 정도로 큰 상처는 아니니까 흉터는 남지 않을 겁니다. 게다가 미아 폐하께서도 젊은 시절에는 무용담을 많이 남기셨으니까요."

그 말에 린샤가 고개를 주억거렸다.

"제가 미아 님을 처음 만난 곳도 렘노 왕국 혁명파의 아지트였고요……. 그때는 강에 빠졌다고 하셨죠."

"아! 그 이야기 알아요!"

자랑스러운 할머니의 무용담에 벨이 눈을 반짝반짝 빛냈다.

"게다가 무인도에서 조난당하신 적도 있으니, 그에 비하면……."

"네? 그런 적도 있으셨나요?"

흥미진진하다는 듯 벨이 쳐다보자 루드비히는 안경을 고쳐 쓰며 입을 열었다.

"네. 그건 미아 폐하께서 10대 중반이실 때였던가요……. 당시 그린문 공작 영애의 초대를 받아 갈레리아 바다로 뱃놀이를 하러 나가신 적이 있습니다."

"으음……? 갈레리아 바다가……?"

고개를 갸웃거리는 벨에게 린샤가 두통을 참듯 이마를 짚었다.

"가누도스 항만국은 알고 계시죠? 벨 님……."

린샤만이 아니라 루드비히의 시선도 묘하게 예리해졌다. 그 시선을 받은 벨은 침을 꼴깍 삼켰다.

"물론…… 알죠. 그러니까, 저쪽에 있는 나라…… 맞죠?"

참고로 제도 루나티어 기준으로 가누도스는 서쪽에 있다. 반면 벨이 가리킨 건 남서쪽…… 이었으나…….

"네…… 뭐, 대충 맞군요."

"벨 님치고는 잘하셨습니다."

그렇게 미묘하게 타협하는 교육 담당들. 두 사람의 칭찬을 받고 우쭐해져서 가슴을 펴는 벨이었다.

"아무튼, 그 가누도스 항만국에 인접한 내해가 갈레리아 바다입니다."

"흐음. 그 바다에 있는 무인도에서 미아 할머니가 대모험을……."

흥미진진해서 눈을 반짝반짝 빛내는 벨. 반면 오이겐은 떨떠름한 표정이었다.

"호위하는 몸으로서는 간담이 서늘해졌지만요……."

그런 말을 하거나 말거나 벨은 당연히 신경 쓰지 않았다.

"미아 할머니는 역시 대단해. 무인도에서 대모험……. 분명 굉장한 보물 같은 걸 발견하셨겠죠……. 잃어버린 해적의 재보나, 지하에 숨겨진 비밀 신전 같은!"

……모험과 관련되면 묘하게 감이 날카로운 벨이었다.

"네, 확실히 무척 역사적인 발견을 하셨습니다만…… 그렇게 좋은 것은 아니었습니다."

루드비히는 그렇게만 말한 뒤 벨 옆에 무릎을 꿇었다.

"그보다 벨 님, 확실히 그리 큰 상처는 아닐지도 모르지만 벨 님께서는 미아 님이 아끼시는 황녀 전하입니다. 만약을 위해 근처 병원에 가서 소독해달라고 하죠."

"네? 병원……."

그 순간 벨의 얼굴이 어두워졌다.

기본적으로 의사를 좋아하는 어린아이는 없다. 찰과상 정도라면 아무렇지도 않은 벨도 약을 발라서 따끔거리는 건 좋아하지 않는 모양이었다. 하지만······.

"네, 병원이요. 그것도 미아 님께서 세운 병원이죠."

루드비히의 말에 표정이 홀랑 바뀌었다.

"미아 할머니가 세우신 병원이요?! 소문으로 듣던 그? 네, 꼭 가고 싶어요!"

기본적으로 벨은 미아 할머니의 영광스러운 발자취를 따라가는 걸 아주 좋아하는 소녀였다.


신월지구의 중심에 세워진 그 병원의 이름은 비녀 병원이었다.

어린 시절의 미아 황제가 자신의 보물인 '비녀'를 기부해서 세우게 했다는 일화로부터 그런 이름이 붙었다.

처음 세워진 뒤로 몇 번의 보수와 확장을 거쳐 상당한 규모를 지닌 병원이 되었다.

더불어 성 미아 학원과 연계하고 국경을 초월한 상호부조 조직 '미아넷'과도 연계하여 제도 최고라고 불릴 만큼 충실한 의료 시스템을 구축하였다.

그런 병원의 1층······.

루드비히는 아는 얼굴을 발견했다. 하얀 로브를 걸친 온화한 표정의 여성. 소녀시절과 다를 게 없는, 짧게 자른 머리카락과 건강해 보이는 발그레한 뺨. 반짝 빛나는 안경 너머 커다란 눈동자가 지적인 빛을 발하고 있었다.

"타티아나 여사⋯⋯. 제도에 계신 줄은 몰랐습니다."

말을 걸자 타티아나는 놀란 듯 돌아보았다.

"어머⋯⋯. 오랜만입니다. 루드비히 씨."

그녀는 반듯한 자세로 인사한 뒤 작게 고개를 기울였다.

"미아 님께서는 여전하신가요?"

"네. 덕분에⋯⋯. 이따금 과식하실 때도 있으신 듯하지만요⋯⋯."

"흠⋯⋯."

타티아나가 안경을 고쳐 쓰더니 심각한 표정을 지었다. 그것을 본 루드비히는 다소 당황한 어조로 말을 이었다.

"물론 많이 바쁘셨던 다음 날이나 피곤하실 때가 대부분입니다 만⋯⋯."

"그렇군요⋯⋯. 뭐, 그 정도라면 괜찮겠죠⋯⋯. 소중한 몸이시 니 만에 하나 병에 걸리기라도 하면 큰일이니까요⋯⋯."

고지식한 어조로 말한 타티아나에게 루드비히는 얌전한 얼굴 로 고개를 끄덕였다.

"그런데 오늘은 무슨 용건이십니까?"

"아, 맞다. 실은 미아벨 황녀 전하께서 넘어지셨습니다. 만에 하나를 위해 소독을 받으려고 들렀죠."

"미아벨 황녀 전하⋯⋯."

그 이름을 들은 타티아나는 순간 놀란 표정을 지었다가⋯⋯ 벨 을 향해 감회 어린 시선을 보냈다. 하지만 벨이 시선의 의미를 물 어보기 전에 그 분위기도 흩어지고, 다정하면서도 어딘가 추억에 젖은 듯한 신기한 미소만이 남았다.

"그랬군요……. 확실히 무릎이 까지셨네요. 그럼 이쪽으로 오세요."

"저기!"

그때 벨이 타티아나에게 말을 걸었다.

"저기, 혹시 미아넷의 의료부문을 담당하시는 타티아나 씨이신가요?"

대륙 전역에서 기근과 전염병을 일소했다고도 불리는 초국가적 조직, 미아넷.

벨은 미아 황제의 공적 중에서도 미아넷 설립은 특히나 큰 비중을 차지한다는 이야기를 어릴 때부터 들어왔다.

그리고 미아넷을 떠받치는 네 명의 핵심 인물도 알고 있었다.

하나는 페르쟝 농업국의 왕족이자 미아의 친구, 라냐 왕녀.

하나는 미아넷의 대표이자 포크로드 상회의 딸이며 마찬가지로 미아의 친구, 클로에.

하나는 미아의 친구인 천칭왕 시온의 동생이자 제국 사대공작가의 한 축인 그린문 가에 데릴사위로 들어간 사람. 미아넷과 관련된 교섭을 대부분 담당하는 인물, 에샤르.

그리고 마지막 하나…… 의료부문을 담당하는 사람이…….

"처음 뵙습니다. 미아벨 황녀 전하. 미아넷의 의료부문 책임자인 타티아나라고 합니다."

무릎을 꿇고 완벽한 예를 보이는 타티아나를 향해 벨은 눈을 반짝반짝 빛내며 인사했다.

"처음 뵙습니다. 미아벨 루나 티어문이라고 합니다. 타티아나 님, 괜찮다면 이야기를 들려주세요."

소독을 받고 살짝 눈물이 맺혔던 벨이었으나…… 상으로 위대한 미아 할머니의 이야기를 실컷 들은 덕분에 완전히 미소를 되찾았다.

그런 벨에게 타티아나가 말했다.

"모처럼 오셨으니 옆에 있는 교회에 가셔서 신부님께도 이야기를 들어보시는 건 어떠신가요?"

"교회요……?"

"네. 이 병원이 생길 때까지는 그 교회가 병원의 역할을 대신했다고 들었습니다. 게다가 성 미아 학원의 제1기생은 교회의 고아원에서 보낸 아이들이라더군요."

"앗, 혹시 그……?"

벨은 놀라서 루드비히에게 시선을 보냈다. 그러자 루드비히는 고개를 끄덕였다.

"네. 벨 님께서 상상하신 대로 미아 전하께서 처음 신월지구를 방문하셨을 때도 걸음하셨던 교회입니다."

"세상에, 꼭 가야 해요……!"

의기양양하게 병원을 뒤로한 벨이었다.

그렇게 교회 앞으로 간 벨은 어떤 것을 발견했다.

"앗! 혹시 저 교회 앞에 있는 조각상은!"

반성하지 않고 또 달리려고 하는 벨. 그 목덜미를 린샤가 덥석 붙잡았다.

"벨 님…… 침착하게 걸어서 가셔야죠……!"

날카롭게 노려보자 벨은 움찔하며 목을 움츠렸다.

그리고는 천천히, 침착하고 황녀다운 걸음걸이로 조각상까지 걸어갔지만.

"오오! 역시 미아 할머니의 조각상이에요!"

조각상 앞에 도착하자 전혀 황녀답지 않은 시끄러운 목소리로 소리쳤다.

"이건 나무…… 인가요? 무지개색으로 빛나는 특이한 나무네요."

"그건 룰루 족이 헌상한 나무로 만든 미아 님의 조각상입니다."

갑작스러운 목소리. 벨이 그쪽을 돌아보자 안경을 쓴 신부가 서 있었다.

"평범한 권력자라면 권력을 과시하기 위해 요란한 조각상을 세우곤 하죠. 그야말로 황금을 녹여서 번쩍번쩍한 거대 조각상을 세운다거나……. 실제로 미아 폐하께도 그런 제안이 없었던 건 아니지만…… 폐하께서는 거부하셨습니다. 진심을 담아 헌상한 나무를 깎아서 너무 크지 않은 조각상을 만들라고 명령하셨죠."

신부는 온화한 미소를 지었다.

"자신의 영광을 과시하지 않는 사람. 미아벨 황녀 전하의 할머님인 미아 폐하께선 그런 분이십니다."

그러더니 신부는 벨 일행에게 재차 인사하고는 교회 안으로 안내했다.

고아원의 역할도 맡는 교회지만, 어린아이의 모습은 별로 없었다. 깔끔하게 청소된 방에는 아주 어린 아이들이 두세 명 정도 있을 뿐. 그 아이들을 돌보던 몇 명의 수녀들이 벨 일행이 온 것을 알아차리더니 긴장한 얼굴로 허리를 숙였다.

"아이가 별로 없네요."

의아한 표정인 린샤에게 신부는 따뜻하게 웃었다.

"아이들은 일정 나이가 되면 성 미아 학원에 가서 기숙사에 들어가니, 고아원에서 생활하는 아이는 많지 않습니다. 게다가 미아 님의 치세에 들어선 뒤로는 애초에 불행한 일을 겪는 아이들의 수 자체가 줄어들었으니까요."

신부의 설명을 듣고 루드비히가 어딘가 자랑스러워하는 얼굴로 고개를 끄덕였다.

"벨 님, 잘 보십시오. 이 텅 빈 고아원이야말로 미아 님의 지혜가 불러온 결과입니다."

미아넷 덕분에 기근이나 전염병으로 부모를 잃는 사람이 줄었다. 궁지에 빠진 사람들을 구하기 위한 시설이 한산하다는 것이야말로 평화의 증표라고 말하는 것이다.

──미아 할머니, 대단해…….

감탄하면서 다음으로 안내받은 곳은 응접실이었다. 벨은 벽에 걸린 초상화에 주목했다.

"아, 혹시 저것도 미아 할머니가?! ……어라?"

그 순간 벨은 고개를 갸웃거렸다. 영락없이 명예로운 제국의 예지의 초상화인 줄 알았으나…… 거기에 그려진 인물은…….

"아아, 그건 선대 신부님이 남기신 것으로 성녀 라피나 님의 초상화입니다. 특히 이 사인이 들어간 것은 아주 희귀한 물건인데…… 아, 이것은……."

열기가 올라간 신부의 목소리에 벨은…….

"아하……."

살짝 질린다는 표정으로 고개를 끄덕였다.

성녀 라피나는 미아 할머니의 친구다. 때때로 백월궁전에도 놀러 오므로 솔직히 희귀하다는 느낌은…… 없다. 전혀 없다!!

──라피나 할머니의 초상화를 보여줘봤자 별로…….

벨의 흥미가 조금 식은 걸 알아차린 건지 젊은 신부가 다급히 말했다.

"아아, 이것을 보십시오! 이게 더 희귀합니다. 미아 폐하와 라피나 님께서 같이 그려진 초상화입니다."

그렇게 말하며 신부가 꺼내 온 초상화에는 정말로 라피나와 함께 미아 할머니의 모습이 그려져 있었다.

"앗, 정말이다. 미아 할머니도 라피나 님도 아주 어리세요!"

"그렇죠? 이건 미아 폐하께서 세인트 노엘에 다니시던 시절의 초상화입니다. 어떠한 경위로 두 분께서 나란히 초상화에 담기게 되었는지는 알려지지 않았지만……."

만족스러워하며 이야기하던 신부는 벨의 반응에 기분이 좋아진 건지 또 다른 초상화를 꺼냈다.

"그리고 이게 가장 희귀한 것인데, 라피나 님과 미아 폐하, 그리고 미아 폐하를 닮은 소녀가 그려진……."

──역시 미아 할머니는 대단해. 사람들에게 존경받고 있어.

조금 길고 지루한 이야기를 깔끔하게 흘려들으며 생글생글 웃는 벨이었다.

  그것은 미아 황제가 구축한 평화로운 시대의 한 토막. 벨이 황녀로서의 나날을 만끽하는 세계.
  '그날의 꿈'에서 이어진, 행복한 일상의 풍경이었다.

# 쉘 위 댄스를 한 번 더

이것은 제국의 마지막 황녀 미아벨이 꿈 같은 과거로 날아갈 때까지 보냈던 세계의 이야기.

그곳은 빛나는 달이 사라진 세계.

세상을 인도하는 다정한 빛이 사라진 세계.

제국의 황녀 미아 루나 티어문이 독살당한 뒤, 세상은 혼돈의 암흑으로 뒤덮였다.

복수의 불꽃에 몸을 불사르는 성녀 라피나는 자신을 성황제로 칭하고 모든 신도의 적, 사교 '혼돈의 뱀'과 대결할 것을 선언. 각국의 왕에게 병사를 차출시켜 '아쿠에리안 포스'라는 토벌군을 결성하기에 이른다.

"대륙에 어둠을 드리우는 사악한 자들을 쳐라. 우리의 신의 적을 땅끝까지 쫓아가 멸망시켜라."

성녀의 선언은 가혹하기 그지없었다.

그 부름에 응하여 달려온 자, 강경함에 겁을 먹고 순종하기로 한 자, 그리고 강압적인 권력에 이의를 제기하는 자…….

각국은 분열되었다.

대륙에 퍼진 중앙정교회의 질서는 흔들리기 시작했다.

성녀…… 아니, 성황제라는 한 명의 여성이 품은…… 혼돈의 뱀을 향한 지나치게 강한 증오로 인해 혼돈의 뱀의 숙원이 이뤄지려 하고 있었다.

각국도 혼란의 구렁텅이에 빠졌다.

티어문 제국은 미아 암살로 인해 이전에 발발했던 내란이 확장. 별을 지닌 공작가 사이의 분쟁은 성황제파와 반성황제파의 대립도 섞여 한층 복잡한 세력 구도를 만들어냈고, 피로 피를 씻는 내전은 계속해서 커지기만 했다.

렘노 왕국도 상황은 비슷했다. 국왕 게인 렘노는 강대한 권력으로 국내를 통솔하려 했으나 도중에 암살당했다. 민심은 흉흉해지고 국내는 혼란에 빠졌다.

그리고 그 여파는 천칭왕 시온이 선정을 베푸는 선크랜드도 집어삼키려 하고 있었다.

성황제의 강경한 방침에 '정의에 위배되는 행위'라면서 정식으로 비난 성명을 발표한 시온. 반면 성황제 라피나는 어디까지나 강경한 자세를 바꾸려 하지 않았다.

'시온 국왕이 사교의 영향을 받았다.' 같은 경솔한 음모론을 입에 담지도 않고, 그저 흔들림 없이 '모든 혼돈의 뱀의 멸망'이라는 자세를 유지해나갔다.

"어느 의미…… 그게 더 골치 아프다는 느낌이 들지만요."

선크랜드 왕국의 왕성. 천칭왕 시온의 오른팔, 키스우드 브루달리아 남작은 고개를 절레절레 내저으며 어깨를 움츠렸다.

한때 검은색이었던 머리카락은 현재 완전히 하얗게 물들어 있었다.

그것이 세월에 의한 것인지, 아니면 자신이 너무 고생시켰기 때문인 건지…….

친구이자 신뢰할 수 있는 심복의 머리카락을 바라보며 시온은 쓴웃음을 지었다.

"어라? 왜 그러십니까? 시온 님."

"아니. 네 오랜 충성에 보답하기엔 남작 작위는 다소 부족한 것 같아서."

"오, 남작위를 내려주신 건 그런 기특한 마음가짐에서였군요. 저는 또 영락없이 작위가 있는 게 부려 먹기 쉬워서인 줄 알았는데……."

참으로 얄미운 소리를 해대는 키스우드지만……, 작위명에 담긴 '브루더(형제)'의 의미를 눈치채지 못할 만큼 둔하지는 않았다.

"뭐, 농담은 이쯤에서 넘기고. 실제로 뭐가 골치 아프다고 봐?"

그렇게 말하며 지금 막 성황제에게 받은 친서를 집어 들었다.

"으음. 안이하게 어설픈 음모를 꾸미지 않았다는 점일까요. 시온 폐하를 사교의 악에 물든 자라면서 주변에 호소하면 쉬워지긴 하지만…… 기만은 명백하죠. 그런 짓을 했다간 본인이 하는 말의 신뢰도가 흔들리는 셈이니까요."

"하지만…… 그녀는 어디까지나 '협력'을 요청했어."

성황제가 보낸 메시지는 사교 결사 '혼돈의 뱀'을 토벌하기 위해 협력을 요청한다는 내용이었다. 우리는 함께 손을 잡고 악과 싸울 수 있을 것이라며…….

"세인트 노엘에서 함께 배웠던 우리라면…… 이라."

시온은 턱을 손으로 감싸고 신음했다.

"막연하지만…… 이 친서에서는…… 강경한 증오가 아니라 교활한 유연함이 느껴져…….”

과거, 복수심에 사로잡혀있던 시절의 그녀였다면 저항하는 자를 모조리 섬멸해서라도 본인의 의사를 밀고 나가려 하지 않았을까.

“그녀 안에도 변화가 생긴 건지, 아니면 누군가 조언하는 자를 가까이 둔 건지…….”

그때였다. 문을 노크하는 소리가 들렸다.

“실례.”

안으로 들어온 사람은 긴 머리카락을 목뒤에서 묶은 남자였다.

날카로운 눈매와 뺨에 난 흉터가 특징적인 그 남자는 선크랜드의 객장(客將)이자 기마왕국에서 온 망명자, 린 마롱이었다.

시온은 마롱을 향해 부드러운 미소를 지었다.

“수고했다. 마롱 장군. 기마부대에 피해는……?”

현재 린 마롱은 기마왕국의 전사들로만 구성된 기마부대를 이끌고 유격 임무를 맡고 있었다.

신출귀몰한 유격대는 초원지대로 진군한 아쿠에리안 포스의 보급로를 철저하게 끊어놓았다.

병참에 타격을 받은 아쿠에리안 포스는 그곳에서 발을 멈출 수밖에 없었고, 선크랜드의 성황제파 귀족들과의 연계가 무너졌다.

결과적으로 시온은 전투를 유리하게 진행할 수 있게 되었으나…….

시온의 질문에 마롱은 딱딱한 얼굴로 팔짱을 꼈다.

“피해는 대단치 않아. 소모는 없다고 봐도 되겠지. 아슬아슬하긴 하지만…….”

그의 입에서 나온 말은 가혹한 현실이었다.

"사실 성황제의 부대에 기마왕국의 인간이 섞여 있는 걸 발견했어. 병사들에게도 적잖은 동요가 있었지."

"그건…… 그렇겠군. 동포끼리 죽고 죽이는 상황에서 마음을 비우라는 건 불가능한 소리이니……."

씁슬한 얼굴인 시온을 보고 마롱은 어깨를 으쓱했다.

"그래……. 그것도 뭐, 기분 좋은 건 아니지만……. 그 이상으로 적의 기병은 상당히 강화되어 있다는 게 문제야."

"그렇군요. 그건 썩 감사하지 않은 상황이네요. 무언가 손을 쓸 수 있다면 좋겠는데…… 이쪽도 병력이 부족한 건 어떻게 할 수가 없으니……."

동의하는 키스우드의 입에서 나온 건 순수한 푸념이었다. 대국 선크랜드라고 하나 나라가 분열된 이상 움직일 수 잇는 군사력도 제한된다.

"렘노 왕국과 어떻게든 연계할 수 있다면 좋겠는데…… 어때? 녀석들의 군대는 잘 훈련되어 있고, 기마왕국에서도 숙련된 기수가 지도하러 가 있을 거야……."

"게인 국왕이 죽은 뒤로 그쪽도 국내는 큰 혼란 상태라고 들었다. 각지의 치안 유지만으로도 버겁고, 오히려 지원군이 필요한 상황이 아닐까."

고개를 저은 뒤 시온은 쓴웃음을 지었다.

"즉, 어디나 마찬가지인가……. 병사가 부족하지 않은 건 아쿠에리안 포스 정도겠지……."

"그런데 제국 쪽은 어떻게 되었지? '그녀'는 발견했어?"

화제를 바꾸듯 마롱이 입을 열었다.

시온은 순간 침묵했다가…… 키스우드 쪽으로 시선을 주었다.

"제도 루나티어는 이미 함락되었다는 정보가 들어왔습니다. 미아벨 황녀가 무사한지 아닌지는……."

"그런가……."

마롱은 깊은 한숨을 쉬었다.

"아가씨와 아벨이 남긴 아이이니 가능하다면 구출하고 싶은데……."

"그건 나도 마찬가지야. 마롱 님."

그러더니 시온은 살며시 눈을 감았다.

눈꺼풀 뒤에 떠오르는, 세인트 노엘에서 보낸 반짝거리는 기억.

"그리운 세인트 노엘……. 제국의 예지와 만난 장소……."

그때였다. 불현듯 키스우드가 입을 열었다.

"세상은 잃어서는 안 되는 인물을 잃은 건지도 모릅니다."

"응?"

"이 세상에 책임이 있는 건 지금을 사는 우리라는 건 익히 알고 있습니다. 해봤자 소용없는 말이라고도 생각하지만요……. 그래도, 그런 생각이 들더라고요. 미아 황녀 전하는, 제국의 예지는 아직 이 세상에 필요한 사람이었던 게 아닌가……."

그것은 완전한 푸념이고…… 본래대로라면 입에 담는 걸 피해야 할 말……. 하지만 그래도 말하지 않을 수가 없었다. 아마도 키스우드의 진심에서 흘러나온 본심이었다.

그리고 시온은 그 말을 부정할 수 없었다.

"사실은 이런 말은 하면 안 된다고 생각하긴 하는데요."

"괜찮지 않아? 푸념 정도야. 어차피 여기엔 우리밖에 없어. 당시의 세인트 노엘을 모르는 녀석에게 말해봤자 헛소리로 들릴 테지만…… 그때 그곳에 있던 나는 알아. 만약 지금 그 미아 아가씨가 있었다면…… 이렇게 되진 않았을 거야. 세상도, 라피나 아가씨도……."

린 마롱은 아쉬워하며 말했다. 그리고는 먼 곳을 바라보며 말을 이었다.

"도대체가 왜 이렇게 되어버린 걸까……. 세인트 노엘에 다니던 때는 설마 이런 일이 일어날 줄은 상상도 못 했는데……."

마롱의 말에는 기만과 잘못된 인식이 섞여 있었다.

세상을 혼돈으로 빠트리는 씨앗은 미아가 살아있을 때 이미 뿌려져 있었다. 그들이 세인트 노엘에 다니던 사이에 이미 비극은 시작되어 있었으니까.

하지만…… 그 사실을 예리하게 통찰하던 자, 루드비히 휴이트는 이 자리에 없다. 따라서 그들의 말은 푸념 이상의 무엇도 되지 못했다.

"만약 시간을 돌릴 수 있다면…… 같은 건 허무한 말이지만, 그래도 그런 생각이 들 때가 있어요."

키스우드의 말에 시온은 말없이 고개를 끄덕였다.

"만약 시간을 돌릴 수 있다면……."

시온이 그 말을 입에 담는 일은 거의 없다. 하지만 그런 생각은 여러 번 해봤다.

만약 시간을 돌릴 수 있다면 더 좋은 결말을 맞을 수 있었던 게 아닐까.

하지만 그런 생각을 할 때 머리를 아무리 쥐어짜도 나오지 않는 답이 있다.

그것은 만약 시간을 되돌렸다고 치고, 그럼 대체 뭘 어떻게 바꿔야 하는 건지……. 언제, 어느 시점에서 무엇을 해야 하는 건지……라는 점이다.

무엇을 바꿔야 파멸로 향하는 세상을 구할 수 있을까. 어 좋은 미래를 맞을 수 있을까…….

시온은── 명민한 천칭왕은 일부러 그 말은 입에 담지 않고……대신 다른 말을 흘렸다.

"세인트 노엘에서 보낸 나날을 지금도 떠올릴 때가 있어."

살며시 눈을 감고…… 말을 이었다.

"그 당시의 일…… 세인트 노엘에서 보낸 눈부신 나날들……."

물론 그 시절에도 문제는 있었다.

국가, 미래, 오만하고 역겨운 귀족, 부패한 왕족, 구해야 하는 백성……. 해결해야만 하는 문제는 넘쳐났다. 그래도, 그걸 해결할 수 있다고 믿었다.

"돌아가고 싶다는…… 무의미한 말은 하지 않지만……. 그래도……."

그 중얼거림은 소리를 얻지 못했다…….

얼마 후 선크랜드 왕국의 왕도 솔 살리엔테는 함락되었다.

성황제의 군대는 한층 더 세력을 늘려 각국을 삼킨 뒤…… 새로운 질서를 구축하지 못하고 와해되었다. 성황제 라피나가 누군가의 손에 암살당한 것이 계기였다.

이리하여 세상은 혼돈의 소용돌이에 삼켜졌다.

그것은 제국의 예지가 존재하지 않는 세계.

이윽고 거대한 황금의 물결에 삼켜켜 사라져가는 세계의 기억이었다.


이리하여 시간은 역류한다.

이어지는 것은 제국의 예지가 빛나는 세계.

다정한 달빛이 인도하는 세계의 이야기.


덜컹덜컹, 마차 바퀴가 내는 소리.

규칙적으로 울리는 소리가 졸음을 자극하자 마차의 주인, 천칭왕 시온은 졸린 듯 하품을 씹었다.

"피곤하신 모양입니다, 폐하."

어린 시절부터 그를 계속 섬겨온 충신, 키스우드가 말을 걸었다.

한때는 찰랑찰랑한 검은 머리카락으로 많은 여성을 매료한 그였으나 지금은 그 머리카락도 완전히 잿빛으로 물들었고, 미간에는 사라지지 않는 주름이 박혀있었다.

"음? 왜 그러시죠?"

"아니……. 나이를 먹었구나 해서."

그렇게 말하며 시온은 키스우드의 머리카락으로 손을 뻗었다.

"그야 그렇죠. 손주가 있는 나이잖습니까."

"확실히 그렇지. 그래……. 그로부터 벌써 이렇게 시간이 흘렀나……."

창밖으로 흘러가는 풍경. 그 한적한 초원을 무심하게 바라보고 있었더니…….

"돌아가고 싶으십니까? 옛날, 젊은 시절로."

불쑥 날아온 그 질문에 시온은 잠시 침묵했다. 문득 눈꺼풀을 감으면 떠오르는 광경이 있었다.

아름다운 호숫가, 백아의 교사, 장엄한 성당, 노랗게 물든 가을 숲.

함께 검을 연마한 친구가 있었다. 첫사랑에 빠졌던 존경하는 여성이 있었다. 인생을 함께 보내는 미래의 아내가 있었다.

세상을 멸망으로 이끌려는 적과 싸웠고, 바다에서 모험했고, 혁명 소동이 일어났고…….

많은 사람을 만났고, 졸업하면서 헤어지고…….

그것은 그리운 나날. 지나간 나날.

황금빛으로 반짝이는 추억에 잠시 잠겨…… 가슴속 깊은 곳에서 서서히 끓어오르는 열을 실감하며…… 시온은 문득 미소를 지었다.

"그리움은 느끼지만 신기하게도 돌아가고 싶진 않군……. 세인트 노엘에서 보낸 나날은 귀중하고 반짝거리는 나날이었지. 그곳에서 얻은 것이 많고, 떠올릴 때마다 힘이 솟아나는 것도 사실이다. 하지만 그 후에 이어진 걸음도 그에 못지 않았어."

아니면……. 시온은 생각했다.

지금 걷는 이 길이 그 눈부신 나날에서 이어지는 길이기에 돌아가고 싶지 않은 건지도 모른다.

"하지만, 그래……. 이 여행길에서는 감개무량함을 느끼는 걸 부정할 수 없겠지……."

현재 그들은 제도 루나티어로 가는 중이었다.

기마왕국의 북부를 경유하여 순례 가도를 통해 베이르가 공국으로. 그곳에서 한층 더 서쪽으로 나아가 제도 루나티어를 향하고 있다.

제국의 황녀 미아벨의 생일 파티에 참석하기 위해.

솔직히 아무리 대국 티어문의 황녀 생일이라고 해도 시온이 직접 발걸음을 옮기는 건 이례적인 일이라 할 수 있었다. 일국의 왕이라는 이유만은 아니다. 천칭왕 시온의 이름은 대륙 전체에 널리 알려져 있다.

제국의 예지 미아만은 못해도 대륙의 중진이라고 할 수 있는 존재. 그런 그가 굳이 일개 황녀의 생일을 축하한다니……. 그런 건 왕에 걸맞은 행동이 아니다.

그런 식의 반대가 없었던 것도 아니지만…… 이번만큼은 시온도 하고 싶은 대로 밀어붙였다.

생일을 축하할 상대가 그에게도 특별한…… 감회가 깊은 상대이기 때문이다.

시온은 무언가를 떠올린 듯한 장난기 어린 미소를 지었다.

"너도 감개무량하지 않나? 키스우드. 한때 댄스 파트너였던 상대와 재회하는 게……."

순간 어리둥절한 표정을 지은 키스우드였으나…….

"하하핫. 그렇군요. 댄스 파트너를 맡은 레이디는 셀 수 없이 많지만 그만큼 인상에 남은 분은 잘 없을 겁니다."

눈꼬리에 주름을 만들며 웃었다.

"오늘 파티의 주역은 그녀인데, 어때? 춤을 신청해보는 게……."

농담을 던지는 시온에게 키스우드는 쓴웃음을 지었다.

"하하하. 글쎄요. 이런 노인의 신청이 받아들여질 것 같지는 않습니다만……. 뭐, 그것도 하나의 즐거움일지도 모르죠. 과연 과거의 '그녀'와 지금의 '그녀' 중 누가 더 춤을 잘 출지……."

그렇게 말하며 위악적인 미소를 짓는 키스우드였다.


장소를 바꿔서 백월궁전의 무도회장.

홀 안은 사람으로 넘쳐났다.

많은 제국 귀족에다 페르쟝, 가누도스 등 주변국에서 온 손님 등 고귀한 신분을 지닌 자들이 그곳에 다양하게 모여 있었다.

그들의 목적은 하나.

제국의 황녀, 미아벨 루나 티어문의 생일을 축하하기 위해서다.

그런 사람들을 회장 구석에서 살펴본 벨은 초췌한 표정을 지었다.

"으으. 귀찮겠다……."

벨은 절절한 한숨을 쉬며 자신의 몸을 내려다보았다.

그 몸을 감싼 것은 지극히 호화로운 드레스였다.

들어 보니 그건 선대 황제, 즉 미아의 아버지가 어째서인지 증손녀를 위해 마련해놓은 특주품이라고 한다.

작은 보석을 반짝반짝 흩뿌린 드레스는 참으로 화사하고…… 그렇기에 무척 눈에 띄는 의상이었다…….

파티의 주역에 걸맞은 드레스다.

그렇다. 오늘은 벨의 10살 생일을 축하하기 위한 날. 오늘의 주역은 벨이다. 하지만…… 벨의 표정은 어두웠다.

"아아, 댄스라……."

지긋지긋해하는 중얼거림이 입술 사이로 굴러떨어졌다.

미리 말해두지만 벨은 그렇게까지 춤을 싫어하는 건 아니다. 다만 그, 뭐라고 하지…… 살짝 창작이 섞여버린다고 해야 하나. 오리지널리티가 강하다고 해야 하나……. 요컨대 조금 자유분방한 춤이 되곤 한다.

따라서 더 편안한 파티에서는 즐겁게 출 수 있지만, 이렇게 격식을 차린 장소에서는 불편해한다.

심지어 자신은 오늘의 주역. 좋든 싫든 시선을 쓸어모은다.

솔직히 별로 나가고 싶지 않았으나…….

"그렇다고 빼먹을 수도 없으니까요……. 하아."

왜 생일에 이런 우울함을 맛봐야 하는 건지……. 부당하다고 소리치고 싶은 벨이었으나 이것도 황녀의 의무라고 한다면 대꾸할 말이 없고…….

마음은 연신 가라앉기만 했다.

그때였다.

"미아벨 전하. 탄신일을 진정으로 축하드립니다."

"……어?"

뒤에서 불쑥 목소리가 날아오는 바람에 벨은 폴짝 튀어 올랐다. 그리고는 쭈뼛쭈뼛 돌아보자…… 그곳에는 한 명의 노신사가 서 있었다.

희게 물든 머리카락, 뺨에 자글자글한 주름……. 하지만 그 얼굴엔 어딘가 어린아이처럼 장난기 어린 미소를 짓고 벨을 바라보고 있었다.

"어, 그, 감사합니다……."

스커트 자락을 아주 조금 잡아 들고 인사를 돌려주는 벨. 그런 벨 앞에 노신사가 스윽 무릎을 꿇었다.

"괜찮으시다면 저와 한 곡 춰 주시지 않겠습니까?"

"……네?"

벨은 의아한 듯 눈을 깜빡였다.


그렇게 벨은 노신사의 손을 잡고 회장의 중앙으로 걸어나왔다. 그에 맞춰 우아한 음악이 흐르기 시작했다.

"그럼 잘 부탁드립니다. 미아벨 황녀 전하."

노신사는 가슴에 손을 올리고 한 걸음 뒤로 몸을 물려 우아한 동작으로 인사했다. 그리고는 벨의 손을 살며시 잡아당겼다.

천천히 춤이 시작되었다.

노신사의 리드는 부드럽고 배려로 넘쳐났다. 벨은 그 리드에 몸을 맡기며 작게 한숨을 쉬었다.

——이 할아버지…… 춤을 아주 잘 춰……. 게다가…… 왠지 조금 그리운 느낌이 들어. 하지만 왜?

그것은 마치 벨에게 춤을 가르쳐준 할머니, 미아와 춤출 때와 같은…… 아니, 그보다 더 오래된 기억이 호소하는 듯한…… 그런 신기한 감각이었다.

그 순간 음악이 끝났다.

"감사합니다. 그리고 다시금, 탄신일 축하드립니다."

그렇게 말하고 머리를 숙인 노신사는 산뜻하게 그 자리를 떠나갔다.

그 뒷모습을 멍한 얼굴로 바라보던 벨이었으나…… 마침 케이크에 낚여서 휘적휘적 근처로 다가온 할머니의 모습을 발견하고 붙잡았다!

"앗, 베, 벨? 오해랍니다. 저는 딱히, 당신의 생일 케이크를 당신보다 먼저 먹는다는 잔악한 생각은 하지 않았어요. 그저 저 케이크 위에 올라간 딸기에 조금 관심이……."

"그런 것보다 미아 할머니……. 저기…… 저 신사분은 누구신가요?"

벨은 조금 전의 노신사를 가리켰다.

"신사분이라니……. 어머, 영락없이 아직 남성에게 관심이 없는 줄로만 알았는데요……. 어디……. 음, 제법 중후한 분이군요. 하지만 아무리 그래도 나이 차이가 너무…… 아, 뭐야. 키스우드 씨잖아요."

"키스우드……?"

"네. 그렇습니다. 선크랜드의 국왕 시온의 충신으로…… 으음, 작위를 받았던 것 같은데요……. 뭐였더라……."

끙끙 고민하는 미아를 보며 벨은 쿡쿡 웃었다.

"안 되죠, 미아 할머니. 사람의 이름은 제대로 기억해야 해요……."

"윽! 지난번에 똑바로 공부하라고 했다고 복수하는 거군요? 후후후, 하지만 그렇게 쉽지 않답니다? 바로 떠올리겠어요. 어디 보자, 가, 나, 다…… 으음, 비읍으로 시작한 것 같은데요. 바, 뱌, 버, 벼……."

머리에서 김이 모락모락 나는 할머니를 뒤로 벨은 작게 고개를 갸웃거렸다.

"그분과 춘 춤은 아주 좋았어요. 게다가 어째서일까요……? 왠지 그분과 처음 추는 것 같지 않더라고요."

작은 목소리로 그렇게 중얼거리는 벨에게 미아는 자상하게 웃었다.

"아아, 그렇군요. 그 이유는 언젠가 알게 될 거예요."

"그런 건가요?"

어리둥절해서 고개를 기울이는 벨에게 미아는 확신이 담긴 얼굴로 고개를 끄덕였다.

"네. 그런 겁니다. 당신이 조금 더 자라면요……."

"더 자라면……."

그것은 행복한 꿈에서 이어진 세계.

다정한 달이 인도한, 그리운 재회의 이야기.

이때 할머니가 한 말을 벨이 이해하게 된 것은 조금 더 시간이 지난 뒤였다.

그것은 그녀의 평생을 바꿀 만큼 대단한 모험의 서막을 의미하는 것이었으나……

"우후후, 기대돼요."

이때의 벨은 알 도리가 없었다.

# 티어문 제국 이야기

TEARMOON
EMPIRE
STORY

Tearmoon Teikoku Monogatari 11~Dantoudai kara hazimaru hime no gyakuten
story~
by Nozomu Mochitsuki

Copyright © 2022 by Nozomu Mochitsuki
Original Japanese edition published by TO Books, Inc.
Korean translation rights arranged with TO Books, Inc.
Korean translation rights © 2023 by Somy Media, Inc.

## 티어문 제국 이야기 11 쇼트스토리소책자

2023년 7월  15일 1판 1쇄 발행

**저      자** 모치츠키 노조무
**일 러 스 트** Gilse
**옮 긴 이** 현노을
**발 행 인** 유재옥
**본 부 장** 조병권
**담당편집** 정영길
**편 집 1 팀** 김준규 김혜연
**편 집 2 팀** 정영길 조찬희 박치우 정지원
**편 집 3 팀** 오준영 이해빈 이소의
**편 집 4 팀** 전태영 박소연
**미      술** 김보라 박민솔
**라이츠담당** 김정미 맹미영 이윤서
**디 지 털** 박상섭 김지연
**발 행 처** ㈜소미미디어
**인쇄제작처** 코리아피앤피
**등      록** 제2015-000008호
**주      소** 서울 마포구 토정로 222, 403호(신수동, 한국출판콘텐츠센터)
**판      매** ㈜소미미디어
**마 케 팅** 한민지 최정연 박종욱 최원석 박수진
**물      류** 허석용
**전      화** 편집부 (070)4164-3962, 3963  기획실 (02)567-3388
　　　　　 판매 및 마케팅 (070)4165-6888, Fax (02)322-7665

ISBN 979-11-384-1939-0 04830
ISBN 979-11-6507-670-2 (세트)